MW01166614

Antoine Bello

Roman américain

Gallimard

Remerciements à Noli Novak pour les portraits.

© *Éditions Gallimard, 2014.*

Né à Boston en 1970, Antoine Bello vit à New York. Il a déjà publié aux Éditions Gallimard un recueil de nouvelles, *Les funambules*, récompensé par le prix littéraire de la Vocation Marcel Bleustein-Blanchet 1996, et plusieurs romans : *Éloge de la pièce manquante, Les falsificateurs, Les éclaireurs*, qui a reçu le prix France Culture - *Télérama* 2009, *Enquête sur la disparition d'Émilie Brunet, Mateo, Roman américain* et *Les producteurs*.

Pour Bérangère, la seule, l'unique.

SEMAINE 1

La mort et les impôts

Par Vlad Eisinger

Quand Citibank a menacé de saisir sa maison, Cynthia Tucker, 77 ans, a passé ses finances en revue. Vider son plan d'épargne-retraite et mettre sa bague de fiançailles en gage ne suffiraient pas à purger son hypothèque. La mort dans l'âme, elle s'est résolue à vendre la police d'assurance-vie de $75 000 qu'elle avait contractée avant son mariage. Un mois d'intenses négociations plus tard, Mrs Tucker signait l'acte de transfert de son contrat et touchait $23 000 nets de frais. L'acheteur, un architecte de la région, paierait désormais les primes à sa place. Le jour où elle décéderait, il empocherait les $75 000.

Le commerce de polices d'assurance-vie, également connu sous le nom de *life settlement*, est en croissance régulière depuis vingt-cinq ans. Pour autant, il ne représente qu'une fraction minuscule du marché total de l'assurance-vie. Sur les 19 000 milliards de dollars que totalise l'ensemble des polices en vigueur aux États-Unis, seul l'équivalent de 5 ou 6 milliards change de mains chaque année.

Le principe même du life settlement est sujet à controverse. Les assureurs arguent de multiples cas de fraude pour obtenir des États qu'ils encadrent plus strictement, voire qu'ils interdisent purement et simplement, la revente de polices. Les associations de consommateurs, de leur côté, s'appuient sur un jugement centenaire de la Cour suprême, qui reconnaît aux assurés le droit de disposer de leurs polices.

Cet article est le premier d'une série consacrée à ce marché méconnu, dont l'essor, s'il venait à se confirmer, pourrait avoir des conséquences capitales sur la façon dont les Américains préparent leur retraite et leur succession, sur la tarification des millions de nouvelles polices émises chaque année, ainsi que sur la solvabilité de certaines compagnies d'assurances.

Pour réaliser cette enquête, la plus importante jamais consacrée à ce sujet par un quotidien national, nos reporters ont rencontré, entre septembre 2011 et mai 2012, des dizaines d'acteurs de l'industrie du life settlement — gestionnaires d'actifs, législateurs, particuliers ayant revendu leur police, etc. — à travers le pays. Nos experts ont également créé leur propre modèle informatique d'évaluation de polices en croisant les tables d'espérance de vie les plus récentes avec les statistiques publiées chaque année

par l'American Council of Life Insurers (ACLI). Après examen de près de 24 000 transactions de life settlement intervenues depuis 2005, ils sont parvenus à la conclusion que les acheteurs de life settlement surestiment leurs perspectives de gains, tandis que les assureurs sous-estiment la menace que représente la libre cessibilité des polices.

Nous verrons par ailleurs que, dans leur quête de profits toujours plus élevés, les assureurs mais aussi les assurés ou les acquéreurs recourent à l'occasion à des pratiques trompeuses, sinon illégales.

De tous les États, la Floride est le plus étroitement lié au marché du life settlement. L'absence d'impôt sur le revenu et de droits de succession fait du « Sunshine State » une destination très attractive pour les seniors à haut patrimoine. En 2010, les plus de 65 ans représentaient 17,3 % de la population, le pourcentage le plus élevé des États-Unis. Selon un rapport du Government Accountability Office, la Floride comptait en 2010 pas moins de 503 courtiers en life settlement. La Life Insurance Settlement

Association (LISA) est du reste basée à Orlando.

Pour les besoins de cette série, nous tirerons un grand nombre de nos exemples d'une petite communauté de 580 habitants située en Floride sur le golfe du Mexique, à mi-chemin entre Pensacola et Panama City. Achevé en 2005, ce programme résidentiel de 234 logements, baptisé Destin Terrace, constitue un microcosme quasi parfait du monde de l'assurance américaine.

Destin, à l'origine un petit village de pêcheurs, a connu un développement économique foudroyant au cours des dernières décennies. Ses plages de sable blanc et son climat idyllique lui valent de figurer régulièrement dans les classements des plus belles villes des États-Unis. Selon le Département de protection environnementale de Floride, 80 % des 4,5 millions de touristes qui visitent chaque année la Côte d'Émeraude passent ou s'arrêtent à Destin.

Le revenu médian des ménages de la commune de Destin était en 2009 de $57 554, contre $44 736 pour l'ensemble de la Floride et $49 777 au niveau national.

Destin Terrace, dont l'entrée donne sur la plage, se compose de trois types de logements : 115 appartements F2, F3 ou F4, 99 pavillons bâtis sur des parcelles d'environ 0,15 acre et 20 maisons de maître disposant d'un terrain supérieur à 1 acre. Les parties communes comprennent une piscine, un étang, deux courts de tennis, une salle de sport, une aire de jeu et un club-house. Leur entretien est financé par une cotisation trimestrielle de $650.

La crise immobilière qui s'est abattue sur la Floride dès 2007 n'a pas épargné les 97 % de propriétaires de Destin Terrace. Les maisons de maître, commercialisées à $1,2M à la livraison du programme, ont touché un point bas à $650 000 en 2009. Elles se négocient aujourd'hui autour de $800 000. Les prix des appartements et des pavillons ont connu des évolutions comparables.

Destin Terrace présente la particularité d'abriter en son sein plusieurs acteurs de l'industrie du life settlement — agent d'assurances, actuaire, auditeur, investisseur et même législateur — dont les témoignages nous aideront à comprendre les forces à l'œuvre dans le secteur de l'assurance-vie.

L'assurance-vie — qu'il serait plus juste d'appeler assurance-décès — est l'un des placements préférés des Américains. Nos compatriotes détiennent 150,7 millions de polices individuelles et 112,1 millions de polices dites de groupe, mises en place par leur employeur (chiffres ACLI 2011). La valeur faciale (*i.e.* le montant de l'indemnité en cas de décès) de l'ensemble des contrats en vigueur dépasse 19 000 milliards de dollars, soit à peu de chose près l'équivalent de la capitalisation boursière de Wall Street.

Selon Jeremy Fallon, porte-parole de la Life Insurance Brokers Association, « la question n'est pas de savoir si vous avez besoin d'assurance-vie, mais de

combien vous avez besoin ». De fait, la majorité des conseillers financiers que nous avons interrogés font de l'assurance-vie l'un des piliers de toute stratégie patrimoniale. Aucun ne se risquerait à conseiller à ses clients de s'en passer complètement.

Pour Tim Rollo, président de la société de gestion TR & Sons, « que vous soyez pauvre ou riche ne change rien à l'affaire, vous voulez au minimum laisser derrière vous l'équivalent de quatre ou cinq années de revenus, et si possible beaucoup plus, surtout si vous êtes soutien de famille ».

Le montant moyen des polices souscrites en 2011 s'élève à $162 000.

À cette fonction de prévoyance s'ajoute une composante fiscale, propre à séduire les particuliers les plus fortunés. Les indemnités payées par les assureurs n'étant pas soumises à l'impôt, de nombreux seniors contractent des polices importantes dans le seul but de réduire leurs droits de succession.

« Admettons que vous souscriviez une police de $10M. Quand bien même vous payeriez $10M en primes jusqu'à votre mort, vous auriez fait une bonne affaire. En effet, si vous vouliez léguer la même somme par les voies habituelles, vos héritiers feraient un chèque de $3,5M à l'IRS», explique Tim Rollo. Le taux d'impôt fédéral sur les successions s'élève actuellement à 35 % et passera à 55 % à compter du 1er janvier 2013.

Le marché du life settlement est né dans les années 80, quand de nombreux malades du sida ont vendu leurs polices pour financer les quelques mois ou années leur restant à vivre. Ils en ont tiré de bons prix — normalement entre 50 et 70 % de la valeur faciale, les acheteurs étant attirés par la perspective d'un retour sur investissement rapide.

Bruce Webb, 48 ans, steward à Southwest Airlines et résident de Destin Terrace depuis 2009, a appris qu'il était séropositif en 1986. Peu après, il a remarqué une annonce dans les toilettes du Pink Paradise, un night-club de Miami Beach. «Le texte était très concis : HIV = $$$, suivi d'un numéro de téléphone. Le courtier au bout du fil m'a posé quelques questions sur ma charge virale et mon taux de lymphocytes. La semaine suivante, j'avais cinq offres sur mon bureau.»

Pour finir, Mr Webb a vendu sa police à Sunset Partners, un établissement spécialisé basé à Panama City, Fla. «Après déduction de tous les frais, j'ai touché un peu moins de $160000, largement assez pour les deux ans que je pensais qu'il me restait à vivre. Et puis j'ai eu la chance d'être sélectionné pour une étude clinique de l'AZT. Vingt-cinq ans après, je suis toujours là !»

Bruce Webb

Le cas de Mr Webb est loin d'être unique. La mise sur le marché en 1987 des premiers traitements antirétroviraux puis les avancées en matière de trithérapie se sont traduites par une réduction substantielle de la mortalité chez les individus atteints du sida. Selon une étude réalisée en 2008 sur 14 cohortes de patients provenant de 10 pays différents, un malade âgé de 35 ans dispose désormais d'une espérance de vie de trente-deux ans, contre environ quarante-sept ans pour l'ensemble de la population.

Les fonds d'investissement qui n'avaient pas envisagé cette hypothèse se sont rapidement trouvés à court d'argent. Dans leurs modèles, les indemnités touchées à la mort des premiers malades permettaient de financer le paiement des primes du reste du portefeuille. Faute de réserves suffisantes, ces fonds ont dû choisir entre laisser expirer (ou «lapser» selon le terme consacré) les polices ou continuer à payer les primes, parfois pendant plus de vingt ans. Dignity Partners, une société de San Francisco, s'est placé sous le régime des faillites en 1996. Sunset Partners, le fonds qui avait racheté la police de Mr Webb, a subi le même sort en 2002.

Bruce Webb se dit désolé pour les investisseurs qui ont perdu leurs économies, et dont certains habitent à Destin Terrace.

Il ne se sent pas coupable pour autant. «Je voulais vendre ma police, ils voulaient l'acheter. J'ai eu cinq offres, j'ai choisi la meilleure, n'importe qui en aurait fait autant à ma place. Grâce à cet argent, j'ai pu quitter mon emploi et me soigner correctement. J'ai investi ce qui restait et, il y a trois ans, j'ai réalisé mon rêve en achetant un appartement.»

À la demande des pouvoirs publics, les assureurs ont aménagé leurs produits. En 2001, la National Association of Insurance Commissioners (NAIC) a publié le Viatical Settlements Model Act, qui incite chaque État à réformer les lois s'appliquant aux malades en phase terminale. Plus de 150 compagnies offrent désormais à leurs assurés ayant une espérance de vie inférieure à deux ans la possibilité de toucher une partie de l'indemnité décès de manière anticipée.

Michael Hart, 43 ans, habite une des maisons de maître de Destin Terrace, à un jet de pierre de l'appartement de Bruce Webb. En tant que sénateur républicain à la chambre de Floride, membre du Bank & Insurance Committee, il participe à l'élaboration des lois qui régissent localement le secteur du life settlement. «Notre réglementation sur les paiements anticipés aux malades en fin de vie est un modèle de coopération entre le législateur, les assureurs et les associations de consommateurs. Vu la gravité du sujet, il était impensable que nous ne trouvions pas un accord», déclare-t-il.

L'industrie du life settlement a bien failli ne pas survivre à l'avènement de la trithérapie. Il a fallu plusieurs années et surtout l'apparition de nouveaux acteurs pour purger les excès du passé.

Jean-Michel Jacques s'est récemment installé à Destin Terrace avec sa famille. Il est le président d'Osiris Capital, un fonds constitué en 2007 pour tirer profit des déboires des acteurs historiques du life settle-ment. Osiris, qui a réuni environ $60M auprès de souscripteurs européens, rachète à bas prix les polices sida des fonds étranglés par le paiement des primes.

En 2009, Jean-Michel Jacques a réussi ce qu'il considère comme son plus beau coup en mettant la main sur 2 700 polices précédemment détenues par Sunset Partners. «Pensez donc, nous sommes devenus propriétaires pour 10 ou 15 cents du dollar [10 à 15 % de la valeur faciale, NDLR] de polices qu'ils avaient achetées 60 cents vingt ans plus tôt. À ce prix-là, vous ne pouvez pas perdre. Ces gens ont beau avoir survécu au sida, ils finiront bien par mourir.»

Jean-Michel Jacques vise un rendement annuel compris entre 15 et 20 %, et ce jusqu'à l'extinction du fonds. Il reste, d'après ses estimations, environ 30 000 polices sida en circulation aux États-Unis. Osiris en détient à lui seul près de 5 000. «Nous sommes prêts à en acheter encore autant, à condition bien sûr que le prix soit raisonnable.»

Le paysage actuel n'a plus grand-chose à voir avec celui des années 80. Aujourd'hui, la majorité des vendeurs sont des seniors qui cherchent à financer des dépenses de santé, à aider leurs enfants ou petits-enfants, ou qui n'arrivent tout simplement plus à faire face au paiement des primes. Comme l'explique Lawrence Johnson, professeur à la Ross School of Business de l'Université du

ÉVOLUTION DU MARCHÉ DU LIFE SETTLEMENT

2011
L'autorité de régulation financière britannique (FSA) envisage d'interdire la vente de life settlement aux particuliers.

2008
La crise financière entraîne un net repli des transactions, alors même que les performances ne souffrent pas.

Années 2000
L'industrie se développe rapidement. Chaque année, des polices représentant une valeur faciale de plusieurs milliards de dollars changent de mains.

2001
Le terme de «life settlement» s'impose peu à peu. Publication du rapport de la NAIC sur les droits des malades en phase terminale.

1995
Création de la Life Insurance Settlement Association (LISA).

Années 80
Des milliers de malades du sida vendent leurs polices à des fonds spécialisés. Début d'organisation d'un marché secondaire.

1911
La Cour suprême affirme qu'une police d'assurance-vie est un actif et peut être librement cédée.

Les polices d'assurance-vie s'échangent librement.

Source : LISA

Michigan : «En vendant leurs polices, ces personnes âgées ont l'impression de faire une double bonne affaire. Elles coupent un poste de dépense, tout en libérant un capital qu'elles croyaient bloqué jusqu'à leur mort.»

La taille du marché du life settlement n'est pas connue avec précision, faute de données consolidées au niveau national. Le Government Accountability Office l'estime à $9Md en 2007, $12,9Md en 2008 et $7Md en 2009. L'association professionnelle LISA, qui agrège les déclarations fournies par ses membres, fait état de chiffres de 10 à 15 % supérieurs. Selon les années, les vendeurs touchent entre 17 et 20 % de ces sommes (après paiement des frais et rémunération des intermédiaires).

Au-delà des fluctuations conjoncturelles, le life settlement semble avoir de beaux jours devant lui. 82 % des gérants interrogés en début d'année par l'American Society of Investment Managers (ASIM) se disent ouverts à l'idée d'en injecter une dose dans leurs portefeuilles. Ils n'étaient que 36 % il y a cinq ans.

Pour Ken Gardner Jr, président de l'ASIM, ce regain d'intérêt est directement lié à la récente crise financière. «Nous recommandons par prudence à nos clients de diversifier leurs investissements. Mais en 2008, toutes les grandes classes d'actifs — actions, obligations, matières premières, immobilier et même l'or pendant quelques semaines — se sont effondrées simultanément. Le life settlement a été l'un des rares secteurs à résister. Et pour cause : les gens continuaient à mourir.»

Dans un environnement incertain, le life settlement rassure. Lawrence Johnson rappelle l'aphorisme de Benjamin Franklin : «"Rien dans ce monde n'est certain, excepté la mort et les impôts." Les acheteurs de polices d'assurance-vie dorment sur leurs deux oreilles. Ils se moquent des chiffres du chômage ou du dernier rapport sur l'activité manufacturière en Chine. La performance de leur investissement est totalement décorrélée des indicateurs économiques traditionnels.»

Présenté ainsi, le life settlement ressemble fort au Graal

de la gestion, l'actif rentable et sans risque.

«L'investisseur avisé peut désormais se constituer un capital qui croîtra régulièrement, à l'abri de la volatilité des marchés», promettait Tony Babbitt, le président de Sunset Partners, dans un courrier à ses souscripteurs, daté du 4 février 2002.

Trois mois plus tard, Sunset Partners se plaçait sous le régime des faillites.

Écrire à Vlad Eisinger :
vlad.eisinger@wst.com

La semaine prochaine : Les secrets bien gardés des sociétés d'assurance-vie.

Expéditeur : Dan Siver <danielgsiver@gmail.com>
Date : Mardi 26 juin, 10:03:51
Destinataire : Vlad Eisinger <vlad.eisinger@wst.com>
Objet : Pour une surprise…

Vlad,

Quelle surprise de découvrir ta prose dans le *Wall Street Tribune* !

Tu te doutes bien que je ne suis pas tombé sur ton papier par hasard. C'est ma voisine, Mrs Cunningham, qui me l'a montré. Il paraît que tu l'as interviewée. Dommage que tu n'aies pas sonné à la porte à côté, ça m'aurait fait plaisir de te revoir après tant d'années.

Mon Dieu, es-tu en train de penser, comment un garçon aussi brillant que Dan, le plus fin commentateur de Céline de ce côté-ci de l'Atlantique, a-t-il pu atterrir dans un trou comme Destin ? Interrogation légitime, qui appelle une réponse circonstanciée.

Je me suis installé en Floride l'été dernier, à la

mort de mes parents qui y avaient pris leur retraite. Papa est parti le premier, il y a deux ans. Maman l'a suivi peu après, nous laissant la maison, à ma sœur et moi. Tu parles d'un cadeau empoisonné ! Ils l'avaient payée 450 000 dollars sur plans, au pic du marché. Les agents immobiliers m'ont dit que j'en tirerais au mieux 280 000 dollars. J'allais gentiment refuser l'héritage quand j'ai réalisé que le crédit immobilier sur trente ans était inférieur à mon loyer dans l'Upper West Side. Je venais de rompre avec ma petite amie (ou, plus exactement, elle venait de rompre avec moi), j'ai eu envie de changer d'air. Je ne le regrette pas. J'ai gagné en qualité de vie et je paie moins d'impôts. Surtout, fini les tentations ! J'écris huit heures par jour, je fais mes courses au Publix du coin et je marche sur la plage matin et soir.

Tu te demandes sans doute pourquoi j'ai attendu d'avoir 40 ans pour devenir propriétaire. C'est le succès, ça, mon vieux : je n'en ai aucun. Mon premier roman avait fait un peu de bruit, les autres pas du tout. Mais bon, je me débrouille. Je fais des piges à droite à gauche, quelques critiques pour *Harper's* et je bosse en free lance pour une boîte de relations publiques, où je corrige des rapports nauséabonds écrits par des consultantes à minijupes et gros poumons.

Et toi ? Les premières années, je lisais tes articles dans le *New York Times*. Et puis, un jour, tu as disparu du sommaire. J'avoue ne pas avoir eu la curiosité de chercher où tu étais parti. Le *Wall*

Street Tribune, dis donc, ça en jette ! Tu écris encore (je veux dire des vrais livres) ?

Dan

PS : Tu as le bonjour de Vivian Darkbloom.

*   *
*

Expéditeur : Vlad Eisinger <vlad.eisinger@wst.com>
Date : Mardi 26 juin, 10:50:06
Destinataire : Dan Siver <danielgsiver@gmail.com>
Objet : … c'est une surprise !

Bon Dieu, si j'avais su ! C'est d'autant plus rageant que j'ai l'annuaire 2011 de Destin Terrace sous les yeux. J'avais bien relevé la présence d'une Lydia Siver mais, bêtement, je n'ai pas reconnu le prénom de ta mère. Dommage, j'aurais mille fois préféré ton canapé à la piaule anonyme du Hilton.

Mes condoléances pour tes parents. Je ne les ai rencontrés qu'une fois, le jour de la rentrée à Columbia en 94. Ton père transpirait comme une douche. Il venait de se fader les trois étages à pied, avec le bloc de clim portatif qui lui cisaillait les bras. Il a failli s'étrangler en découvrant notre cambuse, vaste comme une poche de billard. « Pour ce prix, vous auriez un palais à Cincinnati », s'est-il exclamé. Au clin d'œil que tu m'as décoché, j'ai compris que tu n'étais pas près de remettre les pieds dans le Midwest.

Moi aussi, j'ai suivi ta carrière au début. J'ai lu *Faux mouvement* — très chouette — et un des suivants, dont le titre m'échappe. J'espérais te croiser l'autre jour à la réunion de promo. Matt Padilla m'a dit que tu avais mis le cap sur la Floride. Pour être honnête, je t'imaginais plus à Miami Beach qu'à Destin, mais chacun son truc.

De mon côté, tout baigne. Je crèche toujours à Brooklyn, dans un de ces nouveaux complexes résidentiels pour bobos baptisé Asterid Center. Je vis depuis un an avec une fille en or, une éditrice. J'ai changé d'employeur en 99. On ne fait pas plus prestigieux que le *New York Times* mais le rédac chef du *Tribune* m'a fait une proposition que je n'ai pas pu refuser : un titre de grand reporter, 30 % d'augmentation et des notes de frais de dictateur africain. Il m'a surtout fait valoir que le monde des affaires m'offrirait de plus beaux sujets d'investigation. Il avait raison. J'ai publié quelques séries remarquées : une sur les entreprises qui antidatent leurs stock-options, une sur les infections nosocomiales dans les hôpitaux publics et, la dernière, sur les fonds de pension des constructeurs automobiles, qui m'a presque valu le Pulitzer. Tu me donneras ton avis sur mes articles. J'en suis personnellement assez content.

Je sais ce que tu penses : rassure-toi, je n'ai pas renoncé à écrire le grand roman américain. Pour l'heure, j'amasse du matériel — j'ai douze carnets remplis de notes. Il me reste juste à trouver le temps de m'y mettre.

À bientôt j'espère,

Vlad

PS : J'avais complètement oublié ce jeu des anagrammes ! Comment ça marchait, déjà ? On n'avait pas le droit de répondre avant d'avoir trouvé l'écrivain qui se cachait derrière, c'est ça ? Celui-ci est facile : Vivian Darkbloom = Vladimir Nabokov. Pour ta gouverne, Nabokov sévit également sous les pseudonymes d'Adam von Librikov dans *La transparence des choses* et du Baron Klim Avidov dans *Ada ou l'Ardeur*. À propos, tu as des nouvelles de Sir Jangled ?

* *
*

Journal de Dan

Mardi 26 juin

J'avais oublié à quel point Vlad pouvait être content de lui. Il n'y a pourtant pas de quoi. Six ans de littérature comparée à Columbia pour finir par éplucher les comptes de General Motors, quelle déchéance…

Et cette façon qu'il a de se pousser du col! Monsieur habite une résidence pour bobos (sous-entendu, pas un lotissement de ploucs), il a table ouverte chez Jean-Georges et il a raté le Pulitzer d'un cheveu. Et je ne parle même pas de sa pédanterie d'assistant de recherche : « Pour ta gouverne, Nabokov bla-bla-bla ». Le cuistre !

Je lui souhaite bonne chance avec son éditrice. Quand elle réalisera qu'il n'est pas le prochain Hemingway, elle le laissera tomber comme une vieille chaussette — je sais de quoi je parle.

(Mais qui suis-je pour dauber ? Vlad est peut-être le prochain Hemingway après tout. Il est content de ses articles, c'est un bon début.)

(…)

Ce soir, Mrs Cunningham m'a coincé tandis que je sortais les poubelles. Elle trifouillait vaguement ses bégonias, en robe de chambre, en attendant que je mette le nez dehors.

« Alors, vous avez lu l'article ? Vous avez vu combien Bruce Webb a tiré de sa police ? Il y a de quoi vous donner des idées.

— Rassurez-moi, Mrs Cunningham, l'ai-je taquinée, vous n'avez pas le sida ?

— Le sida non, mais le cancer de l'utérus oui ! »

J'en suis resté comme deux ronds de flan. Elle qui pète la forme et se lève avec les poules !

« Votre fille est au courant ? ai-je demandé.

— Pas encore. Je crois que je vais d'abord en parler à Chuck. C'est lui qui m'a vendu ma police auto. Il pourra sûrement me conseiller. »

Je lui ai dit que ça me semblait une bonne idée. Accessoirement, si Patterson s'occupe de son cas, il me lâchera peut-être la grappe.

(…)

Tombé sur un attroupement devant la maison des Phelps en rentrant de ma promenade du soir. Sharon Hess (l'infirmière) m'a hélé de sa voix de garde-chiourme :

«Et vous, Dan, que pensez-vous de l'article du *Wall Street Tribune*? »

Je cherchais en vain quelque chose d'intelligent à dire quand Melvin Phelps est venu à ma rescousse.

«Cela ne peut nous faire que du bien. Après cette description paradisiaque de Destin, le téléphone va crépiter chez les agents immobiliers. »

Jennifer Hansen a opiné énergiquement. À sa place aussi, j'aurais envie de croire à une reprise du marché. Le prix du pavillon qu'elle habite a été quasiment divisé par deux depuis l'éclatement de la bulle. Même si les demeures de maître et les appartements ont un peu mieux résisté, je ne suis sûrement pas le seul à devoir à ma banque plus que ne vaut ma maison.

Phelps prend cette histoire très à cœur, comme s'il était personnellement responsable du prix du mètre carré en Floride occidentale. On le sent en quête de nouveaux défis, depuis qu'il s'est installé à plein-temps à Destin et qu'il a été élu à la présidence de la copropriété. J'ai entendu dire qu'il avait un gros job chez Bank of America, à Charlotte, avant de prendre sa retraite.

Ed Linkas, qui rentrait du travail (qu'est-ce qu'on trime dans l'audit!), a stoppé son coupé Nissan à notre hauteur et baissé sa vitre. L'article de Vlad ne lui a rien appris, et pour cause : il est actuaire. Ça ne l'a pas empêché de le juger bien fichu, pédagogique et admirablement documenté. Il a lâché, au détour de la conversation, qu'il détient quatre polices d'assurance-vie, totalisant 3 millions de dollars de couverture. Devant nos mines éberluées, il a expliqué qu'il n'investissait que dans des produits défiscalisés car, « sur le long terme, l'économie est colossale ».

Sharon lui a demandé, avec une pointe d'agressivité dans la voix, qui étaient les bénéficiaires de ses polices, vu qu'il n'est pas marié et n'a pas d'enfants. Ed a répondu, sans se démonter, qu'il avait désigné son frère et sa nièce, dans l'attente du jour où il fonderait lui-même une famille. Il a l'air de savoir parfaitement ce qu'il fait. Pas de doute, manier des chiffres toute la journée doit aider à gérer ses économies.

Phelps voulait savoir qui parmi nous possédait une police. Pour nous mettre à l'aise, il a déclaré être lui-même assuré à hauteur de 10 millions, répartis entre sa femme, ses deux filles, son alma mater et diverses œuvres de charité.

Les Hess n'en ont pas (bizarre, lui est quand même médecin), les Hansen viennent d'en souscrire une de 500 000 dollars et Mary-Bee, la Française, ne se souvenait plus si son mari a 1 ou 2 millions de couverture.

Le fait que je n'aie jamais été assuré n'a étonné personne.

Mercredi 27 juin

Travaillé toute la journée à mon bouquin, essentiellement à faire des recherches sur la Toile.

Wikipédia m'enchante. Jimmy Wales a réalisé le rêve de Diderot et d'Alembert. Loué soit-il.

Corrigé, au fil de mes lectures, des dizaines de fautes d'orthographe. C'est plus fort que moi : coquilles et erreurs de ponctuation me sautent aux yeux sans effort. Je suppose que c'est l'un des bénéfices d'avoir vécu dix ans avec une professionnelle de l'édition : je ne vends pas un livre mais je rends des manuscrits impeccables.

Je déplaçais une virgule dans la fiche anglaise d'Hermann Broch quand l'idée d'un canular bien innocent m'a traversé l'esprit. Selon Wikipédia, l'auteur des *Somnambules* et de *La mort de Virgile* comptait parmi ses amis plusieurs écrivains célèbres, dont Rilke, Musil et Canetti. Pendant un moment, j'ai envisagé d'ajouter à cette liste le nom de Leo Perutz, romancier de langue allemande lui aussi, et contemporain de Broch. Qui s'en apercevrait ?

Lu, pour approfondir la question, un article décrivant les procédures d'édition sur Wikipédia. J'y apprends que toutes les modifications apportées au site sont documentées et accessibles à tous. La fiche de Broch, créée par un certain RodC en 2004, est ainsi le produit d'environ 150 itérations. On doit à RodC — dont le profil ne dit pas s'il est américain, allemand ou fidjien — une douzaine d'autres biographies d'écrivains du XXe siècle, parmi lesquels Pavese, Radiguet et Hölderlin. Il ne semble plus très actif depuis 2010. Je doute que ma petite mystification parviendra jusqu'à lui.

Deux autres internautes ont enrichi la fiche de Broch de façon significative : Simonides, aux abonnés absents depuis 2004, et Prof02, qui a vu son accès à Wikipédia bloqué en 2010 après s'être rendu coupable de multiples infractions (autopromotion, attaques personnelles, etc.). Ni l'un ni l'autre n'ont amendé la fiche de Broch depuis 2006.

Le risque d'être pris semblait au final assez mince, d'autant que les tombereaux de corrections auxquelles j'ai procédé par le passé attestent de mon expertise en matière de littérature européenne.

Je ne prenais pas pour autant mon imposture à la légère. Corrompre le corpus de Wikipédia, c'est enfreindre le pacte fondamental, auquel adhèrent implicitement des centaines de millions d'utilisateurs. Pourrais-je continuer à faire confiance à une encyclopédie dont les éditeurs seraient des rigolos dans mon genre ? Groucho Marx disait qu'il n'aimerait pas faire partie d'un club qui l'accepterait pour membre…

Plus j'y réfléchissais, pourtant, et plus ma résolution grandissait. Le problème était en effet mal posé. La question n'était pas de savoir si Broch avait été l'ami de Perutz, mais pourquoi il ne l'aurait pas été. Tout rapprochait les deux hommes : leur langue, leur âge (ils sont nés à quatre ans d'intervalle), leur goût des mathématiques, jusqu'à leurs thèmes de prédilection (l'histoire, le destin…). Ils s'étaient forcément fréquentés à Vienne entre les deux guerres. Pourrait-on imaginer que Mailer n'ait jamais rencontré Styron ? Derrida jamais croisé Bourdieu ? Allons, soyons sérieux.

On ne pouvait évidemment exclure qu'ils se connussent, tout en éprouvant une violente antipathie l'un pour l'autre. Mais cela aussi mériterait d'être rapporté ; les inimitiés d'un homme en disent souvent plus long que ses accointances.

Je voyais les choses ainsi : en admettant que je mette mon plan à exécution, un universitaire plus au fait que moi de la vie de l'Autrichien finirait par tomber sur ma notice et se ferait un point d'honneur de rétablir la vérité : « Non, Broch n'appréciait pas la compagnie de Perutz. Il jalousait le succès d'*Où roules-tu, petite pomme ?* et tenait *Le cavalier suédois* pour une fantaisie insignifiante. »

Bref, dans les deux cas, j'aurais servi la cause de la vérité en mettant les exégètes de Perutz sur une piste féconde.

Fini par effectuer le changement. Voyons combien de temps il tient.

Croisé Chuck Patterson qui garait son panzer gris métallisé devant son palais — de l'inconvénient d'habiter un cul-de-sac : je dois traverser toute la résidence pour accéder à la plage. Avec sa crinière argentée, son regard bleu acier et son attaché-case, il avait l'air d'un nazi rentrant du bureau.

Le malheureux Chuck n'arrive pas à se résoudre à l'idée qu'il ne me vendra jamais une police. Je ne veux pas d'assurance-vie (encore moins depuis que j'ai lu l'article de Vlad), je ne possède pas de voiture et j'ai assuré ma maison par Internet. Le savoir-faire de l'animal est pourtant indéniable. Il parsème, l'air de rien, sa conversation d'allusions aux aléas de la vie et surtout à la nécessité de s'y préparer, du style : « Pauvre Sharon, elle s'est endormie au volant. Sa voiture est bonne pour la casse. Encore une qui a voulu faire des économies en s'assurant au tiers… »

Il est également maître dans l'art d'attirer l'attention de ses interlocuteurs sur des dangers dont ils n'avaient jamais soupçonné l'existence : présence d'amiante dans leur sous-sol, kidnapping, usurpation d'identité, guerre nucléaire, etc. On ne saurait, à l'entendre, bien dormir sans au moins quinze polices différentes.

Fidèle à ses habitudes, il m'a demandé, au débotté, si j'avais une assurance médicale. Avant que j'aie eu le temps d'inventer un bobard, il m'a fourré dans les mains une brochure en papier glacé que j'ai promis d'étudier.

Je lui ai demandé, pour faire diversion, s'il avait reçu la visite de Mrs Cunningham.

« Nous nous sommes tapé dans la main, m'a-t-il répondu. Je devrais pouvoir lui obtenir un bon prix pour sa police.

— Vous saviez qu'elle avait un cancer ?

— Hein, quoi ? Non, absolument pas. C'est terrible, non ? »

Vendredi 29 juin

Perutz est toujours là. Une autre hypothèse que je n'avais pas envisagée, c'est que tout le monde s'en fout.

Me suis surpris malgré moi à feuilleter la brochure de Chuck, quoique je me demande si on peut encore parler de « brochure » à ce niveau de somptuosité. On a vu des catalogues d'exposition qui pesaient moins lourd.

Je ne sais pas si c'est la nouvelle du cancer de Mrs Cunningham ou la perspective de mon rendez-vous chez le dentiste, mais être sans assurance commence à me mettre sérieusement mal à l'aise.

La dernière fois que j'ai demandé un devis, j'ai cru que le courtier s'était trompé d'un zéro. J'étais tellement stupéfié par le prix (6 300 dollars pour une couverture tout juste correcte) que j'avais calculé qu'il me faudrait vendre 14 000 livres supplémentaires chaque année ! (Chaque exemplaire en édition de poche me rapporte 60 cents : 7 % du prix public de 9,99 dollars moins les 15 % de mon agent. Après impôts, il m'en reste à peine 45.)

14 000 livres ! Un toutes les trente minutes, sauf les jours fériés ! Du coup, j'avais décidé de ne pas tomber malade.

Le plan Emerald Basic Health pourrait, en première analyse, me convenir. Il n'inclut pas les soins dentaires ou ophtalmologiques, mais couvre les visites chez le médecin, les médicaments et les frais d'hospitalisation, à concurrence de 1 million par an. Je vais demander un chiffrage à Chuck en lui suggérant, à titre d'échange de bons procédés, de m'acheter une centaine d'exemplaires de *Double jeu* pour les offrir à ses clients à Noël.

Samedi 30 juin

Observé ce matin Mrs Cunningham, qui s'activait dans son jardin. Rien dans son comportement ne laissait soupçonner qu'il ne lui reste que quelques mois à vivre. Je me reproche ma réaction quand elle m'a annoncé la terrible nouvelle. Pourvu qu'elle n'ait pas pris ma stupeur pour de l'insensibilité ou, pire encore, pour de l'indifférence.

Afin d'apaiser ma conscience, je lui ai offert

tout à l'heure un exemplaire de *L'usurpateur*. Elle l'a rangé dans sa bibliothèque, entre deux volumes de Jackie Collins, puis m'a proposé une tasse de thé, que je n'ai pu faire autrement que d'accepter.

C'est curieusement de ses finances, plus que de sa santé, qu'elle avait envie de parler. La police, souscrite par son défunt mari, Otto, s'élève à 500 000 dollars. Elle espère en tirer au minimum 300 000 dollars, une sacrée somme pour quelqu'un qui rapporte ses bouteilles en plastique à la consigne.

« Comptez sur moi pour faire mieux que ce nigaud de Bruce Webb, m'a-t-elle dit d'un air entendu. Il a touché 40 % de la valeur faciale. Je suis plus âgée, plus malade et, surtout, je ne vais pas me faire entuber sur les frais. »

Son chèque en poche, elle mettra le cap sur Las Vegas pour réaliser le rêve de sa vie, s'asseoir à une table de roulette avec un énorme tas de jetons, regarder le croupier dans les yeux, et miser 10 000 dollars sur le noir en sirotant un daïquiri.

« Je me défends au jeu, vous savez ? Avec Otto, on s'offrait une escapade à Vegas une fois par an, en avril, pour notre anniversaire de mariage. Bandit manchot le matin, black-jack l'après-midi, et les soirs où on avait bien marché, on allait au spectacle. Sinatra, Tony Bennett, Siegfried et Roy, on les a tous vus ! »

Je lui demande s'ils avaient un hôtel de prédilection quand ils descendaient à Vegas. Elle éclate de rire.

« La bonne blague ! Otto connaissait la musique. La semaine avant de partir, il appelait tous les hôtels du Strip pour connaître les derniers deals : le dîner au champagne, la suite nuptiale, les cocktails à volonté… Et si, sur place, on dégottait une meilleure affaire, on faisait nos bagages, et tchao la compagnie ! »

Dimanche 1er juillet

(…)

Ma plus grande surprise en lisant l'article de Vlad a été d'apprendre la profession de Jean-Michel Jacques. C'est l'une des premières personnes que j'ai rencontrées en arrivant à Destin Terrace. Lutin malicieux, mal fagoté, qui s'exprime dans un anglais pittoresque, empreint d'un fort accent francophone (j'ai découvert depuis qu'il est compatriote d'Hercule Poirot). Il s'était montré enchanté d'apprendre que j'avais étudié la littérature française et m'avait charitablement complimenté pour mon accent.

Nous faisons parfois du sport ensemble, lui perché sur un vélo d'appartement et moi ahanant sur mon tapis roulant. Quand mon rythme cardiaque le permet, nous discutons de la construction européenne dans la langue de Molière. Jean-Michel est un fervent partisan du rattachement de la Wallonie à la France. N'ayant guère d'avis sur la question, je m'amuse à attiser sa détestation des extrémistes flamands.

Je savais qu'il travaillait dans la finance. Il est toutefois la dernière personne que j'aurais imaginée diriger un fonds d'investissement — ce qu'on appelle, je crois, un hedge fund. Bien qu'ayant sans doute les moyens de s'offrir une des maisons de maître, il vit avec sa femme vietnamienne et leurs deux jeunes garçons dans un des appartements de la résidence. Il y a là un mystère que je me promets d'éclaircir.

Lundi 2 juillet

Je sors de chez le dentiste.

J'avais appelé le cabinet le plus proche, sans réaliser que le Dr Steve Lammons n'est autre que le quinquagénaire grincheux qui promène son teckel le soir, quand je rentre de la plage. Bêtement, je me suis senti obligé de le faire remarquer.

Mal m'en a pris. Lammons a attendu que j'aie les gencives endormies pour vider son sac.

« Vous avez lu cet article dans le *Wall Street Tribune*? »

J'ai hoché la tête, incapable d'articuler une syllabe.

Il s'est alors lancé dans une diatribe homophobe sans queue ni tête, tout en sondant mes molaires avec une pointe. J'ai fini par comprendre qu'il parlait de Bruce Webb, notre voisin qui a vendu sa police dans les années 80.

« L'aplomb de ce type ! Et comme par hasard, il est steward, le genre qui aime s'envoyer en l'air, si vous voyez ce que je veux dire... Quand j'en parle autour de moi, tout le monde l'applaudit : il a pris une année sabbatique, il s'est bien reposé et, avec l'argent qui lui restait, il a pu s'acheter un appartement au bord de la mer ! Franchement, moi, des maladies comme ça, j'en veux bien tous les jours ! »

J'ai poussé un grognement de douleur. Dans son élan, Lammons avait touché un nerf. Il ne s'en est pas excessivement ému.

« Mais cet argent, Dan, vous savez d'où il venait ? C'était le mien ! J'ai investi dans Sunset Partners en 94. Mais si, vous savez, le fonds qui a racheté la police de l'autre folle et de centaines de ses camarades de jeu. Ils en avaient soi-disant pour un an ou deux à vivre, trois maximum. Comment expliquez-vous qu'ils soient encore là, vingt-cinq ans plus tard ? »

Si je n'avais pas eu du coton plein la bouche, j'aurais allégué les progrès de la médecine, mais Lammons ne paraissait pas réellement désireux de connaître ma position.

« J'y ai englouti toutes mes économies de l'époque. Plus d'un demi-million en tout. C'est notre gros problème, à nous autres les dentistes : comment placer notre argent sans nous faire tondre par les malfaisants. Mes collègues achetaient des studios à Jacksonville ou des actions de boîtes de biotech. Moi, ça ne me disait rien : la Bourse me saoule ; quant aux locataires, si vous voulez mon avis, c'est beaucoup d'emmerdes pour pas grand-chose.

« Et puis un jour, mon partenaire de golf me fait faux bond. Le club me dégotte un remplaçant au pied levé, un certain Babbitt. On monte dans notre cart, il me demande ce que je fais dans la vie et là, l'air de rien, il se met à me parler de ses investissements, qui lui rapportent du 18 % par an. Ça n'a même pas l'air sorcier. Il n'arrêtait pas de répéter qu'il achetait et que la nature s'occupait du reste. Au trou n° 3, je lui demande s'il pourrait me faire une place dans son fonds. Au 6, je m'engage sur 300 000 dollars. Au 8, il me dit qu'il a un formulaire de souscription dans sa voiture. J'ai rempli les papiers au club-house. On n'a même pas fait le retour.

« Six mois plus tard, je n'ai toujours pas vu le début d'un fifrelin. Je commence à flairer une embrouille. Babbitt, très zen, me dit de ne pas m'affoler. Les tantouzes ne meurent plus comme avant, mais elles finiront bien par lâcher la rampe. En attendant, il va falloir remettre au pot pour payer les primes. »

Captivé par l'histoire de Lammons, je n'ai pas remarqué qu'il avait troqué sa sonde pour une fraise. Le bourdonnement caractéristique m'a fait sursauter. Je me suis enfoncé un peu plus profondément dans le siège pour retarder le moment fatidique du contact. Lammons, qui en a vu d'autres, a forcé son chemin entre mes dents en poursuivant le récit de ses déboires.

« Chaque année, c'était le même topo. La

comptable de Sunset et, plus tard, l'administrateur judiciaire m'envoyaient la liste des polices dans lesquelles j'avais investi. J'avais le choix entre payer les primes ou laisser expirer les contrats. Comme un con, j'ai raqué pendant quinze ans. De temps en temps, une tapette avalait sa cuillère mais l'indemnité couvrait rarement les primes de l'année. Je prenais conseil auprès de Rhonda Taylor, qui est plus ou moins de la partie. Rhonda Taylor, vous ne voyez pas? La quarantaine, divorcée... Elle habite un appartement derrière la piscine avec sa fille. Vous me croirez si vous voulez : cette dinde s'est systématiquement gourée. Il suffisait qu'elle me conseille d'abandonner une police pour que l'assuré casse sa pipe l'hiver suivant! Ah, je vous jure, celle-là, elle a pas inventé l'eau tiède!

« Résultat, je soigne encore des caries à 56 ans alors que mes copains de fac passent leurs journées sur les greens. Tiens, ça me dégoûte. »

Pour se défouler, Lammons m'a vrillé sa fraise dans la gencive, me tirant un hurlement de douleur.

« Oups, excusez-moi. Bon, il faudra revenir me voir. Ce n'est pas joli joli là-dedans. »

Au moment de payer, j'ai eu un haut-le-cœur : 380 dollars pour des radios que je n'avais pas demandées, une carie et un détartrage. Visiblement, Lammons est pressé de rejoindre ses amis à Pebble Beach.

J'ai demandé à la réceptionniste s'il était possible d'étaler le paiement. Elle a appelé Lammons qui a secoué la tête, comme s'il regrettait amèrement de s'être trompé sur mon compte.

« Quatre paiements mensuels de 100 dollars, le premier tout de suite. C'est mon dernier mot. »

J'ai tendu cinq billets de 20 à la réceptionniste en me promettant de me venger un jour de son abruti de patron.

(...)

Et merde, un éditeur de Wikipédia me demande de citer mes sources.

SEMAINE 2

Les secrets bien gardés
des sociétés d'assurance-vie

Par Vlad Eisinger

L'essor du life settlement, la pratique consistant à racheter une police d'assurance-vie à son souscripteur en pariant sur le décès de celui-ci, est directement lié au mode de tarification des assureurs.

Quiconque a souscrit une telle police est familier de la procédure, qui n'a guère évolué depuis un quart de siècle.

Le candidat commence par remplir un questionnaire de santé détaillé. Aux renseignements habituels (taille, poids, dossier médical, antécédents familiaux, etc.) succèdent plusieurs questions sur sa consommation de tabac.

Selon leur âge et le type d'assurance, les fumeurs paient en effet entre 30 et 100 % de plus que les non-fumeurs. Le Center for Disease Control (CDC) estime à 443 000 le nombre de décès imputables au tabac chaque année aux États-Unis. Toujours d'après le CDC, les fumeurs réguliers ont une espérance de vie inférieure de 14 ans à celle des non-fumeurs, un écart qui ne cesse de croître.

Le candidat passe ensuite une visite médicale (qui, à partir d'un certain montant, inclut une prise de sang et un électrocardiogramme), à l'issue de laquelle il est placé dans l'une des quatre catégories suivantes : super préférentielle, préférentielle, standard ou tabac.

Cette catégorie, l'âge et le sexe sont les trois facteurs principaux entrant dans le calcul de la prime annuelle que devra payer l'assuré. Pour déterminer l'espérance de vie de leurs clients, les assureurs s'appuient sur les tables de mortalité publiées et régulièrement mises à jour par la Society of Actuaries (SOA). Un homme de 35 ans a par exemple 0,16 % de chances de décéder dans l'année, un homme de 36 ans 0,17 %, etc. Une femme fêtant son centième anniversaire a 31 % de chances de mourir dans les douze mois.

Deux autres facteurs nettement moins connus interviennent dans le processus de fixation du prix des polices.

Le premier est la part des primes qui passent chaque année dans les frais généraux de l'assureur. Selon le dernier rapport annuel de l'American Council of Life Insurers (ACLI), les sociétés d'assurance-vie ont dépensé en 2011 $7Md en équipement et fournitures de bureau, $3Md en loyers, $3Md en publicité et $1Md en frais de déplacement. C'est autant d'argent qui ne sera pas reversé aux assurés.

Quelque élevés qu'ils paraissent, ces chiffres représentent une goutte d'eau en regard des $60Md dépensés l'an dernier par les membres de l'ACLI en frais administratifs et de siège, au premier rang desquels figurent les salaires des dirigeants.

Les quatre membres du comité de direction de Prudential Financial, le deuxième assureur du pays, se sont ainsi partagé $17,8M de rémunération en 2011. Le cours en Bourse de Prudential a reculé de 14 % sur la même période.

Les sociétés plus modestes ne sont pas en reste. Matthew Fin, président et fondateur d'Emerald Life, un assureur basé à Pensacola qui compte trois résidents de Destin Terrace parmi ses employés, a touché à lui seul $4,7M en salaire, actions gratuites et stock-options. Mr Fin a par ailleurs bénéficié d'avantages en nature estimés à $643 050 par la société, principalement sous forme de dépenses de sécurité et d'utilisation de l'avion privé d'Emerald.

Les actifs gérés par Emerald Life au 31 décembre 2011 étaient

229 fois inférieurs à ceux de Prudential.

Mais nul poste ne coûte davantage aux assureurs que l'entretien de leur force commerciale, à qui ils ont versé $52Md de salaires et commissions en 2011. Les meilleurs agents généraux sont l'objet de toutes les attentions : billets pour des événements sportifs, voyages à Paris ou Venise en classe affaires avec conjoint, séminaires fastueux dans les Caraïbes, etc.

Selon Linda Andreesen, porte-parole de l'American Business Travel Association, le budget des conventions réunissant les agents les plus performants peut atteindre jusqu'à $25 000 par participant. «Ils n'hésitent pas à engager Céline Dion ou Billy Joel pour des concerts privés. Seule l'industrie pharmaceutique dépense davantage», ajoute Mrs Andreesen.

Les agents sont rémunérés quasi exclusivement à la commission. Sur chaque nouvelle police d'assurance-vie, ils touchent entre 100 et 120 % de la prime annuelle à la signature, auxquels viennent parfois s'ajouter des versements complémentaires qui s'étalent sur une durée pouvant aller jusqu'à dix ans après la souscription. Ils perçoivent aussi des commissions plus faibles — entre 10 et 15 % — sur les produits récurrents (habitation, automobile, invalidité, etc.) qu'ils vendent à leurs clients.

Cependant, Richard Wicks, directeur des études à l'American Association of Insurance and Financial Advisors, réfute la notion selon laquelle la rémunération des agents serait excessive. «Beaucoup d'idées fausses circulent sur ce sujet. Il faut savoir que la moitié de nos membres gagnent moins de $47 000 par an. 10 % seulement ont des revenus supérieurs à $115 000.»

Les commissions n'étant pas limitées, les stars du métier empochent plusieurs millions de dollars par an.

Sans atteindre de tels sommets, Charles «Chuck» Patterson, agent général pour Emerald et résident de Destin Terrace, gagne très confortablement sa vie. Il habite une maison de maître qu'il a payée cash $1 175 000 en février 2007.

Les registres du cadastre fiscal du comté d'Okaloosa montrent qu'il est par ailleurs copropriétaire, avec son beau-frère, de six maisons et d'un immeuble de rapport dans la commune voisine de Niceville.

«Mes clients ont travaillé dur pour arriver où ils sont. Je les aide à protéger leurs familles contre les aléas de l'existence», déclare Mr Patterson, qui appartient depuis 2008 au prestigieux Club du Président des meilleurs vendeurs d'Emerald et se dit «fier de sa réussite financière».

Dans une industrie où les parts de marché sont particulièrement difficiles à conquérir, il n'est pas rare de voir une entreprise offrir plusieurs centaines de milliers de dollars aux vétérans prêts à passer à la concurrence. Une éventualité que Chuck Patterson écarte d'un revers de main : «Je suis fidèle à Emerald. Les champions restent avec les champions.»

Mises bout à bout, ces dépenses expliquent pourquoi les paiements aux assurés ne représentent qu'à peine 51 % du chiffre d'affaires de MetLife, le leader du marché. Emerald, l'employeur de Mr Patterson, fait encore moins bien en redistribuant seulement 46 % de ses revenus à ses clients. Par comparaison, les casinos rendent 94,7 % des mises aux joueurs de roulette.

Les taux de redistribution n'ont pas toujours été aussi bas. Au XVIIe siècle, un banquier napolitain, Lorenzo Tonti, lança, avec l'autorisation de Louis XIV, un système de prévoyance d'un genre nouveau. Les participants plaçaient une somme dans un fonds commun en convenant de se partager les intérêts une fois par an. Chaque décès au sein du pool accroissait mécaniquement le rendement des investisseurs restants. Le dernier survivant empochait le pactole.

La tontine, nommée ainsi en hommage à son créateur, fut progressivement interdite au XIXe siècle quand il s'avéra que des investisseurs sans scrupules faisaient liquider les autres participants afin de s'approprier une plus grand part du gâteau.

Le second facteur influant sur le prix d'une police est ce que les assureurs appellent le taux de lapsing. Jeffrey McGregor, 38 ans, résident de Destin Terrace

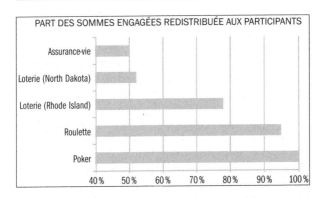

PART DES SOMMES ENGAGÉES REDISTRIBUÉE AUX PARTICIPANTS

depuis 2008, est vice-président et actuaire en chef d'Emerald. « Certains assurés cessent de payer leurs primes. On dit alors que la police lapse. »

Plusieurs raisons peuvent expliquer qu'un assuré laisse lapser sa police : il n'en a plus besoin, il n'a plus les moyens ou il oublie de payer les primes.

Selon l'ACLI, 6,1 % des polices individuelles ont expiré en 2011. Un cinquième des propriétaires, qui avaient contribué au-delà de leurs obligations durant les années précédentes, ont reçu un remboursement en cash de l'assureur. Les quatre cinquième restants n'ont rien touché. Tous ont perdu leurs droits de façon irrémédiable.

Ce chiffre de 6 % de contrats abandonnés d'une année sur l'autre, limité en apparence, doit être mis en rapport avec les 20, 30 ou 50 ans qui constituent l'horizon habituel d'une police. Au bout du compte, seulement un dixième des contrats finissent par donner lieu au paiement de l'indemnité.

Rick Weintraub, président de l'Insurance Consumers' Association, déplore que le grand public soit si mal informé. « Personne ne me croit quand j'explique que 90 % des polices souscrites ne donneront jamais lieu à paiement. C'est pourtant la vérité. Et cela dure depuis près d'un siècle ! »

Les assureurs entretiennent une position ambiguë vis-à-vis

du lapsing. Dans son dernier rapport annuel, l'ACLI affirme que «les assureurs cherchent vigoureusement à minimiser le lapsing. Les agents généraux sont en particulier formés à identifier de façon réaliste les besoins des clients ainsi que la part de leurs revenus qu'ils peuvent consacrer à la protection de leur famille».

Jeffrey McGregor admet cependant que le lapsing est l'ami de l'assureur, qui se voit en effet délier du jour au lendemain de ses obligations contractuelles. «Financièrement, c'est intéressant pour nous. Ces clients ont payé pendant des années et ils ne collecteront jamais d'indemnités.» Mr McGregor s'empresse d'ajouter qu'un lapsing élevé permet aux assureurs de proposer des tarifs très compétitifs. «Si tous nos clients gardaient leurs polices jusqu'au bout, nous serions contraints de doubler ou de tripler nos prix.»

Chuck Patterson abonde dans le même sens. Il cite le cas d'un de ses voisins de Destin Terrace qui vient de prendre une police pour protéger sa femme et ses deux enfants contre l'éventualité de son décès au cours des vingt prochaines années. «C'est un homme de 35 ans, en bonne santé, qui n'a jamais fumé. Il a pu acheter $500 000 de couverture pour $22 par mois. Voilà le genre de tarifs que permet un taux de lapsing élevé.»

Ce taux de lapsing qui a fait la fortune des assureurs pourrait bien devenir leur talon d'Achille. Les fonds de life settlement qui achètent des polices les conserveront en effet jusqu'à maturité.

Chuck Patterson

Rhonda Taylor habite un des appartements de Destin Terrace depuis 2006. Elle travaille pour Integrity Servicing, une société qui administre des milliers de polices d'assurance-vie pour le compte de plusieurs fonds de life settlement.

«Quand nous notifions aux

assureurs que la police a changé de mains, ils font la grimace», explique Mrs Taylor. «Pour eux, c'est une mauvaise nouvelle. Ils croyaient avoir assuré Jack Smith de Wichita, Kan., et ils se trouvent soudain face à un hedge fund de New York ou Miami. Du coup, ils savent que le contrat ne lapsera pas et qu'au bout du compte ils devront payer.»

Jeffrey McGregor ne nie pas que la libre cessibilité des polices préoccupe les assureurs. Il plaide pour des règles du jeu plus strictes et surtout pérennes. «Aucune industrie n'a davantage besoin de stabilité que la nôtre. Que se passerait-il si, en l'espace de quelques mois, les fonds rachetaient la moitié des polices en circulation? Les assureurs feraient faillite, jusqu'au dernier. Personne n'y a intérêt.»

Avec 6 ou 7 milliards échangés chaque année sur les 19 000 milliards de dollars des contrats en circulation, on est loin du scénario catastrophe agité par les assureurs.

Selon Susan McGregor, l'épouse de Mr McGregor et la vice-présidente du fonds de life settlement Osiris Capital, les assureurs sont cependant moins vulnérables qu'il n'y paraît. «Certains fonds ont pour seul objectif d'acheter un grand nombre de polices et de les porter jusqu'à maturité. Ils sont tellement persuadés d'être plus malins que les assureurs qu'ils ne prêtent guère attention aux prix. Je leur prédis des lendemains difficiles. Les assureurs ne sont pas nés de la dernière pluie.»

Ces nouveaux investisseurs se battent pour acquérir les polices les plus évidentes : le cancer du foie inopérable ou la maladie dégénérative, dont la progression peut être prédite avec une forte probabilité. «Résultat», explique Mrs McGregor, «ils surpayent systématiquement, sans réaliser les risques qu'ils encourent. Si le décès survient au bout de quelques années comme prévu, ils sortent du 8 ou 10 %. Au premier coup de grisou, ils perdent leur chemise.»

Les acheteurs font parfois face à une autre sorte de concurrence : les assureurs eux-mêmes, qui n'hésitent pas à racheter en sous-main les polices dont l'issue

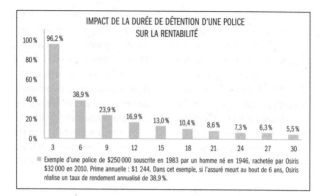

IMPACT DE LA DURÉE DE DÉTENTION D'UNE POLICE SUR LA RENTABILITÉ

Exemple d'une police de $250 000 souscrite en 1983 par un homme né en 1946, rachetée par Osiris $32 000 en 2010. Prime annuelle : $1 244. Dans cet exemple, si l'assuré meurt au bout de 6 ans, Osiris réalise un taux de rendement annualisé de 38,9 %.

ne fait aucun doute. Rien de plus normal selon Jeffrey McGregor : «Nous préférons payer $300 000 tout de suite, pour retirer de la circulation un contrat qui risque de nous coûter $1M d'ici quelques années. C'est une question de bon sens.»

D'autres investisseurs, plus sophistiqués, intègrent dans leurs calculs d'espérance de vie des critères allant au-delà du sexe ou de l'âge. Les actuaires savent par exemple depuis belle lurette que les gauchers vivent en moyenne un an de moins que les droitiers. Le code postal constitue à lui seul une mine de renseignements. «Les habitants de Beverly Hills sont mieux soignés que ceux du Bronx, ce serait folie que de prétendre le contraire», explique Susan McGregor, qui cite d'autres facteurs tout aussi révélateurs, tels que le patrimoine ou le niveau d'études.

La loi interdit aux assureurs d'utiliser la race comme facteur discriminant lors de la souscription d'une police. Selon une récente étude publiée dans le *Journal of the American Medical Association*, les Afro-Américains vivent pourtant 5 ans de moins que les Blancs, 9 ans de moins que les Latino-Américains et 13 ans de moins que les Américains d'origine asiatique, des écarts trop significatifs pour ne pas attiser la curiosité des investisseurs.

Timothy Harris, le président

de Targeted Life Settlement, a déclenché un mini-scandale l'an dernier en révélant que son fonds, basé à Denver, recourait au profilage racial pour sélectionner les polices sur lesquelles il enchérissait.

«Pourquoi ferions-nous semblant d'ignorer qu'Emily Yu vivra plus longtemps que Latoya Johnson?» a-t-il déclaré au cours d'une conférence professionnelle portant sur les résultats du recensement national de 2010. Les organisateurs de la manifestation ont publié un communiqué condamnant les propos de Mr Harris, qui a par la suite été exclu de LISA et contraint par ses souscripteurs à fermer son fonds.

Mr Harris n'a pas donné suite à nos demandes répétées d'interview.

Jean-Michel Jacques, le patron de Susan McGregor, laisse volontiers ce type de critères à ses rivaux. Son fonds, Osiris Capital, s'est spécialisé très tôt dans le rachat de polices de malades du sida. «Nous nous sommes procuré l'ensemble des études jamais publiées sur le sida aux États-Unis, en Europe et au Japon. Nous avons ensuite recoupé les données en éliminant les doublons et en indexant, chaque fois que c'était possible, la date à laquelle le patient avait été contaminé, les traitements qu'il avait suivis, ainsi qu'une multitude d'autres critères sur lesquels je préfère garder le secret.»

Ayant eu vent de l'initiative d'Osiris, Roberto Sandoval, directeur du laboratoire de recherche contre le sida à l'Université Johns Hopkins, a proposé à Jean-Michel Jacques d'acquérir une copie de son logiciel.

«Il a repoussé toutes nos offres, pourtant plus que généreuses», se souvient Mr Sandoval. «Il craignait de voir son modèle tomber aux mains de ses concurrents. Pour finir, il nous a fourni gratuitement les données qui présentaient le plus grand intérêt médical, contre la promesse qu'elles ne sortiraient jamais de notre labo. C'est quelqu'un qui comprend vraiment la recherche scientifique.»

Mr Jacques n'achète un portefeuille que si celui-ci présente une espérance de rendement annuel supérieure à 15 %. Il ne sous-estime pas pour autant les progrès de la médecine. «Dans notre pire scénario, les malades du sida vivent aussi longtemps que le reste de la population. Même ainsi, nous gagnons de l'argent.»

Quid d'un vaccin contre le cancer ou d'une découverte miraculeuse qui prolongerait subitement l'espérance de vie jusqu'à 120 ou 150 ans?

«Tous les fonds de life settlement boiraient le bouillon», admet Jean-Michel Jacques. «Mais c'est un risque que je suis prêt à courir. Et si d'aventure cela arrivait, j'espère que mes souscripteurs seront assez philosophes pour penser aux années gagnées et non aux millions perdus.»

Écrire à Vlad Eisinger : vlad.eisinger@wst.com

La semaine prochaine : La lutte sans merci entre assureurs et fonds de premium finance.

Journal de Dan

Mardi 3 juillet

Je me suis permis d'aller sonner à la porte de Jean-Michel Jacques hier soir. C'était la première fois que je m'aventurais dans ce coin de la résidence. Les parties communes anonymes et les rangées de boîtes aux lettres m'ont rappelé à quel point je détestais ma vie à New York sur la fin.

C'est Anh, la femme de Jean-Michel, qui m'a ouvert. Très gentille. Elle voyait tout à fait qui j'étais. Elle m'a conduit à la chambre des enfants. Assis en tailleur sur la moquette, Jean-Michel lisait une histoire en français à ses deux garçons, sages comme des images dans leurs lits superposés. Il m'a fait signe qu'il n'en avait pas pour longtemps. Pendant qu'il terminait, j'ai jeté un coup d'œil autour de moi. Trois-pièces modeste, où tout est conçu pour donner l'illusion de la qualité au moindre coût. Les finitions en particulier — électroménager, revêtements, éclairages — sont nettement moins soignées que chez moi. Le prix des appartements n'est pas le même non plus, il n'y a pas de mystère.

Jean-Michel semblait ravi de me voir. Il m'a proposé un café. J'ai refusé, de peur d'empiéter sur son temps en famille. Je lui ai expliqué que j'avais besoin de ses lumières sur certains mécanismes financiers que je décris dans *Ariane Cimmaron*. Accepterait-il de me consacrer une demi-heure, si possible autre part que dans la salle de gym ?

Il m'a donné rendez-vous vendredi midi à son bureau.

Mercredi 4 juillet

Encore bien travaillé sur *Ariane* ce matin. Je touche cependant à tout instant mes limites en matière économique. Puisse Jean-Michel se montrer pédagogue.

Dans un autre registre, Perutz est toujours là, coincé entre Elias Canetti et Franz Blei. Je me force à ne recharger la page que deux fois par jour, autant par souci de mon temps que par crainte d'attirer l'attention des administrateurs de Wikipédia.

La fiche de Broch n'a enregistré aucune modification depuis mon forfait de la semaine dernière. Mais ce bon Hermann est mort depuis soixante ans. Rien d'étonnant à ce que son actualité soit assez calme.

Je m'aperçois que je n'ai pas lu le deuxième article de Vlad. Avec un peu de chance, Mrs Cunningham l'aura gardé. Je m'attends à ce qu'il en soit abondamment question tout à l'heure au pique-nique de la résidence.

Jeudi 5 juillet

Décidément, ma vie sociale est tombée bien bas pour qu'un barbecue au club-house de Destin Terrace en constitue le point culminant de la saison.

Nous étions au moins deux cent cinquante à nous presser autour du buffet, où Ed Linkas, spatule à la main, retournait adroitement les hamburgers. L'appétit ouvert par une longue balade sur la plage, je me suis surpris à souffler, sans aucun scrupule, le dernier hot dog à un des fils McGregor.

Melvin Phelps passait de groupe en groupe pour s'excuser que le buffet n'atteigne pas à la munificence de l'an dernier. Apparemment, plusieurs résidents n'ont pas payé leurs charges, obligeant la copropriété à faire des économies. Du coup, il a fait une croix sur le traiteur et envoyé Rafaela à Costco acheter des plateaux de sandwiches et des cupcakes. Manuel, le mari de Rafaela, contrôlait l'accès aux boissons alcoolisées, tandis que les petits-enfants de Phelps aidaient à débarrasser les tables.

Au passage, Melvin nous a présenté sa fille, Kimberly, qui emménage chez eux, «temporairement, le temps de se faire son propre nid». Après quelques années passées dans la banque d'investissement à Wall Street, elle s'est reconvertie dans l'assurance, chez Saint-Joseph, une société concurrente de celle de Chuck Patterson. Phelps m'a collé son héritière dans les pattes, sous prétexte que, ayant tous deux habité à New York, «nous avions sûrement des tas de choses à nous dire». Comme si je n'avais pas assez d'un agent d'assurances à mes basques!

Ce qu'il ne peut pas savoir, c'est que j'ai quitté New York en partie pour fuir les femmes comme Kim. Je ne supportais plus leurs voix nasillardes, leurs manies alimentaires ridicules, leurs proclamations d'indépendance aussi véhémentes que leur désir de se trouver un mari, les ruses plus ou moins subtiles auxquelles elles recouraient pour évaluer mon pouvoir d'achat (l'une d'elles a poussé l'ingéniosité jusqu'à estimer mes revenus à partir du rang de mes livres dans le classement des ventes d'Amazon).

Et pourtant, dans un élan de cet altruisme qui me caractérise, j'ai décidé de donner sa chance à la donzelle. Bien m'en a pris : elle a du plomb dans la cervelle, contrairement à certaines qui se prétendent spécialistes de théâtre sous prétexte qu'elles ont vu *Mamma Mia* à Broadway. Elle ne cache pas non plus qu'elle compte beaucoup sur Papa pour lui mettre le pied à l'étrier. J'ai pris les devants en lui disant que je ne possédais strictement rien qui mérite d'être assuré (j'ai déjà remarqué que les télémarketeurs ne raccrochent jamais aussi vite que quand je déclare être fauché).

« Même pas votre vie ? a-t-elle demandé en souriant.

— Surtout pas ma vie », ai-je répondu.

Comme prévu, l'article de Vlad était au centre de toutes les conversations. Jean-Michel Jacques et Jeffrey McGregor ont longuement discuté de sélection adverse, un terme savant pour décrire le fait que les individus malades laissent moins souvent expirer leur police que les clients en bonne santé. Ça paraît logique ; toute la difficulté consiste pour les assureurs à intégrer ce comportement dans leurs modèles mathématiques. Susan McGregor écoutait en silence. Si j'ai bien compris, elle et son mari sont concurrents. Elle contemplait Jean-Michel avec vénération, buvant littéralement ses paroles. Pendant ce temps, un peu à l'écart, Anh indiquait de la tête à ses deux fils ce qu'ils avaient le droit de mettre dans leur assiette.

Surpris plus tard un conciliabule entre Sharon Hess et Donna Phelps, la femme de Melvin, qui débinaient consciencieusement Jean-Michel. Elles lui trouvent tous les défauts de la terre : sa profession (odieuse), son accent (grotesque), sa femme vietnamienne (probablement communiste), ses enfants qui trustent tous les prix à l'école, et jusqu'à sa parcimonie, coupable d'affaiblir l'économie américaine. Donna s'est plainte que Jean-Michel ait refusé de contribuer à l'œuvre de charité qu'elle préside. « Il doit gagner des millions et il ne peut pas trouver 100 dollars pour nos vétérans ? Quelle honte ! Ce n'est pas comme ça qu'il va s'intégrer. »

Chuck Patterson, qui profite d'habitude de ces garden-parties pour distribuer des cartes de visite, en a pris lui aussi pour son grade. Après avoir suivi d'un air inquiet le manège de la tribu Phelps, il a essuyé les foudres de Mrs Cunningham, qui exigeait de savoir combien d'argent il gagne chaque année sur ses polices auto et habitation. Mal à l'aise, il a botté en touche.

Mark Hansen, qui vient de souscrire une police d'assurance-vie, a demandé à Patterson s'il avait vraiment touché, sur son contrat, une commission équivalant à un an de prime. En homme au fait des réalités économiques, il ne paraissait pas choqué, juste curieux. Jennifer, sa femme, n'a pas montré la même largeur de vue. Elle a reproché à Chuck de ne pas avoir réduit son taux de commission, à titre amical. Chuck a rétorqué, sans rire, que tous ses clients étaient des amis. Mark est venu assez sportivement à sa rescousse en affirmant qu'il avait trouvé le prix de l'assurance très faible.

« Normal, lui a répondu Jeffrey qui passait par là, en tant que non-fumeur de 35 ans, tu n'as qu'une chance sur 700 de mourir dans l'année. » (Je soupçonne les McGregor d'avoir un jeu de tables de mortalité affiché aux toilettes.)

Michael Hart a fait une apparition tardive, alors que la sono entonnait, par une heureuse coïncidence, les premières mesures du tube de Springsteen, *Born in the U.S.A.* Il était vêtu d'un pantalon à pinces bleu marine et d'un polo Ralph Lauren, frappé, comme il se doit en ce jour de fête nationale, du drapeau américain. C'est un bel homme d'une quarantaine d'années, rasé de près, au bronzage et aux dents impeccables (il a dû les faire blanchir chez Lammons et passer la douloureuse en note de frais).

Ed Linkas, qui s'était fait remplacer au poste hamburgers, m'a confié avoir voté pour lui aux dernières élections du Parlement de Tallahassee.

« Il a gagné les doigts dans le nez. Il faut dire qu'il a tout pour plaire : sympa, riche mais pas trop, à l'aise en espagnol, chasseur, réserviste, administrateur de la Croix-Rouge… Les républicains, qui raffolent de ce genre de profils, le tannent pour qu'il se présente aux prochaines législatives. Lui, pas fou, se fait prier. Il prétend qu'il ne quittera pas Destin avant d'avoir vu l'équipe de softball de sa fille remporter le championnat du comté. Les électeurs adorent ! »

Observé le bonhomme avec une certaine admiration. J'ai beau savoir que tous ses gestes sont calculés (son rire de connivence avec Jennifer Hansen, sa tape désinvolte sur l'épaule de Brian Hess, son cri d'extase en goûtant la tarte aux myrtilles de Mrs Cunningham), il exsude la décontraction. Pas de doute, c'est un métier.

Ed nous a présentés. Hart, qui avait un peu forcé sur l'eau de Cologne, m'a serré la main avec effusion, comme si notre rencontre marquait le début d'une longue amitié. Il a prétendu se souvenir de ma mère, « une femme d'une rare gentillesse » (étrange choix de mots pour qui connaissait Maman), avant de me demander si j'avais trouvé le temps de m'inscrire sur les listes électorales.

J'ai lancé Hart sur les articles de Vlad, curieux de savoir quel regard il portait sur le marché du life settlement. Il s'est lancé dans une réponse aussi ampoulée qu'interminable, un vestige sans doute de sa formation d'avocat. Il a défendu, en préambule, le droit des seniors à vendre leurs polices, « afin d'adapter la structure de leur épargne aux défis posés par le grand âge ». « En même temps, a-t-il poursuivi, les assureurs ont besoin de règles du jeu claires et transparentes. » (J'ai déjà noté cette tendance aux pléonasmes chez les politiciens. Pourquoi pas « claires, simples, transparentes et compréhensibles », tant qu'on y est ?) Il a conclu sur « l'importance d'une législation pragmatique, qui prenne en compte les intérêts de tous ».

Je n'ai pas posé de deuxième question.

Les petits-enfants de Phelps, qui avaient déserté leur poste, jouaient à chat autour de la piscine en s'empiffrant de cupcakes et de hot dogs, pendant que Rafaela, désormais seule sur le pont, assurait héroïquement le service, regarnissait le buffet à intervalles réguliers et balançait les assiettes vides dans un grand sac-poubelle.

Également taillé un brin de causette avec Bruce Webb, le steward qui a vendu sa police dans les années 80. Je l'ai reconnu grâce à son portrait dans le *Wall Street Tribune*. Il mangeait sa salade de fruits à l'écart. Il m'a confié se sentir un peu ostracisé depuis que Vlad a révélé qu'il a le sida. Donna Phelps et Blanche Patterson lui battent froid. Il a même trouvé un message blessant (dont il n'a pas voulu me rapporter le contenu) dans sa boîte aux lettres. Malgré l'aversion que m'inspire le personnage, je ne crois pas Lammons (qui, Dieu merci, n'a pas cru bon d'honorer notre nouba de sa présence) capable d'une telle bassesse.

Tandis que nous discutions, une fille de 16 ou 17 ans, ongles peints en noir, piercing dans le nez, s'est approchée de Bruce pour l'encourager à « tenir bon ». Elle a disparu aussi vite qu'elle était arrivée, nous laissant dans un silence gêné.

Un drôle de coco, ce Webb. Il m'explique, sans gêne, que les compagnies aériennes recrutent à dessein des hommes gays : ils ne tombent pas enceintes, n'ont pas d'attaches familiales, revendiquent peu (car ils adorent voler et voir du pays) et se font moins draguer par les passagers. Il s'est installé à Destin pour se rapprocher de sa mère qui vit en maison de retraite, alors que son partenaire depuis dix ans, steward comme lui, habite au Texas. Ils se croisent au gré de leurs escales et s'appellent tous les soirs avant de se coucher.

Bruce m'a présenté à son voisin, un certain Ray Wiggin, journaliste au *Northwest Florida Daily News*, la feuille de chou locale, où il dirige la rubrique nécrologique. Il parle de son métier avec une ferveur stupéfiante. Apprenant que je suis écrivain, il m'a invité chez lui, où il met soi-disant la dernière main à une invention révolutionnaire. J'ai promis de lui rendre visite un de ces jours.

J'ai quitté la fête, qui commençait à battre de l'aile, vers 21 heures, pour aller assister tranquillement au feu d'artifice depuis la plage. Après avoir vu ma taxe foncière partir en fumée, je suis passé en rentrant devant la piscine, où Manuel et Rafaela s'activaient pour tout ranger. Pas trace des petits-enfants de Phelps à l'horizon.

(...)

Croisé Chuck Patterson qui sortait de chez Mrs Cunningham. Il était au bord de l'apoplexie.

« Elle ne veut plus que je la représente pour vendre sa police. "Vous avez gagné assez d'argent sur mon dos", m'a-t-elle dit. Et moi comme un imbécile qui ne lui avais pas fait signer de mandat ! Ça m'apprendra à travailler en confiance avec mes clients, tiens ! Vous saviez que je lui taillais régulièrement ses haies pour pas un rond ? Elle n'aura qu'à les tailler elle-même, à présent ! »

J'ai essayé de prendre la tangente, mais Chuck avait besoin d'une oreille compatissante.

« La vérité, c'est que je suis puni d'avoir du succès. Je trime comme un damné depuis trente ans. Demandez à Blanche à quand remontent mes dernières vacances, tiens, pour voir ! Toujours sur le qui-vive, ce brave Chuck ! Matin, midi et soir, le samedi et même le dimanche à la sortie de la messe !

« Je vais vous dire, Dan, le métier d'assureur est l'un des plus sous-estimés qui soient. Sept agents sur dix jettent l'éponge après trois ans, faute d'avoir réussi à faire leur trou. La moitié d'entre nous gagnent des clopinettes.

« Elle a intérêt à avoir les reins solides, la petite Phelps ! Elle va découvrir le sens du mot "concurrence". Wall Street, à côté, c'est le monde des bisounours ! On verra si elle sponsorise l'équipe de softball des gamines du quartier comme bibi. Entre les maillots, les ballons et les trophées, c'est que ça finit par coûter une blinde, cette affaire ! Sans compter qu'à la fin de la saison je régale les mioches et leurs parents chez Pizza Hut ! Et les girl-scouts ! Vous savez combien de putain de boîtes de cookies je leur achète chaque année ? De quoi nourrir une petite armée ! Ah, il va devoir les allonger, le père Melvin, s'il veut suivre la cadence…

« Alors oui, c'est vrai, j'ai acheté ma maison cash. Je ne vais quand même pas m'excuser, bon Dieu ! Mon banquier tirait une tête de six pieds de long. "Vous êtes sûr que vous ne devriez pas viser plus grand?" qu'il disait. "D'habitude, quand les gens ont un million devant eux, ils empruntent la même somme et s'achètent une maison à deux millions." Quel bon sens, je vous jure! Et après, ça s'étonne de n'avoir que des dettes à léguer à ses enfants!

« D'autant que je vais vous dire, la crise de l'immobilier, moi, je l'ai prise en pleine poire. Tous ces foutriquets qui ont acheté leur maison en ne mettant que 5 % sur la table, ils peuvent toujours prendre leurs cliques et leurs claques et planter la banque. Tandis que moi, je suis collé. Oui, moi, le seul à peu près responsable ici, je suis forcé d'attendre que les prix remontent en épongeant les arriérés des rats qui quittent le navire. Alors, entre nous, Dan, qui est le vrai patriote dans tout ça?

« Au fait, vous avez réfléchi à cette police santé? »

Vendredi 6 juillet

J'ai d'abord cru que Jean-Michel s'était trompé d'adresse. Osiris Capital est logé dans un immeuble maussade qui donne sur le parking de Publix, entre un chiropracteur et un avocat qui fait de la pub à la radio, en espagnol, en direction des accidentés de la route.

Malgré son nom ronflant, Osiris Capital n'emploie en tout et pour tout que trois personnes : Jean-Michel, Susan McGregor et Lori, une quinquagénaire replète qui se présente à moi sous le titre d'*office manager*, ce qui doit vouloir dire qu'elle répond au téléphone et commande les recharges de la machine à café.

Jean-Michel occupe une pièce à peine plus grande qu'une boîte à chaussures, dont le mobilier au complet a dû coûter moins de 200 dollars chez Staples. Susan McGregor bénéficie, en comparaison, d'un traitement royal : lumière naturelle, moquette immaculée et murs repeints de frais.

Au cas où je n'aurais pas compris, Jean-Michel m'explique qu'il aime conduire ses affaires de manière frugale. Pour le peu de transactions qu'il réalise, deux employés lui suffisent amplement. Il évalue lui-même chaque portefeuille et sous-traite les tâches subalternes (administration des polices, paiement des primes, collecte des indemnités, etc.) à une société spécialisée de Niceville.

Il est en train de répondre à mes questions quand une sonnerie indique qu'il a reçu un texto. Un coup d'œil à son téléphone et son visage s'éclaire : «Ah, une maturité!»

Devant mon incompréhension, il traduit : «Le terme technique pour un décès. On ne prononce jamais le mot "mort" dans cette industrie.»

Il émet un petit sifflement.

«250 000 dollars, pas mal du tout! Une seconde, Dan.»

Il crie à travers la cloison :

«Lori, vous pourrez chercher la nécro de Lucy Bennett? Bennett, avec deux *n* et deux *t*.»

Il m'explique qu'il met un point d'honneur à lire la notice nécrologique de chaque personne de son portefeuille.

«Avant qu'ils meurent, ce sont des numéros. Il faut qu'il en soit ainsi. Je ne veux pas souhaiter la mort de quelqu'un en particulier, vous comprenez?»

Je fais signe que oui.

Il continue :

«À leur décès, c'est différent. Je m'autorise à les considérer comme des êtres vivants.»

Je m'abstiens de relever l'ironie de sa formule.

«Je prends parfois la peine de confronter les grandes étapes de la nécro avec le dossier médical. C'est édifiant! Si vous saviez combien de divorces interviennent dans l'année qui suit un diagnostic de cancer… Et je ne parle même pas des enfants adultes, dont le père est mort du sida, qui refusent d'apparaître sur le faire-part.»

Je lui fais remarquer que ses affaires semblent florissantes.

«Ne vous y trompez pas. On est le 6 et nous n'en sommes qu'à 300 000 dollars de maturité. Nous devons payer 1,4 million de primes tous les mois, rien que pour maintenir les polices actives. Mais, l'un dans l'autre, je ne me plains pas, nous faisons une excellente année.»

Le moment me paraît bien choisi pour lui poser la question qui me brûle les lèvres.

«Alors vous allez déménager?

— Mais non, me répond-il. Nous sommes très bien à Destin Terrace. Et, de toute façon, je n'en ai pas les moyens. J'ai investi toutes mes économies dans Osiris.

— N'était-ce pas un peu imprudent? »

Il hausse les épaules.

« Je n'ai pas vraiment eu le choix. Sans réputation ni historique de performance, personne ne m'aurait suivi si je n'avais pas prouvé que je croyais à mon produit. »

Il me raconte dans quelles circonstances il s'est mis à son compte. Il travaillait à Londres dans une grande banque américaine, où il était en charge de dénicher des investissements non conventionnels pour les clients de la gestion de patrimoine. Il s'amusait comme un petit fou à acheter des terres agricoles au Kazakhstan, des toiles de peintres underground chinois ou des grands crus en primeur. Et puis, un jour, un intermédiaire lui a proposé un portefeuille de polices d'assurance-vie. Par un heureux hasard, Jean-Michel avait consacré sa thèse de doctorat au mécanisme du viager. Il a immédiatement compris les tenants et les aboutissants du life settlement. De nombreux fonds, ayant sous-estimé l'espérance de vie des malades du sida, bradaient à l'époque des pans entiers de leurs portefeuilles, pour réunir de quoi payer les primes des polices restantes.

« Bref, c'était le moment d'investir. J'en ai parlé à mon patron, qui m'a pris de haut. Lui ne jurait que par les reliques du monde du sport

— les autographes de gloires du basket, les maillots dédicacés par Maradona —, un marché qui, soit dit en passant, pèse entre 2 et 3 milliards par an. Personnellement, j'ai un peu de mal à comprendre qu'il se trouve des gens pour mettre 1 million dans une balle de base-ball usagée et surtout pour considérer ça comme un placement!

«J'étais de toute façon décidé à ne pas faire de vieux os dans la banque. Le manque d'éthique de mes collègues me donnait la nausée. Ils parlaient de leurs clients comme de moutons juste bons à tondre, leur vantant systématiquement les produits sur lesquels ils étaient le plus commissionnés, ou leur faisant acheter des actions qu'eux-mêmes n'auraient pas touchées avec une pincette. Bref, j'ai empoché mon bonus — 1 million de dollars tout de même — et je suis parti.

«Anh a été formidable. Si elle m'a trouvé inconscient, elle ne l'a jamais montré. Nous avons vendu notre maison à Hampstead, pour emménager dans un appartement trois fois moins grand. La première année, je travaillais dans la cuisine, sans me verser de salaire. J'ai entrepris d'assembler un petit portefeuille en enchérissant uniquement sur les polices qui me paraissaient offrir un rendement exceptionnel. Deux ou trois belles maturités m'ont aidé à convaincre quelques proches d'investir à mes côtés. Nous avons ainsi pu rafler des portefeuilles entiers, en pleine débandade des marchés.

«En 2009, nous avons bouclé notre plus grosse

opération en rachetant près de 3 000 polices à Sunset Partners. Je passais une semaine sur deux aux États-Unis, je ne voyais presque plus les enfants, ça devenait n'importe quoi. Anh et moi avons décidé qu'il fallait que je me rapproche de mes affaires. C'était New York ou la Floride : nous avons choisi la Floride, moins chère et plus ensoleillée. Pendant un an, nous avons loué à Orlando. Sinistre. Heureusement, un chasseur de têtes m'a présenté Susan. Mon offre la tentait mais elle et son mari rechignaient à s'installer au pays de Mickey. Je suis monté à Destin pour lui vendre le poste et, pour finir, c'est moi qui ai déménagé ! »

Il hésite puis lâche à brûle-pourpoint qu'on vient de lui diagnostiquer un cancer de la vessie. Il attend avec fatalisme le résultat d'analyses complémentaires pour connaître la gravité de sa maladie. Anh, quant à elle, panique car ils n'ont pas d'assurance médicale (bienvenue au club) et pas un sou devant eux. La confiance de Jean-Michel me touche mais je ne sais pas bien quoi dire, sinon l'assurer de mon soutien.

Finalement, je change de sujet.

« Vous n'avez pas peur que la série du *Wall Street Tribune* ne donne une mauvaise image de votre métier ? »

Il semble étonné par ma question.

« Mais non, pourquoi ? Cela va attirer de nouveaux investisseurs et, je l'espère, inciter plus de seniors à monétiser leurs polices. Les seuls qui y trouveront à redire, ce sont les assureurs et, croyez-moi, ils n'ont pas attendu ces articles pour me détester. »

Sur ce, Lori apporte la nécro, qu'elle a dénichée dans le *Northwest Florida Daily News*, le journal de Ray Wiggin. Je lui demande si ça l'embêterait de m'en faire une copie. Jean-Michel range son exemplaire dans sa sacoche. Il la lira plus tard, dit-il. Espérons que ce ne sera pas à ses enfants.

*　*
*

Northwest Florida Daily News
Samedi 30 juin 2012

Lucy Inola BENNETT s'est éteinte paisiblement jeudi 28 juin 2012, à l'âge de 94 ans, dans sa maison de Fort Walton, Fla. Elle rejoint au paradis Lester, son mari bien-aimé, disparu en 2003.

Lucy était née le 2 novembre 1917 à Kenoma, Mo. Ses parents, Vaughn et Verna Hurst, étaient fermiers. En 1939, elle avait épousé Lester « Moon » Bennett, qui travaillait dans l'exploitation familiale. Deux naissances (Raymond en 1941 et Mary Sue en 1948) avaient béni leur union.

En 1953, Lucy et Lester sont devenus les propriétaires d'une boutique de quincaillerie à

Marion, Mo. Ils n'ont eu de cesse d'agrandir ce premier magasin, avant d'en ouvrir deux autres à Joplin, Mo., et Twin Groves, Mo. À ce jour, le nom de Bennett Hardware reste synonyme de qualité, de sérieux et de gentillesse dans tout le comté de Jasper.

Lucy et Lester aimaient danser, se promener en montagne et passer du temps avec leurs enfants. Ils étaient membres de la paroisse baptiste de Lamar, où ils s'étaient mariés. Le décès accidentel de Raymond en 1989 avait resserré les liens déjà très forts de leur famille. Peu après, Lester et Lucy s'étaient installés à Fort Walton, où ils venaient en vacances depuis vingt ans.

À la mort de Lester, Lucy s'était passionnée pour la généalogie. En 2009, elle avait réuni dans sa maison plusieurs cousins éloignés de Buffalo, N.Y., et Tucson, Ariz. Elle aimait aussi tricoter, cuisiner, flâner sur la plage et jouer au bingo avec ses amies.

Lucy était travailleuse, aimante, dévouée à son mari et à ses enfants. Elle aura touché beaucoup de vies et sera regrettée par tous ceux qui l'ont connue.

Lucy Bennett laisse dans le deuil sa fille Mary Sue, ses cinq petits-enfants (Earl, Marvin, Jenna, Priscilla et Leonard) et de très nombreux cousins, cousines, neveux et nièces.

Les obsèques seront célébrées lundi 2 juillet à 14 heures, en l'église baptiste de Fort Walton. Lucy sera ensuite inhumée dans le cimetière attenant, dans le mausolée où l'attend Lester.

* *
*

Journal de Dan

Vendredi 6 juillet (suite)

Mais qu'ai-je fait au bon Dieu pour qu'il me jette ainsi dans les affaires des autres ? Tout à l'heure, alors que je glissais ma clé dans la serrure, Ashley, la fille de Mrs Cunningham, est sortie de chez sa mère en claquant la porte. Le gentleman qui sommeille en moi s'est senti obligé d'intervenir. Je ne lui avais pas plus tôt demandé ce qui n'allait pas qu'elle a fondu en larmes. Pour éviter du grabuge, je l'ai fait entrer précipitamment.

Il se trouve que Mrs Cunningham a enfin cassé le morceau et révélé à sa fille qu'elle était condamnée. Dans un premier temps, Ashley a pris sur elle, en bon petit soldat. Cependant, quand sa mère lui a fait part de son intention de vendre sa police d'assurance-vie, elle n'a pu contenir son chagrin plus longtemps et a éclaté en sanglots. Mrs Cunningham a reproché à Ashley de se faire plus de mouron pour son héritage que pour sa mère. Le ton est monté d'autant plus rapidement que les deux femmes n'en sont pas à leur première algarade.

Maman m'avait raconté qu'en 2007 Ashley et son mari, Jerry, avaient acheté sur plans la maison voisine de la mienne, en versant 10 % d'acompte. Une semaine avant la signature de l'acte définitif, Jerry avait perdu son emploi. Le couple, désormais incapable d'obtenir un emprunt, s'était tourné vers Patricia Cunningham, que la mort du regretté Otto avait laissée dans une relative aisance. Mrs Cunningham, qui habitait à l'époque un pavillon pourri à Fort Walton, avait visité la maison et l'avait trouvée tellement à son goût qu'elle s'était substituée à sa fille et à son gendre le jour du closing, leur expliquant, comble de la muflerie, qu'ils lui étaient redevables d'avoir sauvé leurs 10 % !

J'ai conseillé à Ashley de revenir d'ici quelques jours avec un bouquet de fleurs. J'essaierai, dans l'intervalle, de raisonner sa mère.

Les gens, tout de même…

Samedi 7 juillet

Chuck Patterson a retrouvé le sourire. Il parade depuis ce matin dans la résidence au volant de son nouveau tank, une de ces Mercedes blanches décapotables que je croyais réservées aux narcotrafiquants et aux souteneurs de Miami Beach. Il m'a invité à monter, pour une démonstration en règle : écrans individuels, stéréo, ordinateur de bord, tout y est passé.

Il s'est vanté d'avoir conduit sa négociation de main de maître en faisant jouer la concurrence.

« Vous m'auriez vu, Dan, j'y suis allé au bulldozer ! Je leur ai dit que leurs tarifs constructeurs, c'étaient pour les jobards et que, s'ils n'étaient pas prêts à m'offrir le pack sport et la ronce de noyer, ce n'était même pas la peine de discuter. Le concessionnaire Audi s'est retiré d'emblée, soi-disant qu'ils ne font pas de discount. Pas de discount : et ça ose se dire commerçant ! Restaient en course Lexus, BMW et Mercedes. Je les ai fait danser, croyez-moi ! J'envoyais chacune de leurs propositions aux deux autres en demandant un petit quelque chose supplémentaire. BMW a craqué en premier. J'allais signer avec les Japs quand Mercedes est revenu avec le volant cuir et les pare-soleil électriques. Un cadeau de 1 500 dollars ! Le temps de gratter la livraison et les frais d'immatriculation, on s'est tapé dans la main. »

Je lui ai demandé s'il n'avait pas peur qu'une voiture si chère n'offusque ses clients ou, pire encore, ses prospects. Il m'a ri au nez.

« Au contraire, ils vont penser que je dois être sacrément fortiche pour pouvoir m'offrir une caisse à 100 bâtons. Le succès fonctionne comme un aimant, Dan, on ne vous a pas appris ça à Columbia ? En plus, je déduirai les mensualités de mes revenus. »

Éprouvé tout à coup un immense élan de sympathie pour Mrs Cunningham.

                    *   *
                       *

Expéditeur : Dan Siver <danielgsiver@gmail.com>
Date : Samedi 7 juillet, 16:14:05
Destinataire : Vlad Eisinger <vlad.eisinger@wst.com>
Objet : Semonce

Vraiment, je ne te félicite pas pour tes articles.
Le dernier est sec comme une plaque de four.
Aucune chair, aucune touche personnelle. Plutôt
que d'écrire que «Chuck Patterson est fier de sa
réussite financière», tu aurais été mieux inspiré
de retranscrire le plaidoyer dont il m'a gratifié
tout à l'heure. C'était lyrique, coloré, grotesque,
émouvant, en un mot, humain. Il ne suffit pas
d'insérer son portrait dans ton article pour le
rendre vivant. (À propos, qui te fait ces dessins?
Ils sont chouettes.)

Idem pour Jean-Michel Jacques. Tu devrais voir
son air gourmand quand son téléphone l'avertit
d'une maturité (rien que ce terme de «maturité»,
Vlad, putain, quelle trouvaille!). Et cette habitude
qu'il a de lire la nécro des assurés qui cassent leur
pipe… Mais ça, ça vous dépasse au *Wall Street Tribune*. Vous n'êtes bons qu'à imprimer des 0 et des
1, et encore, vous consultez vos avocats avant.

PS : Hélas, Sir Jangled, alias J. D. Salinger,
nous a quittés il y a deux ans, laissant derrière lui

des millions de lecteurs inconsolables, dont ton serviteur. Au fait, comment va Ramona Merlin ?

* *
*

Expéditeur : Vlad Eisinger <vlad.eisinger@wst.com>
Date : Samedi 7 juillet, 20:57:38
Destinataire : Dan Siver <danielgsiver@gmail.com>
Objet : De quel droit ?

Tudieu, Dan, tu n'as pas baissé d'intensité ; ton email me replonge quinze ans en arrière.

Quand comprendras-tu qu'un bon orateur n'a pas besoin d'effets de manche ? Crois-moi, dans cette affaire, la justice sera mieux servie par mes articles que par tes homélies. Ton Chuck Patterson est une crapule, comme tu ne tarderas pas à t'en apercevoir. Quant à Jean-Michel Jacques, le connais-tu assez pour qualifier son expression de "gourmande" ? Depuis quand es-tu compétent pour interpréter la physionomie des gens ?

Méfie-toi de ta nature, Dan. Tes copies à Columbia souffraient déjà d'une trop grande facilité. Tu n'as jamais su résister à la tentation d'un bon mot. J'ai appris ici que la recherche de l'effet comique ou d'une allitération heureuse ne doit jamais s'opérer au détriment de la vérité.

Quant à tes attaques indignes sur mon employeur, elles ne méritent qu'une réponse : à chacun sa voie. Je respecte celle que tu as prise, accorde-moi s'il te plaît la même indulgence.

PS : Ramona Merlin, alias Norman Mailer, a rejoint Salinger au paradis des écrivains, où ils ont, paraît-il, noué commerce avec Walter Laich.

* *
*

Expéditeur : Dan Siver <danielgsiver@gmail.com>
Date : Samedi 7 juillet, 21:19:40
Destinataire : Vlad Eisinger <vlad.eisinger@wst.com>
Objet : Le Vlad que j'aimais

À chacun sa voie, c'est ce que tu as dit il y a quinze ans, après avoir assisté à la conférence de recrutement du *New York Times*. Toi qui me bassinais depuis deux ans sur le grand roman américain, tu voulais subitement devenir journaliste. Je me souviens du soir où tu m'as annoncé ta décision. Tu m'avais invité à dîner chez Lussardi. Je me suis senti trahi aussi sûrement que si tu m'avais planté un couteau dans le dos.

PS : Savais-tu que Willa Cather, alias Walter Laich, avait brûlé une grande partie de ses notes et de sa correspondance ? Elle était en paix avec elle-même, car elle avait produit son œuvre, contrairement à d'autres qui procrastinent depuis vingt ans. Au fait, que devient Estella Ribstone ?

* * *

Expéditeur : Vlad Eisinger <vlad.eisinger@wst.com>
Date : Samedi 7 juillet, 22:57:38
Destinataire : Dan Siver <danielgsiver@gmail.com>
Objet : Pouce

Écoute, Dan, on ne va pas ressasser tout ça jusqu'à la nuit des temps. Je ne t'ai jamais jugé, alors lâche-moi un peu.

Un mot quand même sur *Passagers clandestins*, que j'ai retrouvé dans ma bibliothèque. Le style est là, le ton aussi, et même la construction. Mais la substance, Dan, où est la substance ? Une mère de famille qui donne des conférences sur Virginia Woolf dans le monde entier, en se faisant passer pour sa voisine universitaire, bon sang, tu t'attendais vraiment à remuer les foules avec ça ?

Tu n'es même pas prof d'anglais ou éditeur comme tant écrivains. Tu n'as pas d'enfants, tu vis dans un trou, tu ne mets pas le nez dehors. Où espères-tu trouver des idées et rencontrer des personnages pittoresques ?

Un conseil : pose tes livres, ouvre ta fenêtre et embrasse le monde.

PS : Ton anagramme m'a donné du fil à retordre. Bret Easton Ellis, en voilà un qui a des choses à raconter. Ce n'est sans doute pas un hasard s'il vend plus de livres que toi.

*   *
*

Journal de Dan

Dimanche 8 juillet

Reçu la visite de Chuck Patterson, qui voulait « me remettre son devis en mains propres ».

Je me suis absorbé dans l'étude des conditions générales, comme si ma situation actuelle tenait moins à mon impécuniosité qu'au fait que je n'avais pas encore trouvé la couverture idéale. Assis à ma gauche, Chuck, étincelant dans son costume gris perle dominical, contemplait ma bibliothèque d'un air perplexe. Quand j'en suis arrivé à la dernière page, il a rapproché sa chaise de la mienne, probablement pour me soutenir au cas où je m'évanouirais.

« J'ai joué sur les plafonds et les franchises pour rester sous les 6 000 dollars, m'a-t-il dit d'un ton qui signifiait qu'il était inutile de le remercier. 495 dollars par mois, c'est une somme, bien sûr, mais vous êtes allé aux urgences récemment ? La semaine dernière, la petite s'est ouvert le nez en faisant du trampoline. Croyant qu'elle avait besoin de points de suture, je l'ai amenée dare-dare à Fort Walton. En fait de points de suture, ils lui ont collé un pansement sur le nez, et basta. Vous savez combien ils ont facturé mon assurance ? 540 dollars, Dan, 540 ! Pour ce prix-là, ils ne nous ont même pas laissé la boîte de pansements ! Ah, je vous jure !

— C'est trop cher, ai-je dit, aussi fermement que possible. Tant pis, j'arrête le trampoline de compétition. »

Chuck a paru décontenancé. J'ai cru un instant qu'il allait essayer de me convaincre qu'une vie sans acrobaties aériennes ne valait pas d'être vécue.

« Combien pouvez-vous mettre, Dan ? 400 par mois ? 350 ? Je peux essayer de vous bâtir un plan sur mesure. Où est-ce qu'on coupe ? Sur les médicaments ? Les séances de kiné ? La télé dans la chambre d'hôpital ?

— Sur rien, Chuck. C'est juste trop cher.

— Vous n'allez pas chez le psy, hein ? On doit pouvoir gratter 20 ou 30 dollars par mois en sortant la psychiatrie des prestations remboursées… Idem pour la vasectomie : vous voulez des enfants un jour, n'est-ce pas ? »

Je lui ai parlé de mon idée d'offrir une centaine d'exemplaires de *Double jeu* à ses clients pour les fêtes. Il n'a pas débordé d'enthousiasme.

« D'habitude, j'offre des cartes Starbucks, c'est très apprécié. De quoi parle-t-il, votre bouquin ? »

J'ai essayé de me souvenir de l'argumentaire des représentants de Polonius.

« C'est l'histoire d'un fonctionnaire du MI-6, qui est chargé de créer des légendes. Pas des contes de fées : des légendes, ces fausses identités qu'endossent les agents secrets. Peu à peu, il s'identifie…

— Jamais entendu parler, m'a coupé Chuck. C'est le genre Tom Clancy ? »

Il est des moments, heureusement assez rares dans une vie, où le sort s'amuse à nous faire toucher du doigt l'insignifiance de notre condition. C'en était un.

« Plutôt Robert Ludlum ou Dean Koontz », ai-je répondu en citant les deux premiers noms d'auteurs de best-sellers qui me sont passés par la tête.

Le visage de Chuck s'est un peu éclairé.

« Ah, Koontz ! Ils en ont tout un rayon à l'aéroport. Vous l'avez rencontré ?

— Non, mais nous avons beaucoup d'amis communs. Et j'ai entendu dire qu'il suit mon travail. »

Chuck m'a toisé d'un air rêveur. Dean Koontz, en voilà un qui devait avoir une assurance maladie en béton, le genre qui rembourse le fil dentaire et les séances de sophrologie.

« Combien coûte-t-il, votre livre, d'abord ?

— L'édition grand format est à 19,99…

— Allons, Dan, ne me prenez pas pour une truffe. Personne n'achète le grand format. Combien vaut le poche ?

« — 6,99. »

Je pouvais suivre son raisonnement comme si j'étais dans sa tête. 700 dollars, c'était à peu près le montant de la commission qui lui reviendrait si je souscrivais son assurance maladie. Évidemment, il pouvait récupérer une partie de la somme en prépayant 5 dollars de moins sur les cartes Starbucks. Mais quelle valeur monétaire ses clients assigneraient-ils au roman vieux de quinze ans d'un auteur inconnu ?

« Laissez tomber », a-t-il grommelé en prenant congé.

J'avais ma réponse.

Lundi 9 juillet

Fait ma BA en parlant ce matin à Mrs Cunningham. J'ai eu toutes les peines du monde à la convaincre que sa fille s'inquiète sincèrement pour sa santé. Elle en a, en fait, surtout contre son gendre, Jerry, « une andouille née avec un baobab dans la main », qui enchaîne les jobs précaires depuis que Citigroup lui a montré la porte.

« Je sais de quoi je parle : Otto aussi était employé de banque. Sauf que lui, il s'est accroché à sa place toute sa vie, comme une moule à son rocher.

« Jerry vous dira qu'il n'a rien fait de mal, que l'économie mondiale a frôlé la sortie de route et que les banques ont mis des dizaines de milliers de clampins comme lui sur le carreau. Ah ça, pour les excuses, Monsieur est fortiche ! Ils n'ont quand même pas viré tous les guichetiers, que je sache ! Le Mexicain de l'agence de Publix qui m'encaisse le chèque de la pension d'Otto, lui, il est toujours là. Il faut dire que niveau professionnalisme, c'est autre chose que Jerry : il me salue par mon nom, fait des papouilles à Baxter et me glisse toujours une poignée de friandises pour mes petits-enfants. Franchement, ça aurait tué l'autre pomme d'en faire autant ? Il n'a même pas été fichu de réussir sa sortie. Après dix ans d'ancienneté, il a touché 5 000 dollars pour solde de tout compte. Tu parles d'un négociateur ! »

(…)

Plus d'une semaine s'est écoulée depuis la notification de l'éditeur de Wikipédia. J'avais prévu de m'en occuper plus tôt mais, entre la documentation pour *Ariane* et mes échanges avec Vlad, l'ami Perutz m'était complètement sorti de l'esprit.

Je relis le message laconique, « Merci de préciser vos sources », me demandant encore une fois quelle mouche m'a piqué ce jour-là. Je n'ai jamais sciemment enfreint la loi, jamais triché à un examen ou volé le journal d'un voisin, moins par vertu, du reste, que par peur instinctive du gendarme.

Je prends connaissance, avec une certaine appréhension, de la rubrique « Bannissement » de Wikipédia, qui détaille les sanctions auxquelles s'exposent les petits malins de mon espèce. Elles vont d'une révocation des privilèges d'éditeur au bannissement temporaire ou définitif du compte incriminé. Je pousse un soupir de soulagement : je m'attendais à pire.

Quelles sont mes options ?

La plus simple consiste à faire la sourde oreille, voire à supprimer mon compte et à en créer un nouveau. Après quelques relances infructueuses, l'éditeur effacera ma contribution et tout rentrera dans l'ordre.

Je n'arrive cependant pas à m'y résoudre. Peut-être est-ce le fait de le voir écrit noir sur blanc, mais je suis désormais convaincu que Broch a fréquenté Perutz entre les deux guerres.

Je lance une recherche «Broch Perutz Vienne amis» sur Google. C'est évidemment par là que j'aurais dû commencer. Ma recherche ne donne qu'une page, celle que j'ai modifiée dimanche dernier. Je procède à quelques variations de mots-clés, sans plus de succès.

Loin de me décourager, mes échecs successifs m'amènent à réfléchir aux raisons ayant poussé Broch et Perutz à garder leur relation confidentielle. Craignaient-ils d'être soupçonnés d'homosexualité ? D'offenser leurs Églises respectives dans une Vienne progressivement gagnée par l'antisémitisme ? (Broch s'était converti au catholicisme avant son mariage, contrairement à Perutz, resté fidèle au judaïsme.) Appartenaient-ils à une société secrète exigeant la discrétion absolue de ses membres ? Partageaient-ils quelque tare honteuse ?

Mon ignorance des circonstances de la vie des deux hommes limitant mes conjectures, je parcours leurs biographies sur la version allemande de Wikipédia. Au-delà de la cruauté de l'exercice (dire qu'à une époque je lisais Goethe dans le texte…), j'apprends que Perutz a brièvement travaillé comme actuaire à Trieste, chez l'assureur italien Generali, qui comptait à l'époque parmi ses employés un certain Franz Kafka. De retour à Vienne, il occupe, entre 1908 et 1923, diverses fonctions chez un autre assureur nommé Anker, où il contribue — préfigurant en cela Ed Linkas et Jeffrey McGregor — à perfectionner les tables de mortalité existantes.

Je note surtout de troublantes similitudes entre les parcours de Broch et de Perutz. Tous deux juifs de naissance, issus de familles d'industriels textiles, ils ont étudié les mathématiques, travaillé un temps dans l'affaire paternelle, sont venus à la littérature sur le tard et se sont exilés sous la dictature nazie.

Je tiens ma théorie.

Le père de Perutz, Benedikt, rend l'âme à Vienne en 1926, à l'âge de 80 ans. Sur son lit de mort, il confie à Leo un terrible secret : il a un fils illégitime, fruit de ses amours avec Johanna Schnabel-Broch, la femme d'un confrère, qu'il a rencontrée en 1886 lors d'une foire commerciale à Berlin.

Johanna a, selon toute probabilité, caché à son mari Josef que l'enfant qu'elle portait n'était pas de lui. Dans tous les cas, Josef a élevé le petit

Hermann comme sa progéniture, lui offrant même la direction de l'entreprise qu'il a créée.

Son père enterré, Leo (alors âgé de 44 ans) sollicite un tête-à-tête avec Broch, qu'il connaît de nom, mais à qui il n'a jamais été présenté, « afin de l'entretenir d'un sujet de la plus haute importance ». La rencontre a lieu en septembre 1926, dans l'appartement de Franz Blei, un ami commun. Broch, d'abord écrasé par la révélation, reprend des couleurs à mesure qu'il en entrevoit les implications. Il comprend à présent pourquoi il n'éprouve aucun élan vers son père, qu'il a toujours soupçonné de lui préférer son frère cadet Friedrich. C'est pourtant par souci de plaire à cet homme, tout autant que par conformisme social, que Hermann a étudié le tissage à Mulhouse, puis repris les rênes de la manufacture familiale, alors même que son instinct le portait vers la littérature.

La discussion se prolonge très avant dans la nuit. Broch admire la façon dont son aîné a réussi à concilier son goût des lettres et sa passion pour les mathématiques.

« Vous avez à peine 40 ans, lui rétorque Perutz. Il n'est pas trop tard. »

Ce soir-là, Hermann Broch arrête une série de décisions qui vont changer le cours de sa vie. Il va mettre l'usine en vente, reprendre des études et, surtout, entreprendre la rédaction d'un roman, lui qui n'a jamais publié que des textes courts dans des revues.

Perutz approuve ces changements radicaux,

auxquels il met toutefois une condition : les deux hommes ne doivent jamais se revoir. Leo ne souhaite pas donner la moindre prise aux rumeurs, qui tueraient Ida, sa très religieuse épouse. Hermann, jugeant la disposition extrême, plaide pour un compromis et suggère qu'ils entretiennent leur commerce en cachette. Perutz reste inflexible. Toute sa vie, il repoussera les ouvertures de son demi-frère.

Dans les mois qui suivent, Broch met son dessein à exécution. Il liquide l'entreprise familiale et s'inscrit en cours de mathématiques et de philosophie à l'Université de Vienne. En 1931, il publie un premier roman, *Les somnambules*, qui lui vaut les louanges de Joyce et, plus tard, celles de Kundera.

Perutz, lui, prend du champ. Il séjourne en Russie et en France. En 1928, sa bien-aimée Ida meurt en donnant le jour à leur troisième enfant.

Les deux frères s'éteignent dans les années 50, l'un en Autriche, l'autre aux États-Unis. Conformément au vœu de Perutz, ils ne se sont jamais revus.

Je relis mon scénario. Il me paraît inattaquable. J'ai quelques jours pour lui donner chair.

SEMAINE 3

La lutte sans merci entre assureurs et fonds de premium finance

Par Vlad Eisinger

Nul ne remet en cause le droit des individus à disposer de leurs polices d'assurance-vie. Dans un arrêt célèbre (Grigsby v. Russell, 222 U.S. 149), la Cour suprême remarquait dès 1911 que «l'assurance-vie constitue l'une des formes les plus reconnues d'investissement et d'épargne forcée». En conséquence, poursuivait la Cour, «il paraît juste de conférer aux assurés les mêmes droits de propriété sur leurs polices que ceux dont ils disposent sur leurs actions ou leurs obligations».

La loi stipule cependant qu'un individu ne peut souscrire une police d'assurance-vie qu'à condition que la personne assurée lui soit plus chère vivante que morte. Autrement dit, chacun est libre d'assurer sa vie ou celle de son conjoint, pas celle de son voisin et encore moins celle d'un inconnu.

Les assureurs se sont longtemps abrités derrière cette réserve pour freiner le développement du life settlement — la pratique consistant à racheter une police à son souscripteur en pariant sur le décès de celui-ci. Ils refusaient d'honorer le paiement de l'indemnité dès lors qu'une police avait changé de mains entre sa souscription et le décès de l'assuré.

Les investisseurs qui avaient acheté ces polices ont attaqué les assureurs en justice en invoquant la décision de la Cour suprême.

Au fil des ans, les juges ont établi une différence entre l'individu qui, ayant payé ses primes pendant plusieurs années, pouvait difficilement être soupçonné de fraude et celui qui avait revendu sa police peu de temps après l'avoir souscrite. Dans ce dernier cas, on parle de Stranger-Originated Life Insurance (STOLI), en ce sens que l'assuré n'est pas le véritable initiateur du contrat.

Restait à inscrire cette distinction dans la loi, un exercice compliqué par le fait qu'aux États-Unis le secteur de l'assurance est régulé au niveau des États. La National Conference of Insurance Legislators (NCOIL) a adopté, en 2000, le Life Settlement Model Act, un texte générique dont les États sont invités à s'inspirer pour rédiger leurs propres lois.

«La NCOIL a eu le mérite de fixer une période — les deux années suivant la souscription — pendant laquelle les polices ne peuvent être cédées», explique Lawrence Johnson, professeur à la Ross School of Business de l'Université du Michigan. «Bien que, dans un premier temps, seule une poignée d'États lui aient emboîté le pas, l'élan était créé.»

Le cadre législatif étant à peu près stabilisé, des investisseurs ont conçu des montages connus sous le nom de «*premium finance*», «*zero premium life insurance*» ou «*speculator-originated life insurance*» qui, quoique différant dans les détails, ont en commun pour vocation première de contourner la période d'incessibilité de deux ans.

Le premium finance fonctionne de la manière suivante. L'investisseur va trouver une personne âgée, de préférence fortunée, et lui fait une proposition qui paraît trop belle pour être vraie. Le senior va contracter une police d'assurancevie de, mettons, $10M. La prime annuelle, qui reflète l'âge avancé de l'assuré, s'élève à $700 000. L'investisseur prête au senior $1,4M correspondant au paiement des deux premières primes.

Si le senior décède dans les deux ans, ses héritiers touche-

COMMENT MARCHE LE PREMIUM FINANCE ?

En 2005, une personne âgée achète une police d'assurance-vie de $10M, grâce à un prêt d'un investisseur. La prime annuelle s'élève à $700 000.

Investisseur   Personne âgée   Compagnie d'assurances

Si elle meurt en 2006, sa famille reçoit $10M, avec lesquels elle rembourse les $700 000 dus à l'investisseur, plus des intérêts.

Si elle est toujours vivante en 2007, la personne âgée vend sa police à l'investisseur pour $10 000. C'est désormais l'investisseur qui paie les primes annuelles.

Si la personne âgée meurt en 2008, l'investisseur touche l'indemnité décès de $10M. Il réalise un bénéfice de $10M − $2,1M − $0,01M = $7,89M, soit un taux de rendement annuel de 217 %.

Photo © iLexx / Getty Images, Goodapp / Getty Images et Dragan Grkic / Getty Images (détails)

ront $10M, avec lesquels ils pourront rembourser les $1,4M, majorés d'un intérêt.

Dans le cas le plus probable où il est encore vivant, le senior s'engage à céder sa police pour un prix symbolique à l'investisseur, en échange de quoi ce dernier efface la dette de $1,4M. L'investisseur est désormais légalement propriétaire de la police. Pour peu qu'il continue à payer les primes, il touchera $10M à la mort du senior.

« La beauté de ce montage, c'est que les deux parties y trouvent leur intérêt. Le senior a été assuré gratuitement pendant deux ans et l'investisseur a déjoué les lois anti-STOLI, le tout aux frais de l'assureur », explique Lawrence Johnson.

Plusieurs firmes de Wall Street se sont organisées pour exploiter ce qui ressemblait fort à une martingale. Elles ont dépêché des vendeurs dans les maisons de retraite et les country-clubs huppés de West Palm Beach ou Santa Barbara, afin de recruter des candidats.

Keith Jennings, directeur des opérations de l'Admiral's Club, un établissement de Boynton Beach, Fla., a organisé un déjeuner de présentation en mars 2005 à la demande de Life Path, une boutique de life settlement de San Diego.

Selon Mr Jennings, l'Admiral's Club est constamment approché par des organismes désireux d'entrer en contact avec sa clientèle. « Nous ne retenons que ceux dont nous pensons que les produits ou services sont susceptibles d'intéresser nos membres », explique-t-il.

Plus de 200 d'entre eux ont répondu présent ce jour-là. Au menu : champagne, homard et filet mignon. Chaque couvert était refacturé $250 à Life Path.

Parmi les intervenants qui se sont succédé au micro, Andrew Marlowe, professeur émérite à l'Université Loyola, a développé l'argument selon lequel les seniors disposaient d'un actif insoupçonné : leur âge.

« Il s'est adressé à ceux d'entre nous qui avaient plus de 75 ans. D'après lui, nous avions tout à gagner et rien à perdre à faire affaire avec Life Path », se souvient Reuben Gonzales, un comptable retraité qui assistait au déjeuner. « Il a ajouté que nous serions stupides de ne pas saisir cette opportunité. Cela m'a choqué.»

Les comptes de Life Path, rendus publics quand la société a fait faillite en 2011, montrent que Mr Marlowe a touché $10 000 pour son intervention. Contacté par le *Wall Street Tribune*, un porte-parole de Loyola a tenu à préciser que les positions prises en dehors des cours par les membres du corps professoral n'engageaient pas l'université.

Mr Marlowe a décliné plusieurs demandes d'interview pour cet article.

Pendant le repas, deux cadres de Life Path venus spécialement de Californie, John D'Angelo et Matt Cosimano, ont présenté l'offre, selon leurs termes «exclusive», de leur employeur aux membres de l'Admiral's Club.

Des interviews conduites dans les country-clubs avoisinants ont permis d'établir que Messieurs D'Angelo et Cosimano avaient présenté la même offre «exclusive» à plusieurs autres établissements entre janvier et juin 2005.

Selon Reuben Gonzales, Life Path proposait des incitations spéciales aux seniors prêts à remplir immédiatement un dossier de souscription. «Pour une police comprise entre $2M et $5M, ils nous offraient un week-end en famille à Disney World. Ils payaient absolument tout : les billets d'avion, l'hôtel, la limousine et même un guide privé. Au-delà de $5M, ils rajoutaient un cart de golf Mercedes-Benz d'une valeur de $20 000.»

D'après Mr Jennings, une vingtaine de membres de l'Admiral's Club ont souscrit le jour même des polices comprises entre $2M et $15M.

D'autres fonds ont monté de vastes réseaux de rabatteurs, rémunérés à la commission.

Sharon Hess, infirmière à domicile et résidente de Destin Terrace depuis 2009, visite au moins une fois par semaine les maisons de retraite de Fort Walton Beach, Niceville et Valparaiso. En 2006, elle a commencé à sensibiliser ses clients aux mérites du premium finance. «Ça me fendait le cœur de voir des grands-mères devoir choisir entre aller chez le coiffeur et gâter leurs petits-enfants à Noël.

Je leur ai donné le numéro de téléphone de Fair Share en leur expliquant qu'il ne tenait qu'à elles de pouvoir faire les deux.»

Fair Share LLC, une société de Framingham, Mass., rémunérait Sharon Hess $500 par police.

Sharon Hess

Selon une étude de la Tuck School of Business de Dartmouth College, le phénomène du premium finance a connu son apogée en 2006, où il aurait représenté près de $12Md de couverture. Life Path et Fair Share figuraient parmi les principaux animateurs du marché, aux côtés de grands noms de Wall Street, comme Deutsche Bank ou Crédit Suisse.

Quand les polices des seniors recrutés par Life Path ont com-mencé à maturer, les compagnies d'assurances ont réalisé qu'elles avaient un gros problème. «Elles avaient garanti ces polices en tablant sur les taux de lapsing habituels. Or soudain, les demandes d'indemnité se sont mises à pleuvoir. $5M par-ci, $10M par-là, c'était la panique», se souvient Lawrence Johnson.

Jeffrey McGregor, vice-président et actuaire en chef d'Emerald, un assureur vie de Pensacola, se refuse à parler de panique. Il reconnaît cependant «avoir observé à cette époque une inflexion substantielle des courbes de lapsing d'Emerald». «En grattant un peu», poursuit-il, «nous nous sommes rendu compte que la plupart des seniors fortunés qui avaient souscrit ces polices n'avaient jamais eu l'intention de les conserver au-delà de la période d'incessibilité.»

Les assureurs ont alors épluché chaque grosse police souscrite au cours des cinq années précédentes, annulant impitoyablement toutes celles entachées d'irrégularités. «Il y en avait de deux sortes», commente Mr McGregor. «Celles où l'assuré avait menti sur son état de santé et celles où il avait surestimé son patrimoine.»

La plupart des assureurs refusent d'émettre des polices supérieures à un certain montant, en général $5M. Il leur arrive cependant de déroger à cette règle si l'assuré dispose d'un patrimoine important. Afin de pouvoir se couvrir à hauteur de $10M ou $15M, certains seniors ont délibérément gonflé leurs avoirs, parfois dans des proportions spectaculaires. Lors du dernier congrès de l'ACLI, un intervenant rapportait le cas d'un retraité des Postes du Minnesota qui avait contracté pour plus de $120M de couverture auprès de 26 assureurs différents et revendu ses polices en empochant un coquet bénéfice.

Soucieux de décourager une pratique qui, selon les termes de Jeffrey McGregor, «menace leur existence même», les assureurs ont porté plainte contre les fraudeurs.

Emerald, l'employeur de Mr McGregor, a ainsi poursuivi Emmanuel «Manny» Lammons, 86 ans, un retraité de Delray Beach, Fla., qui avait souscrit une police de $10M en 2005 et l'avait revendue deux ans plus tard à Life Path. Dans sa plainte déposée devant la cour du comté d'Escambia, Emerald accuse Mr Lammons d'avoir déclaré des avoirs de $15M alors que son patrimoine réel, essentiellement composé de sa résidence principale et d'un plan de retraite, était environ six fois inférieur.

Mr Lammons, atteint de la maladie d'Alzheimer, étant dans l'incapacité de se défendre, c'est son fils, Steve, 53 ans, résident de Destin Terrace depuis 2006, qui a répondu à la convocation du juge. Plaidant la bonne foi, il a proposé de rembourser Emerald des sommes versées par Life Path et de rendre le cart de golf reçu en cadeau en échange de l'abandon des poursuites. Emerald a refusé l'offre de Steve Lammons, qu'elle a estimée à $60 000, bien loin du risque de $10M auquel la société était exposée.

En 2008, sur les conseils de son avocat, Walter Oakwood III, Mr Lammons a à son tour assigné Life Path, coupable selon lui d'avoir encouragé son père à surestimer son patrimoine. Life Path a fait faillite peu après, laissant Mr Lammons en première ligne face aux juristes d'Emerald. Les polices du fonds, dont celle au nom de Manny Lammons, ont été réparties entre les souscripteurs de Life Path.

Manny Lammons est décédé l'année dernière en laissant tous ses biens à ses deux enfants. La succession est bloquée par les procédures en cours.

Steve Lammons se dit écœuré par l'acharnement dont fait preuve Emerald à l'égard de sa famille. «Ils sont prêts à salir la mémoire d'un homme au nom d'un bref moment de faiblesse. C'est dégoûtant.»

Steve Lammons

Frances Gray, résidente de Destin Terrace depuis 2008, dirige, au sein d'Emerald, le service «Médiation» qui a instruit le dossier de Mr Lammons.

Elle se défend de persécuter son voisin : «Les fraudeurs lèsent les assurés qui jouent selon les règles. Nous devons à nos clients de les défendre vigoureusement contre les agissements malhonnêtes d'individus peu scrupuleux.»

Des milliers de contentieux similaires sont en attente de jugement à travers le pays. Sans présumer de leur issue, Lawrence Johnson estime que les assureurs ont réussi leur riposte. «Les boutiques comme Life Path ou Fair Share, qui n'avaient pas les moyens de suivre Prudential ou MetLife sur le terrain juridique, ont jeté l'éponge. Les acteurs plus importants comme Crédit Suisse refusent de se coucher. Ils finiront probablement par transiger avec les assureurs. Ce qui est sûr, c'est qu'ils y réfléchiront à deux fois avant de recommencer.»

Les assureurs ont également eu la satisfaction de voir un nombre grandissant d'États les soutenir dans leur lutte contre le premium finance. 41 États régulent aujourd'hui la revente de polices. 30 d'entre eux suivent le Model Act de la

NCOIL. Une dizaine ont même porté la période d'incessibilité à cinq ans.

Les assureurs ont la victoire modeste. Pour de nombreux observateurs, leur conduite pendant les années 2000 n'est en effet pas exempte de reproches.

« Ils ont feint de découvrir un beau jour que certains clients mentaient sur leur santé ou leur patrimoine », explique Lawrence Johnson. « Comment imaginer une seconde qu'ils n'étaient pas au courant ? Les méga-polices du premium finance alimentaient la croissance des assureurs, pour le plus grand bénéfice des actionnaires. Je pense à une société de Floride en particulier, dont la production de nouvelles polices a triplé en l'espace de quelques années. Quand les actionnaires ont réalisé que l'essentiel de cette croissance provenait du premium finance, il était trop tard. Le président de la société avait exercé ses stock-options et empoché des dizaines de millions de dollars. »

Mr Johnson va plus loin. « Les agents qui vendaient ces polices ne pouvaient pas non plus ignorer ce qui se passait.

Mais certains clients généraient à eux seuls des centaines de milliers de dollars de commissions. Certains chiffres ont le pouvoir d'étouffer les scrupules. »

Sans nier l'existence de ces pratiques, Chuck Patterson, agent général chez Emerald, prétend n'y avoir jamais été confronté directement. « Je connais trop bien mes clients pour tomber dans le panneau », dit-il. « Si quelqu'un habite dans une caravane, ne comptez pas sur moi pour lui vendre une police à $10M. »

Plusieurs assureurs sont allés jusqu'à se retourner contre leurs meilleurs vendeurs, les accusant d'avoir perçu des commissions indues sur des contrats qu'ils savaient frauduleux. L'American Association of Insurance and Financial Advisors, qui représente les agents, a pris la défense de ces derniers en menaçant les assureurs d'un déballage qui écornerait encore un peu plus leur image auprès du public.

Avec le recul, les grands perdants du premium finance se divisent en deux groupes : les épargnants qui ont confié leur argent aux Life Path et autres Fair Share, et les seniors — ou, dans le cas de Mr Lammons, leur famille — pris dans une bataille juridique qui les dépasse.

Les gagnants se résument presque uniquement aux cabinets d'avocats engagés dans des procédures qui, pour certaines, durent depuis plusieurs années.

De leur côté, LISA et la SLSP, deux associations réunissant des professionnels du life settlement, multiplient les actions pédagogiques en direction des régulateurs, afin d'éviter l'amalgame entre life settlement et premium finance.

Ryan Landry, directeur des affaires publiques et réglementaires de la SLSP, établit une distinction très nette entre les deux pratiques. « Le premium finance est une manœuvre malhonnête visant à contourner les lois anti-STOLI. Le life settlement, au contraire, est la vente légale d'une police légalement détenue par son propriétaire légal. Écrivez dans votre journal que nous n'avons rien à voir avec ces gens-là. »

Écrire à Vlad Eisinger : vlad.eisinger@wsjt.com

La semaine prochaine : Schumpeter et le life settlement.

Expéditeur : Dan Siver <danielgsiver@gmail.com>
Date : Mardi 10 juillet, 11:47:12
Destinataire : Vlad Eisinger <vlad.eisinger@wst.com>
Objet : Exercice de style

Je commence à voir où tu veux en venir. Tu cherches à chroniquer ton époque à travers le négoce de polices d'assurance-vie, comme Steinbeck ou Melville se sont servis de la mécanisation de l'agriculture ou de la chasse à la baleine pour peindre la leur. Ils n'avaient du reste rien inventé. Pense aux *Illusions perdues*, à *Bel-Ami*, à *Germinal* (encore que je préférerais descendre dans la mine, comme Zola, plutôt qu'interviewer un Lammons).

Admettons. Tu sais mon peu de goût pour le roman social. Permets-moi quand même de te rappeler que ce sont les personnages et les situations qui font la force de ces livres que tu admires tant : Lousteau qui enseigne à Lucien de Rubempré comment critiquer un livre qu'il n'a pas lu, Dagny Taggart qui troque ses diamants contre le bracelet en ferraille de Lillian Rearden, Rose of Sharon qui allaite un crève-la-faim. C'est dans ces moments, points culminants du récit, que passe le souffle de la vie et que s'exprime véritablement la puissance du romancier.

Une dernière remarque. Écrire pour le *Wall Street Fucking Tribune* des articles qui sont lus, digérés et excrétés en vingt-quatre heures n'excuse pas tout. Tu tombes au détour d'une enquête sur une scène fabuleuse — je veux parler de ces margoulins qui tiennent le stylo des papys dans les maisons de retraite — et tu la torches en trois paragraphes. Honte à toi ! Je me suis amusé à réécrire les événements comme je pense qu'ils se sont déroulés. Prends-en de la graine.

PS : Norman Drachydle était un piètre journaliste mais un grand écrivain. Serais-tu l'inverse ?

* *
*

DE L'HUILE DANS LES ROUAGES
Par Daniel Siver

Les deux hommes se préparaient.

Matt Cosimano branchait l'ordinateur et réglait le projecteur. Il procédait méthodiquement, avec l'assurance tranquille de celui qui a déjà exécuté ces tâches d'innombrables fois. Il était entré deux ans plus tôt chez Life Path comme attaché de clientèle. Il avait rapidement gravi les échelons. Son salaire à six chiffres faisait l'admiration et parfois aussi l'envie de sa famille. Son père, couvreur, gagnait à peine 50 000 dollars par an. Sa mère avait élevé dignement six enfants. L'aînée vendait des résidences à temps partagé. Le petit dernier découpait de la bidoche, la semaine pour une entreprise de boucherie industrielle, le week-end pour la mafia du New Jersey.

Cosimano n'avait que deux vices : les costumes italiens et les putes de luxe asiatiques. Le samedi qui suivait l'octroi des bonus, il s'enfermait dans une chambre de l'Holiday Inn d'Hoboken avec trois Chinoises tatouées.

De son côté, John D'Angelo tapotait le micro pour vérifier la sonorisation. À 52 ans, il aimait à se présenter comme un vétéran de Wall Street, bien qu'il ne sévît plus depuis longtemps dans la pointe sud de Manhattan. Il avait débuté chez Morgan Stanley dans les années 80. La suite de sa carrière n'était qu'une longue dégringolade. Chacun de ses employeurs était moins prestigieux que le précédent. Après Morgan Stanley, il avait rejoint DLJ, puis Nomura, puis le Crédit Agricole, pour finalement atterrir chez Life Path, où il encadrait une équipe de deux personnes.

D'Angelo ne se faisait guère d'illusions sur ses perspectives d'avancement chez Life Path, ni même sur ses perspectives tout court. Il coûtait trop cher. Son carnet d'adresses ne contenait que des noms de vieux schnocks, employés d'établissements de seconde zone où ils n'avaient pas plus de pouvoir que lui. Il espérait juste tenir encore un an ou deux, le temps de finir de rembourser sa maison de Hackensack.

Le micro fonctionnait. D'Angelo balaya le restaurant du regard. Il avait connu pire. La moquette vert et violet — les couleurs du club — montrait des signes de fatigue, mais, au moins, les lustres avaient toutes leurs ampoules. Les lambris sombres, ornés de photos noir et blanc de golfeurs légendaires (Ben Hogan, Bobby Jones, Sam Snead…), conféraient à la pièce un cachet ancien, britannique, et auraient presque fait oublier que l'Admiral's Club avait été fondé en 1997.

Les filles arrivèrent peu après. C'est Keith Jennings, le directeur des opérations du club, qui les avait choisies pour leur allure, «engageante, mais pas provocante». Après les avoir envoyées se changer dans les vestiaires, D'Angelo leur donna les consignes. Assises chacune à une table différente, elles étaient chargées de mettre de l'ambiance, de s'extasier devant les photos des petits-enfants et de répondre plaisamment aux galanteries des messieurs.

«Attention, les mit-il cependant en garde, certains seront avec leurs épouses. Restez à votre place.»

Il attendit que Jennings eût le dos tourné pour

ajouter dans un clin d'œil égrillard : « Cela dit, la plupart viendront seuls. Ce que vous faites après le déjeuner ne nous regarde pas. »

Les filles gloussèrent. D'Angelo glissa quelques mots à l'oreille de la plus jolie d'entre elles, une poupée blonde aux airs de majorette, prénommée Priscilla.

Les premiers seniors arrivèrent vers midi. Deux filles à l'accueil pointaient leurs noms sur une liste. Jennings avait tracé une croix en face de certains noms pour indiquer les membres les plus riches.

Sitôt placés à leur table, les papys se jetaient sur le menu, dont l'examen leur tirait des sifflements appréciateurs. Life Path n'avait pas lésiné. Dans ce genre de repas, les convives avaient habituellement le choix entre homard et filet mignon. Ce jour-là, on servirait les deux et tant pis pour le cholestérol !

On se pressait aussi au bar gratuit, situé au fond de la salle. Le barman avait reçu des instructions. Il s'agissait d'imbiber les membres juste assez pour les rendre euphoriques, mais pas trop, afin qu'ils puissent quand même signer les papiers.

À la demie, Jennings fit signe aux serveurs, qui apportèrent l'entrée. D'Angelo monta à la tribune. Il remercia les participants et présenta l'orateur, Andrew Marlowe, comme l'un des plus grands spécialistes vivants de l'assurance-vie.

Marlowe salua modestement. À 56 ans, il enseignait l'économie à l'Université Loyola, dans le

Maryland, où il avait rang de professeur émérite. Après un début prometteur, sa carrière s'était enlisée, la faute, d'après sa femme, à une série de choix regrettables dans ses sujets de recherche. Dans les années 90, il avait sous-estimé, à ses dépens, l'engouement pour la théorie des jeux. Quand il s'était réveillé, les places étaient prises. Misant sur l'explosion d'un marché notionnel de la mortalité, il avait alors réorienté ses travaux vers la titrisation de polices d'assurance-vie. Hélas, pour toutes sortes de raisons dans lesquelles le malheureux n'avait aucune part, le marché n'avait pas décollé. Dans le même temps, Wall Street recrutait à prix d'or des experts en titrisation de crédits immobiliers. Aujourd'hui, plusieurs collègues de Marlowe — du reste pas forcément les plus brillants — roulaient carrosse et se faisaient construire des chalets à Aspen.

Désabusé et ruiné par son divorce, Marlowe vendait désormais son titre et sa réputation à des fonds d'investissement en quête de crédibilité. Tenant à conserver sa propre estime, il prétendait ne pas se laisser dicter ses opinions, même si les mauvaises langues faisaient observer que, pour un esprit incorruptible, il se donnait beaucoup de mal pour comprendre ce qu'on attendait de lui.

Son intervention ce jour-là lui rapporterait 10 000 dollars.

Il se livra d'abord à un rapide survol de l'histoire de l'assurance-vie. Il s'appesantit cinq bonnes minutes sur la décision de la Cour suprême, affirmant, avec toute la solennité dont il était capable, que rien ni personne ne pouvait interdire à un assuré de vendre sa police.

Il arriva au plat de résistance de son exposé au moment où les convives attaquaient le leur. Les assureurs, expliquat-il dans un cliquetis de fourchettes, exploitaient un fromage depuis trop longtemps. Ils ne reversaient que la moitié des sommes qu'ils collectaient, défrayaient grassement leurs vendeurs et étaient à la tête de flottes de jets privés qui, combinées, auraient constitué la quatrième compagnie aérienne des États-Unis. Pire, leur business reposait sur un modèle économique frisant l'escroquerie : les honorables membres de l'Admiral's Club savaient-ils que seulement une police sur dix donnait lieu au paiement de l'indemnité ? Il appuyait ses assertions sur une brochette d'articles et d'études émanant des établissements universitaires les plus réputés, sans préciser que tous, sans exception, avaient été financés par l'industrie du life settlement.

Il porta l'estocade au moment où l'on servait le dessert, un cheesecake au cacao du Honduras. Les sociétaires de l'Admiral's Club étaient assis sur un pactole : leur âge. Les dés étaient, pour une fois, pipés en leur faveur : en souscrivant une police d'assurance-vie et en la conservant jusqu'à leur mort, ils ne pouvaient tout simplement pas perdre. S'ils ne souhaitaient pas attendre si longtemps ou débourser le montant des primes, Life Path offrait des solutions adaptées, leur permettant de capter une partie du gain sans assumer le moindre risque.

Marlowe quitta son pupitre et déambula entre les convives, comme il en avait pris l'habitude chaque fois qu'il assénait une vérité capitale à ses étudiants.

« À ceux d'entre vous qui ont, par le passé, laissé expirer une police qu'ils croyaient sans valeur, je dis sans ambages : on vous a floués. Les assureurs s'engraissent depuis un siècle sur l'ignorance de leurs clients. Vous en savez désormais autant qu'eux ; le moment est venu de leur donner une leçon et de réclamer la part de leurs profits qui vous revient de droit. »

Sur ce, il s'assit et attaqua son cheesecake.

D'Angelo donna aux participants quelques instants pour digérer l'exhortation de Marlowe puis présenta l'offre de Life Path, dans des termes soigneusement choisis afin de ne pas trop éveiller, chez ses auditeurs, l'idée de la Grande Faucheuse.

« C'est très simple. Nous vous proposons de souscrire une police d'assurance-vie d'un montant minimum de 2 millions de dollars. Vous n'aurez pas à débourser un centime. Life Path vous prêtera l'équivalent de deux années de primes, quel qu'en soit le montant. Si, par malheur, le Seigneur vous rappelle à lui pendant cette période, vos héritiers toucheront le montant de la police, moins le remboursement des primes et des intérêts. Et s'il vous prête vie, Life Path vous rachètera votre police pour une somme convenue d'avance. Vous ne perdez strictement rien. Tout ce que vous risquez, c'est de toucher 50 000 ou 60 000 dollars. Et dans tous les cas, vous et votre famille serez assurés gratuitement pendant deux ans.

« Je sais ce que vous vous demandez : où est le piège ? Il n'y en a pas. Vous ne faites qu'exploiter le talon d'Achille des assureurs, le secret honteux sur lequel ils assoient leurs profits scandaleux. Vous n'allez pas seulement vous enrichir, vous rendez un service à la collectivité.

« Venons-en aux questions pratiques. Nous avons ici tous les documents nécessaires. Remplir le dossier de souscription et le questionnaire médical ne vous prendra pas plus d'un quart d'heure. Matt et moi nous occuperons du reste. Selon toute probabilité, vous serez contactés par un médecin de la compagnie d'assurances, qui vous posera quelques questions et vous rendra visite pour une prise de sang. Vous recevrez le montant des primes sur votre compte, largement avant la date limite de paiement.

« Maintenant, écoutez-moi bien. Notre campagne de recrutement annuelle s'achève aujourd'hui. Matt et moi rentrons ce soir en Californie. Nous adorerions repartir avec votre dossier, n'est-ce pas, Matt ? »

Cosimano opina du chef avec enthousiasme. Debout au pied de la tribune, il ne quittait pas des yeux une des hôtesses, qu'il soupçonnait d'avoir du sang coréen.

« Nous sommes conscients que tout cela est un

peu précipité, continua D'Angelo. C'est pourquoi, pour rendre votre décision plus facile, nous vous offrons un week-end de rêve en famille à Disney World. Life Path prend en charge tous vos frais. Une limousine vous conduira à Orlando. Vous logerez dans la suite présidentielle du Ritz-Carlton, un îlot de luxe et de tranquillité de plus de deux cents mètres carrés, avec vue sur le lac. Pendant les deux jours, un guide VIP vous escortera dans les parcs de votre choix — Magic Kingdom, Epcot, Disney's Hollywood Studios, où vous économiserez des heures d'attente en entrant par la sortie des attractions. Ce seul service est normalement facturé 1 500 dollars par jour. Vous bénéficierez en outre de tickets gratuits pour un spectacle, de 200 dollars de bons d'achat valables dans les boutiques des parcs et d'un baptême de l'air en hélicoptère.»

Des murmures approbateurs accueillaient chaque nouvel avantage.

«Je pense que vous conviendrez qu'il s'agit d'une offre très généreuse. Pensez au bonheur que vous allez semer autour de vous.»

D'Angelo fit mine d'hésiter une seconde. Tous les yeux étaient fixés sur lui. Il se tourna vers Cosimano, qui leva le pouce.

«Matt me fait signe qu'il vient d'obtenir l'accord du président de Life Path pour un geste supplémentaire, réservé aux membres de l'Admiral's Club souscrivant une police supérieure à 5 millions. Mesdames et messieurs, je vous demande d'accueillir Priscilla!»

Dissimulée dans les coulisses, la jolie blonde entra sur la scène en agitant la main, à bord d'un cart de golf rutilant, sur la musique de *La roue de la fortune*. Un grand «oh!» monta de la salle, suivi d'un tonnerre d'applaudissements. Après quelques cercles concentriques, Priscilla immobilisa le véhicule, face au public.

D'Angelo reprit la parole.

«Non, vous ne rêvez pas! Pour toute police supérieure à 5 millions, Life Path vous offre un cart de golf Mercedes-Benz à suspension hydraulique, d'une valeur de 20 000 dollars! Quatre passagers peuvent y prendre place confortablement et ranger leurs sacs de golf dans les compartiments prévus à cet effet. Existe en blanc, gris métallisé, noir ou rose bonbon. Comptez six à huit semaines pour la livraison.

«Mais je suppose que vous avez des questions. Le professeur Marlowe, Matt et moi nous ferons un plaisir d'y répondre.»

Plusieurs mains se levèrent. D'Angelo choisit un papy qui avait l'air retors. L'expérience lui avait appris qu'il valait mieux désamorcer d'entrée les objections.

«Mon père — paix à son âme — avait coutume de dire que si un deal paraissait trop beau pour être vrai, c'est probablement parce qu'il l'était. D'où ma question : votre montage est-il légal?

— Absolument, répondit D'Angelo. Vous imaginez bien que nos avocats n'ont rien laissé au hasard. Encore une fois, nous ne faisons rien de mal, n'est-ce pas, professeur Marlowe?»

D'Angelo avait insisté sur le «professeur». Marlowe sentit les regards converger sur lui. C'était la partie de son job qu'il détestait le plus.

«Non, John», affirma-t-il, en baissant la tête.

«Et si l'on possède déjà une police? demanda un senior bronzé, en qui D'Angelo reconnut l'un des richards signalés par Jennings.

— Professeur Marlowe? dit Cosimano.

— Rien ne vous empêche de posséder plusieurs polices, répondit l'universitaire à contre-cœur. Les assureurs considèrent l'ensemble de vos contrats. Jusqu'à 5 millions de valeur faciale combinée, ils ne soulèvent aucun problème. Au-delà, ils exigent la preuve que la couverture souhaitée est cohérente avec le montant de votre patrimoine.

— Merci. Une question supplémentaire, à tous les trois : détenez-vous une assurance-vie?

— Évidemment, dit Cosimano, dont la seule police était celle souscrite automatiquement par son employeur.

— Je possède cinq polices, dit D'Angelo. J'ai souscrit la dernière à la naissance de ma fille.

— J'ai souscrit une police de 2 millions il y a quinze ans», dit Marlowe. C'était techniquement exact. Il omettait cependant de préciser qu'il avait cessé de payer les primes après son divorce.

«Une dernière question?» demanda D'Angelo.

Une vieille dame, qui ressemblait à Barbara Cartland, leva la main.

«Peut-on aller à Sea World à la place de Disney?»

Cosimano et D'Angelo se regardèrent.

« Je pense que ça ne devrait pas poser de problème, dit Cosimano.

— Bien, reprit D'Angelo. Il me reste à vous remercier pour votre patience et votre gentillesse, ainsi que le professeur Marlowe pour ses précieux conseils. Ceux qui sont intéressés peuvent venir retirer les formulaires de souscription. Matt et moi sommes à votre disposition, si vous avez besoin d'aide. »

Les seniors affluèrent vers la tribune. Ils prenaient les formulaires et retournaient à leur place pour les remplir. Priscilla passait entre les tables, distribuant des stylos à ceux qui n'en avaient pas.

Le senior bronzé fit signe à D'Angelo qu'il souhaitait lui parler en privé.

« Je vais souscrire, dit-il. Mais j'aimerais que vous me donniez une bonne raison de prendre 10 millions de couverture plutôt que 5 millions.

— J'en vois plusieurs, répondit D'Angelo. Vous pensiez à une en particulier ?

— La nouvelle série de clubs Titleist chargée à l'arrière de mon cart, par exemple.

— Topez là. »

Le senior serra la main que lui tendait D'Angelo et partit au bras de Priscilla.

D'autres membres négociaient l'accès au spa du Ritz-Carlton ou des jantes personnalisées. D'Angelo accédait à presque tous leurs caprices. Il avait carte blanche jusqu'à 1 000 dollars par million au-dessus de 2 millions.

De son côté, Cosimano se tuait à expliquer à

un vieillard que, selon les critères de Life Path, son patrimoine, qu'il évaluait à 2 millions, ne l'autorisait pas à acheter 5 millions de couverture. Manny Lammons n'en démordait pas : il voulait son cart, dût-il mentir sur les formulaires. Cosimano lui suggéra d'ajouter un zéro à la valeur de son plan de retraite. Les assureurs, dit-il, avaient autre chose à faire que d'éplucher les déclarations sur l'honneur de leurs clients.

Quand le dernier papy se retira, D'Angelo fit les comptes. Les membres de l'Admiral's Club avaient souscrit 21 polices, pour un total de 90 millions de couverture. C'était une de leurs meilleures recettes de la saison.

Il se mit d'accord avec Jennings sur le montant de la facture que celui-ci adresserait à Life Path : 180 couverts à 250 dollars pièce, soit 45 000 dollars. D'Angelo tendit au directeur des opérations du club une enveloppe contenant 5 000 dollars en cash.

« Revenez quand vous voulez », dit Jennings en empochant son bakchich.

« Prêt ? » demanda Cosimano, son ordinateur portable en bandoulière.

D'Angelo soupira en pensant aux chambres anonymes qui les attendaient au Ramada Inn de Boca Raton. Le lendemain, ils se levaient tôt : le directeur de la maison de retraite des Magnolias de West Palm Beach avait insisté pour qu'ils installent leur matériel avant la partie de bingo du matin.

Journal de Dan

Mercredi 11 juillet

Pas de réponse de Vlad. J'y suis peut-être allé un peu fort.

(…)

Quel empoté je fais ! Je me suis cassé la gueule devant chez moi, en rentrant de Publix à vélo. J'ai les genoux et les avant-bras couverts d'égratignures. Ma cheville surtout me fait un mal de chien. Boitillé à l'intérieur et appelé Sharon. Par chance, elle était chez elle. Elle a rappliqué sur-le- champ, a tâté ma cheville qui enflait à vue d'œil et conclu à une foulure. C'est un moindre mal, car après la facture de Lammons, je ne sais pas comment j'aurais pu payer un médecin. Sharon m'a bandé la cheville, a désinfecté mes bobos et est retournée chez elle chercher une paire de béquilles.

Je lui ai offert un café. Elle a plusieurs patients dans la résidence : Jean-Michel Jacques, Jeffrey McGregor, Donna Phelps et quelques autres que je ne connais pas. J'étais un peu surpris qu'elle cite spontanément leurs noms ; je croyais les infirmières tenues au secret médical. Je n'ai rien dit. Au contraire, j'ai ressenti un léger frisson à l'idée que je détenais des informations confidentielles. J'imagine que Vlad connaît ça.

Justement, nous avons parlé de l'article du *Wall Street Tribune*. Sharon est bien embêtée d'avoir été citée. C'est une de ses patientes qui l'a cafetée. Vlad l'a appelée ensuite et elle a été obligée de confirmer. Je lui ai demandé ce qu'elle craignait ; elle n'a rien fait de mal, après tout. En réalité, elle ne doute pas de son bon droit. Elle dit avoir voulu rendre service à ses meilleurs clients en leur signalant une opportunité extraordinaire. (Elle prétend ne pas en avoir parlé à tous ses patients, j'ai du mal à la croire.) Ce n'est d'ailleurs, selon elle, que justice que le ménage Hess récolte enfin un peu d'argent avec le life settlement. À l'entendre, Brian est complètement exploité. Il se tue à la tâche, dans son sous-sol, pour des nèfles. La combine de Sharon ne lui aura finalement rapporté que quelques milliers de dollars, bien loin des millions que touchent les agents. Je l'ai sentie écœurée par la disproportion des sommes.

Apprenant que je n'ai pas d'assurance, elle m'a fait cadeau de ses frais de déplacement (encore heureux, elle habite à cent mètres !). Elle m'a tout de même demandé 50 dollars. 50 dollars : l'équivalent de ce que je gagne en vendant 110 bouquins. Il faut que j'arrête de raisonner ainsi, c'est trop déprimant.

Jeudi 12 juillet

Conséquence inattendue de ma chute de vélo, je clopine matin et soir sous les yeux de mes voisins. Moi qui déteste le papotage, je suis servi. Mrs Cunningham, qui me fatiguait déjà avec ses considérations météorologiques, me donne à présent des nouvelles de son utérus ; Kim Phelps propose de me « conduire à mes rendez-vous » (si elle savait !) ; Susan McGregor dépose des cookies devant ma porte. Chacun y va de son mot d'encouragement, comme si j'étais un invalide de guerre.

(…)

Tiré ce matin Ed Linkas d'un mauvais pas.

« S'il vous plaît, Dan, m'a-t-il alpagué, aidez-moi à expliquer à Chuck que je n'ai pas besoin d'une assurance spéciale invalidité. Je suis auditeur, pas pilote de chasse. »

Sans se démonter, Patterson nous a servi un couplet abracadabrant, d'où il ressortait qu'actuaire arrivait, dans la liste des professions les plus dangereuses du monde, juste après dresseur d'alligators et réparateur de téléphériques. Il était gonflé à bloc, c'était splendide à voir.

Il m'a paru soulagé que Vlad ne l'ait pas mentionné dans son article. D'ailleurs, à la réflexion, je suis surpris que Chuck n'ait pas fait la tournée des hospices lui aussi. Il doit pourtant avoir ses entrées : sa mère vit dans une maison de retraite de l'Alabama, qu'il m'a décrite un jour comme « le Sheraton au prix d'un Best Western ».

(…)

Tombé sur Jean-Michel Jacques à la plage. Il jouait au cerf-volant avec ses garçons.

Je lui demande pourquoi Osiris Capital n'est pas cité dans l'article du *Wall Street Tribune*.

«Parce que je n'ai jamais trempé dans le premium finance, pardi!

— Par éthique?

— Oh non, parce qu'il y a beaucoup trop de concurrence. Voyez-vous, mes confrères sont paresseux; ils préfèrent monter un dossier à 10 millions plutôt que 50 à 200 000. Les petites polices exigent certes autant de travail que les grosses, mais elles attirent moins l'attention. Les assureurs sont prêts à engager une action en justice pour 10 millions, pas pour quelques centaines de milliers de dollars, quand un avocat spécialiste du life settlement facture 600 dollars de l'heure.»

Il m'explique un autre avantage de son approche.

«Supposons que vous achetiez une police de plusieurs millions, prévue pour maturer dans dix ou quinze ans. Qui vous dit que l'assureur sera encore là pour payer l'indemnité? Nul n'est à l'abri de la faillite, surtout si tous les grands-pères signés par mes confrères cassent leur pipe en même temps. On appelle ça le risque de signature; les professionnels vous diront que c'est l'un des plus difficiles à circonscrire. Eh bien, Osiris n'y est pas exposé. Vous savez pourquoi?»

Je confesse bien volontiers mon ignorance.

« Parce que, en cas de défaillance d'un assureur, les États garantissent le paiement des
indemnités de décès à concurrence de 300 000
dollars ! » rugit-il triomphalement.

Il s'attendait manifestement à ce que j'accueille
cette nouvelle avec plus d'enthousiasme. Un de
ses fils vient le chercher. Pendant un moment,
Jean-Michel s'emploie à démêler les fils du cerf-
volant, à quatre pattes dans le sable. Ses enfants
le regardent s'activer en silence, sans montrer
le moindre signe d'impatience. Enfin, le cerf-
volant est bon à reprendre du service. Les gamins
applaudissent. Jean-Michel se retourne vers moi.

« Ce n'est pas tout, dit-il comme s'il ne s'était
jamais interrompu. Je me méfie des grosses
polices. Les gens qui ont les moyens de s'assurer
pour 10 millions n'ont généralement pas de problèmes de fins de mois. Ils font plus attention à
leur santé, prennent des vacances, mangent plus
de légumes et puis, n'ayons pas peur de le dire,
ils tiennent plus à la vie… »

Des cris paniqués retentissent : le cerf-volant
s'est abîmé dans la mer. Jean-Michel bredouille
quelques mots d'excuse et détale comme un
zèbre.

Je me demande à quoi ressemblent les discus-
sions au dîner chez les Jacques.

*   *
*

Expéditeur : Vlad Eisinger <vlad.eisinger@wst.com>
Date : Jeudi 12 juillet, 21:07:44
Destinataire : Dan Siver <danielgsiver@gmail.com>
Objet : Le(s) grand(s) roman(s) américain(s)

Excuse-moi d'avoir pris un peu de temps pour te répondre. Je passais mes prochains articles au peigne fin avec les avocats du journal, pour m'assurer que nous ne serons pas attaqués. C'est que, contrairement à d'autres, nous ne pouvons pas écrire n'importe quoi. L'orthographe de chaque nom, les dates, le moindre chiffre, sont vérifiés par au moins trois personnes. C'est la rançon d'écrire sur les vraies gens, j'imagine…

Un grand bravo pour les aventures de John D'Angelo et Matt Cosimano, qui m'ont hautement diverti. J'adorerais, à l'occasion, pouvoir faire preuve de la même insolence. Je me suis permis de montrer ton texte à mon rédacteur en chef, il s'est gondolé comme un bossu.

« Ce sont les personnages et les situations qui font la force des grands livres », écris-tu. Tu as évidemment raison. Mais sans faits, sans un solide cadre économique et social, tes personnages resteront des ectoplasmes et tes situations tomberont à plat. Ton récit à l'Admiral's Club laissera de marbre le lecteur qui n'en saisit pas les tenants et les aboutissants économiques. Pourquoi, malgré son cynisme éhonté, éprouvons-nous de la sympathie pour D'Angelo ? Parce que son sort nous rappelle celui d'oncles

ou d'amis plus âgés, que leurs salaires trop élevés évincent progressivement du marché du travail. Idem pour Marlowe, le prof de fac contraint
de vendre son âme au diable pour payer sa pension alimentaire. Quant à Cosimano, tes lecteurs
établiront probablement désormais une relation
entre le versement des bonus à Wall Street et les
revenus des prostituées du New Jersey.

L'économique régit et façonne le monde,
Dan. Il constitue à la fois le fondement des rapports sociaux et la clé du progrès de l'espèce
humaine. Sans échanges, toi et moi nous balan-
cerions encore aux branches, comme des chim-
panzés. Les opposants au capitalisme oublient
un peu vite qu'ils lui doivent leur cerveau.

Les tourments de l'âme ont par ailleurs
depuis longtemps épuisé leur potentiel roma-
nesque. Quoi de neuf en matière de neurasthé-
nie depuis Schopenhauer et Baudelaire ? Rien
ou presque. Ah si, pardon, la pharmacopée ! Si
Flaubert vivait encore, le psy de Mme Bovary
lui prescrirait du Prozac (un produit qui, entre
parenthèses, n'aurait jamais vu le jour si les
labos pharmaceutiques n'avaient transformé la
dépression en marché).

Prends Tom Wolfe, DeLillo, Philip Roth :
leurs personnages ont des jobs, des découverts
bancaires, des cancers de la prostate. Je ne crois
pas, contrairement à toi, au Graal du grand
roman américain, en tout cas sûrement pas à
son unicité. Chaque époque enfante son lot de
chefs-d'œuvre. Le nom de Steinbeck est indis-

sociable de la Grande Dépression. Tom Wolfe a pondu des pages impérissables sur Wall Street. Et que dire aujourd'hui sur le pétrole qu'Upton Sinclair n'a pas écrit il y a un siècle ? Ce n'est pas un hasard à mon sens si tous les trois ont mené de front des carrières de romancier et de journaliste.

Voilà ce que j'aime dans mon travail : j'ai le doigt sur le pouls de l'époque plus sûrement qu'en arpentant la plage de Destin matin et soir.

PS : Peu de gens savent en effet que Norman Drachydle, alias Raymond Chandler, fréquenta brièvement les colonnes du *Daily Express*. Détail révélateur : ses exégètes attribuent son style inimitable, à la fois imagé et chirurgical, mélodieux et tranchant, à son expérience de reporter.

PPS : Hollis Alpern te salue bien.

* *
*

Expéditeur : Dan Siver <danielgsiver@gmail.com>
Date : Jeudi 12 juillet, 21:50:36
Destinataire : Vlad Eisinger <vlad.eisinger@wst.com>
Objet : Le(s) grand(s) roman(s) américain(s)

Décidément, tu n'as pas changé. Tu t'exprimes plus clairement qu'avant (la conséquence du rétrécissement de vocabulaire que t'ont imposé tes employeurs?), mais tu te fourres toujours autant le doigt dans l'œil.

Le grand roman américain — qui, j'en ai la conviction, reste à écrire — est celui qui capturera l'essence de la psyché américaine, ce mélange d'optimisme et de candeur, de cupidité et de vertueuse hypocrisie. Les deux auteurs qui, selon moi, s'en sont approchés le plus près sont Mark Twain dans *Tom Sawyer* et Salinger dans *L'attrape-cœurs*. Quel rôle joue l'économie dans ces deux livres? Quasiment aucun (ne va pas m'expliquer qu'Holden Caulfield est trop fauché pour aller aux putes, ou je me fâche!). Qui se soucie que l'un se passe dans le Missouri au XIXe siècle et l'autre à New York dans les années 50? Ce sont deux formidables portraits d'adolescents, qui en disent plus long sur notre pays que toutes les archives de ton journal.

PS : Curieux destin que celui de Ralph Ellison… Un seul roman — dont il n'était d'ailleurs pas satisfait — aura assuré sa postérité. Savais-tu qu'il avait perdu 300 pages d'un second livre dans l'incendie de sa maison?

PPS : Si l'économique gouvernait le monde, Dan Ryan aurait reçu le prix Nobel de littérature.

*   *
*

Expéditeur : Vlad Eisinger <vlad.eisinger@wst.com>
Date : Jeudi 12 juillet, 22:31:16
Destinataire : Dan Siver <danielgsiver@gmail.com>
Objet : L'insouciance de la jeunesse

Tu l'écris toi-même : «deux formidables portraits d'adolescents». Comme par hasard, les héros de tes livres préférés ont moins de 16 ans. Ils ne doivent pas gagner leur vie, se soucier de leur assurance santé ou s'acheter une voiture. Ils n'échangent pas leur travail contre celui des autres, ils vivent hors du monde.

Loin de moi l'idée de critiquer ces deux joyaux de la littérature, je dis juste qu'ils ne peuvent incarner le grand roman américain, surtout si, comme tu le penses, il n'existe qu'un livre qui puisse prétendre à ce titre.

Laissons tomber le sujet, tu veux? On s'est déjà engueulés il y a quinze ans, on ne va pas remettre ça, si? Je sais que cette question te tient extraordinairement à cœur : non content d'y avoir consacré ton mémoire de mastère, tu es devenu écrivain pour chasser ta propre baleine blanche. Je suis plus pragmatique que toi : je sais reconnaître un grand roman quand j'en vois un et j'apprécie autant *Les hauts de Hurlevent* que *Le bûcher des vanités*.

PS : Tu aurais pu ajouter qu'Ellison avait accumulé 2 000 pages de notes en vue de son second roman. Je ne suis apparemment pas le seul à procrastiner...

PPS : Ayn Rand, prix Nobel, et pourquoi pas le National Book Award à Stephen King !

PPPS : Lou Baswell me manque.

*   *
*

JOURNAL DE DAN

Vendredi 13 juillet

Mark Hansen est mort ! Sa voiture a percuté un arbre à Sausalito, où il voyageait pour affaires. Il avait 36 ans.

Je le revois une bière à la main, il y a dix jours à peine. Nous avions passé un bon moment à discuter avec Ed Linkas, autour du barbecue. Mark avait évoqué ce déplacement en Californie. Il allait rendre visite à quelques clients et, selon ses propres termes, « pointer sa bobine au siège ». Si j'ai bien compris, son employeur, une entreprise de la Silicon Valley, aide les grands groupes à réaliser des économies en délocalisant leurs centres d'appel et leurs services administratifs en Inde.

Les Hansen se sont installés à Destin en 2008, quand Jennifer a voulu se rapprocher de ses parents. Lui voyage — voyageait, devrais-je dire — beaucoup, aux États-Unis et en Europe. Elle s'occupe de leurs jumeaux, un garçon et une fille de 5 ans.

La bière aidant, Mark s'était laissé aller, ce jour-là, aux confidences. La vie était belle : il roulait en Audi, il avait un salaire à six chiffres, deux enfants adorables, une femme « plutôt bien conservée », sans compter la bonne fortune occasionnelle sur la route. Bien sûr, ils tiraient un peu la langue financièrement. Ils avaient payé leur maison (la même que la mienne) trop cher. Le crédit immobilier plombait leur budget, même si, pendant les cinq premières années, ils ne versaient que les intérêts. Entre le leasing de la Cherokee, l'école Montessori des enfants, les nouveaux seins de Jennifer et leurs prêts étudiants qu'ils n'avaient pas encore fini de rembourser, ils ne mettaient pas un sou de côté. Mais Mark ne s'en faisait pas. Il avait le vent en poupe dans sa boîte et s'attendait à toucher le jackpot quand elle s'introduirait au Nasdaq. D'après Donna Phelps, une des maisons de maître allait bientôt se libérer. Il tannait Jennifer pour la visiter.

Je crois bien n'avoir jamais échangé deux paroles avec cette dernière. Je la croise de temps en temps à la salle de gym. Elle fait partie de ce que j'ai baptisé le « gang des queues-de-cheval », ces femmes entre 30 et 40 ans qui traînent dans la résidence en pantalon de yoga et baskets, une bouteille d'eau minérale à la main. Je la plains.

Les nouvelles vont vite. Mrs Cunningham baby-sitte les enfants de Jennifer, partie ce matin pour la Californie afin de reconnaître le corps. Ravagée par le chagrin, Jennifer s'inquiète, paraît-il, pour son avenir et celui de ses enfants. Comme presque tous les cadres de grands groupes, Mark avait une assurance-vie, équivalant à deux ans de salaire (Jennifer ignore si le calcul s'entend bonus compris ou non). Elle touchera aussi 500 000 dollars grâce à la police que Mark avait souscrite auprès de Chuck. Ce n'est pas le Pérou mais ça devrait lui permettre d'acheter sa maison, de solder les prêts étudiants et de repartir de zéro.

(...)

Melvin Phelps, que j'ai croisé à mon retour de la plage, arborait une mine de circonstance. Il voulait savoir si je comptais participer aux frais de la couronne que la copropriété a commandée pour les obsèques de Mark. Assez mesquinement, je l'avoue, j'ai demandé si une telle dépense n'entrerait pas dans le budget général de l'association.

« En théorie, si, m'a répondu Phelps, mais nous sommes à sec. Comme vous le savez, plusieurs propriétaires n'ont pas réglé leurs charges trimestrielles. J'aurai l'occasion d'en parler ce soir à l'assemblée générale des copropriétaires. Je peux compter sur vous, n'est-ce pas ? Kim sera là. »

J'ai promis de passer en m'abstenant de relever l'allusion. Avec mes béquilles, je pouvais difficilement prétexter d'autres plans.

Phelps n'avait pas l'air pressé de rentrer chez
lui. Il s'est épanché contre les résidents qui le
saisissent de sujets minuscules (le taux de chlore
dans la piscine, les crottes de chien, l'interdiction
de tondre la pelouse avant 9 heures le week-end,
etc.). Je ne suis pas dupe. À sa place, je préférerais aussi organiser le ramassage des poubelles
plutôt que regarder le golf à la télé avec Donna
en buvant du thé glacé.

Je lui ai demandé comment se portaient les
affaires de sa fille.

« Bien, très bien, même. Les articles du *Wall
Street Tribune* ont quelque peu écorné la réputation de Chuck Patterson. Plusieurs de ses
clients sont venus consulter Kim. Votre voisine,
Mrs Cunningham, par exemple, l'a engagée
pour vendre sa police d'assurance-vie. »

Dimanche 15 juillet

Je ne regrette pas d'être allé à l'assemblée des
copropriétaires. C'était la première à laquelle
j'assistais de ma vie. J'ignore encore ce qui m'a
poussé à m'y rendre, peut-être l'intuition que
les articles de Vlad n'avaient pas fini de semer la
pagaille dans notre petite communauté.

De fait, les débats ont été chauds, dans tous
les sens du terme. Nous étions une centaine, ser-

rés sur des chaises pliantes, à attendre les retardataires, quand la climatisation du foyer a émis une série de hoquets, avant de s'arrêter complètement. Malgré tous ses efforts, Manuel n'a pas réussi à la faire repartir. L'atmosphère est vite devenue irrespirable. Susan McGregor a proposé de tenir la réunion à la belle étoile, oubliant qu'en cette saison les parages sont infestés de moustiques. Donna et Kim sont parties acheter de la limonade à Publix. Plusieurs personnes âgées sont rentrées chez elles en ronchonnant.

Après une minute de silence à la mémoire de Mark Hansen, Phelps a commenté les comptes au 30 juin. Ils ne sont pas brillants. Cinq copropriétaires (que ce brave Melvin s'est fait un devoir de nommer) ne paient plus leurs charges, certains depuis plus d'un an. Phelps ne nourrit guère d'espoir quant à l'issue de l'action judiciaire en cours. Les cinq logements en question sont en effet « sous l'eau », ce qui, nous a-t-il expliqué, signifie que le solde du crédit immobilier excède leur valeur marchande.

Blanche Patterson, la femme de Chuck, a jugé « scandaleux et immoral » que les familles en défaut continuent à profiter des installations collectives. Pas plus tard qu'hier, elle a expulsé les gamins Guerrero de la piscine en les priant d'expliquer à leurs parents que la baignade est réservée aux résidents à jour de leur cotisation. Une poignée d'hommes ont proposé de se relayer pour monter la garde autour des tennis. Ils n'ont pas précisé s'ils s'armeraient pour l'occasion.

En attendant, nos charges sont majorées d'environ 100 dollars par an, une dépense dont je me serais bien passé.

Comme si cela ne suffisait pas, Susan McGregor a suggéré d'exempter Jennifer Hansen de ses charges pendant un an, « le temps qu'elle reprenne le contrôle de ses finances ».

« On ne parle que d'une vingtaine de dollars par famille, a-t-elle argumenté, mais pour elle, cela fera une énorme différence. »

Sa proposition a été fraîchement — si l'on peut dire, considérant que la température avoisinait les 30 °C — accueillie.

« Nous savons tous que Jennifer va toucher 700 000 dollars, se sont récriés certains copropriétaires, d'autant plus bruyamment que l'intéressée se trouvait à cinq heures d'avion d'ici. Pourquoi lui faire cadeau de 2 000 dollars, alors que chacun paie déjà plus que sa part ? »

Les plus véhéments, brandissant l'article du *Wall Street Tribune* qui faisait état des performances flamboyantes du fonds Osiris, ont fait remarquer que rien n'empêchait Susan de régler l'intégralité des charges de Jennifer si elle en avait envie.

Nous étions quelques-uns, durant cet échange, à fixer attentivement nos chaussures. Faisant preuve en la circonstance d'un certain doigté, Phelps n'a pas mis la question au vote.

Différentes sources d'économie ont été envisagées : rogner sur l'élagage annuel, réduire les périodes d'arrosage des parties communes, repousser la rénovation des courts de tennis au prochain exercice et recourir, chaque fois que possible, aux services de Manuel et Rafaela, dont les tarifs sont plus raisonnables que ceux des artisans locaux. Je n'ai pas été le seul surpris d'apprendre qu'entre les travaux de peinture, le ménage du club-house, un peu d'électricité et de plomberie, le couple Guttierez a facturé près de 11 000 dollars à la copropriété sur les six premiers mois de l'année.

La proposition de Brian Hess de faire supporter les frais d'entretien de l'étang aux seuls propriétaires ayant vue sur l'eau a suscité un début de rébellion chez les occupants des maisons de maître. Lammons, remonté comme une pendule, a demandé à Brian s'il jouait au tennis. Ce dernier a confessé qu'il lui arrivait de taper quelques balles avec Sharon le dimanche matin.

« J'en étais sûr ! a exulté le dentiste. Melvin, notez d'installer un tronc sur les courts de tennis. Brian et ses amis sportifs ne verront aucun inconvénient, je pense, à y glisser 5 dollars pour chaque set qu'ils disputent. »

Phelps — qui habite une des maisons de maître ET joue au tennis — a bredouillé quelques phrases incompréhensibles, où il était question des « servitudes de la vie en communauté » et d'une possible « rupture de l'égalité de traitement entre les copropriétaires ». L'arrivée de Donna et Kim, les bras chargés de rafraîchissements, l'a sauvé.

Après une courte suspension de séance,

Phelps a annoncé son intention de procéder à la renégociation de plusieurs contrats, dont celui qui lie la copropriété à la société Emerald. Chuck, qui sirotait tranquillement sa limonade, a failli s'étrangler. Il a affirmé que, depuis six ans que courait le contrat, aucun habitant de Destin Terrace n'avait émis la moindre critique sur la gestion d'Emerald. Phelps a répliqué que ce n'était guère étonnant, dans la mesure où la résidence n'avait pas enregistré un seul sinistre pendant cette période, ce qui ne l'avait pas empêchée de verser la bagatelle d'un quart de million de dollars à Emerald.

Chuck a protesté qu'il s'agissait du principe même de l'assurance et que, le jour où un nuage de sauterelles s'abattrait sur Destin ou qu'un gamin se noierait dans la piscine, nous serions bien contents d'avoir choisi la Rolls-Royce des assureurs. Phelps a rebondi sur la métaphore de Patterson : en ces temps difficiles, peut-être les copropriétaires se contenteraient-ils d'une Cadillac.

Chuck ne voulait pas lâcher le micro, clamant son opposition à un nouvel appel d'offres, « qui ne présenterait pas toutes les garanties d'objectivité et de transparence », une allusion à peine voilée au conflit d'intérêts dans lequel est coincé Phelps. Kim, justement, a volé au secours de son père. Elle a proposé que les offres soient transmises, scellées, à un observateur indépendant.

« À qui pensez-vous ? a aboyé Patterson.

— À Dan Siver, par exemple », a répondu Kim.

Les premiers rangs se sont tournés vers moi. Ils doivent s'imaginer que nous fricotons ensemble, c'est très embarrassant.

Chuck m'a toisé du regard, comme pour jauger mon intégrité.

« Marché conclu », a-t-il finalement laissé tomber en se rasseyant.

Phelps, manifestement soulagé, est passé au point suivant de l'ordre du jour (l'utilisation excessive d'engrais dans les jardins), sans même quêter mon assentiment.

Un peu plus tard, il s'apprêtait à lever la séance quand Sharon Hess lui a demandé s'il était exact que ses petits-enfants avaient été rémunérés pour leur participation au barbecue du 4 Juillet. Apparemment, je n'ai pas été le seul à remarquer que Rafaela s'était fadé tout le boulot. Phelps n'a pas vu le coup venir. Son premier réflexe a été de se tourner vers Patterson, comme s'il soupçonnait ce dernier d'avoir orchestré la fuite. Puis, montant brusquement sur ses grands chevaux, il est parti dans une tirade décousue, bégayant que c'était trop fort, quand même !, qu'il était bénévole, non mais sans blague, et qu'il se ferait un plaisir de céder son fauteuil à quiconque serait assez fou pour le vouloir.

Un silence gêné a accueilli ses paroles. Il était tard, le foyer empestait la sueur, nous n'avions tous qu'une envie : regagner nos maisons climatisées et prendre une douche avant d'aller au lit. Même Sharon semblait prête à s'écraser. Mais Phelps, chaud comme une bouillotte, ne voyait plus rien ni personne. Il a retourné ses poches et a jeté trois billets chiffonnés de 20 dollars en direction de Sharon en beuglant :

« Tiens, le voilà votre pognon ! Ça ira comme ça, ou vous en voulez encore ? »

Donna et Kim se sont levées précipitamment, ont pris Melvin par le bras et l'ont traîné vers la sortie en nous remerciant d'être venus. Toute la scène a duré moins d'une minute.

Nous sommes restés assis, frappés de stupeur et plus du tout pressés de rentrer chez nous. Certains, comme Susan McGregor ou Michael Hart, cherchaient des excuses à Melvin : parce qu'il se dépensait sans compter pour la collectivité, il ne supportait pas de voir sa probité mise en doute. D'autres, Sharon en tête, déploraient un dérapage grotesque, sans commune mesure avec l'enjeu. Au bout d'un moment, comprenant que les Phelps ne reviendraient pas, les gens ont commencé à partir. Quelqu'un a esquissé un geste vers les 60 dollars qui traînaient par terre. Michael Hart l'a devancé et a glissé les billets dans son portefeuille en promettant de les « remettre à qui de droit », sans préciser à qui il faisait référence exactement.

Alors que je me servais un verre de limonade au buffet, j'ai surpris une conversation entre Brian Hess et Anh Jacques. Elle s'inquiétait pour un prétendu ami d'enfance, à qui les médecins venaient de diagnostiquer un cancer de la vessie. Quelles étaient, selon Brian, ses chances de guérison ? Hess a répondu, en gobant une pistache, qu'il existait plusieurs variantes du cancer de la vessie, mais que, grosso modo, les chances de survie à cinq ans tournaient autour de 50 %. Anh s'est mordu la lèvre pour ne pas crier.

SEMAINE 4

Schumpeter et le life settlement

Par Vlad Eisinger

Il y a trente ans, les compagnies d'assurance-vie coulaient des jours tranquilles. Jim Robertson vantait les mérites de leurs produits à la télévision. 76 % des Américains en faisaient «un des outils essentiels de leur stratégie patrimoniale». Ventes et profits croissaient régulièrement.

Et puis le life settlement est arrivé.

En l'espace d'une décennie, cette pratique consistant à racheter une police à son souscripteur en pariant sur le décès de celui-ci a brutalement exposé les faiblesses structurelles des assureurs : un train de vie excessif et un taux d'indemnisation spectaculairement bas.

On estime qu'un dixième seulement des polices contractées sont conservées jusqu'à leur terme.

Les assureurs réclament un renforcement des règles encadrant la revente de polices. Selon Adam Connor, le porte-parole de la Life Insurance Alliance, un organisme regroupant 17 des 20 plus grandes compagnies d'assurances du pays, «le développement incontrôlé du life settlement a des conséquences extrêmement néfastes pour l'économie de notre pays».

Allez dire cela aux milliers d'Américains qu'emploie l'industrie du life settlement.

Qui sont-ils? La liste des membres de LISA, l'association

des professionnels du life settlement, en donne une bonne idée.

Les fonds de life settlement — que LISA appelle les «financeurs» — ne sont que quelques dizaines. Ils emploient peu de personnel mais paient très bien leurs collaborateurs, qu'ils débauchent, de façon peu surprenante, chez les assureurs.

Susan McGregor est vice-présidente du fonds Osiris Capital. Actuaire de formation, elle a travaillé pendant sept ans chez Prudential, le deuxième assureur du pays, avant de s'arrêter quelques années pour élever ses enfants en bas âge. En 2007, elle a été approchée par un cabinet de recrutement d'Orlando.

«J'avais beaucoup d'idées préconçues sur le life settlement», admet Mrs McGregor. «Jean-Michel Jacques, le fondateur d'Osiris, m'a convaincue qu'il était possible d'exercer ce métier de manière éthique et responsable.»

Le mari de Mrs McGregor, Jeffrey, est vice-président et actuaire en chef d'Emerald, un assureur de Pensacola. Il s'est exprimé à plusieurs reprises publiquement sur les dangers que l'expansion du life settlement fait courir au secteur financier. Comment vit-il la reconversion de son épouse?

«Au départ, ç'a été dur», concède Mr McGregor. «Susan débinait les assureurs non-stop et moi, je l'accusais de travailler pour des charognards. Pour finir, nous avons décidé de ne plus en parler. De toute façon, nos positions sont irréconciliables.»

En rejoignant Osiris Capital, Susan a presque doublé son salaire. «Jeffrey trouve que ce n'est pas cher payé pour avoir vendu mon âme», plaisante-t-elle. «En même temps, je sais qu'il apprécie notre nouvelle aisance financière. Nous avons passé dix jours en Europe l'été dernier : Londres, Paris, Rome et Prague. Nous ne pouvions pas nous payer ce genre de vacances avant.»

Les McGregor cherchent également à s'agrandir en achetant une des maisons de maître de Destin Terrace saisies par les banques. «Elles ont le couteau sous la gorge», commente Jeffrey. «C'est le moment d'en profiter.»

La grande majorité des membres de LISA fournissent des services support. Pour employer une analogie, dans la ruée vers l'or que représente le life settlement, ils sont les vendeurs de pelles et de pioches.

La plupart de ces prestataires entrent dans des catégories relativement traditionnelles.

Chaque transaction de life settlement fait ainsi intervenir un courtier et un *provider*. Le courtier est mandaté par le vendeur pour tirer le meilleur prix de sa police, tandis que le provider conseille et assiste l'acheteur. Les deux professions sont hautement régulées.

Selon les chiffres du rapport du Government Accountability Office publié en 2010, le seul État de Floride compte 503 courtiers. Certains d'entre eux ne réalisent qu'une ou deux transactions par an. Leur taux de commission s'élève normalement à 6 % de la valeur faciale de la police, ce qui, selon le niveau auquel se conclut la transaction, peut représenter jusqu'à 40 ou 50 % du prix de vente.

Les providers (au nombre de 14 en Floride et de 62 au Texas, toujours selon les chiffres du GAO) se font rémunérer de 1 à 3 % de la valeur faciale. Les fonds qui achètent des centaines de polices par an négocient souvent des remises importantes.

L'essor du life settlement dope également l'activité des avocats. Le cabinet Magee, Stone & McDowell, basé à Tampa, a récemment créé un département dédié au life settlement.

Norm Sullivan, l'associé en charge du secteur assurances, se souvient du premier dossier qu'il a traité, en 2001. «Notre client attaquait un pasteur d'Atlanta, qui avait pris des polices sur la vie d'une trentaine de vagabonds de sa paroisse. Il remplissait la paperasse pour eux, leur fourrait $100 dans la poche et recueillait un spécimen de leur signature, dont il se servait pour authentifier le transfert du contrat deux ans plus tard. Il a collecté $6M avant que la police ne l'épingle. On a dit qu'il avait fait assassiner deux des vagabonds par la mafia locale mais le FBI n'a jamais réussi à le prouver.»

Au fil des ans, Magee, Stone & McDowell a étendu sa clientèle

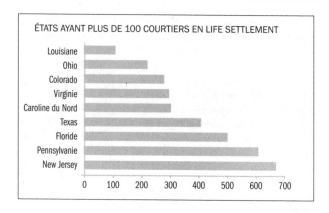

ÉTATS AYANT PLUS DE 100 COURTIERS EN LIFE SETTLEMENT

jusqu'à New York. Les affaires ne manquent pas. «Les assureurs ont pour ligne de conduite de contester chaque contrat de premium finance devant les tribunaux», explique Norm Sullivan. «Il faudra des années pour purger les milliers de polices souscrites pendant la bulle. À $10 000 minimum le dossier, je vous laisse faire le calcul.»

Le refrain est le même dans les cabinets d'audit.

Ed Linkas, 38 ans, résident de Destin Terrace depuis 2011, est un ami de longue date de Jeffrey et Susan McGregor, qu'il a rencontrés à la Camden Actuarial School de l'Université de Hartford, Conn. Senior manager chez Lark & Hopkins, un cabinet d'audit de taille moyenne basé à Panama City, il contrôle les comptes d'assureurs et de caisses de retraite. Depuis quelques années, les fonds de life settlement représentent une part croissante de son activité.

«Nous regardons comment ils valorisent les polices dans leurs comptes, pour être sûrs qu'ils ne pèchent pas par excès d'optimisme», déclare Mr Linkas. «Ils ont une perspective totalement inversée par rapport à celle des assureurs. Intellectuellement, c'est très intéressant pour nous. Ce n'est pas si souvent que nous sommes des deux côtés du manche.»

D'autres membres de LISA fournissent des services dont vous ne soupçonnez sans doute même pas l'existence.

Acheteurs ou vendeurs recourent ainsi parfois aux services de cabinets d'experts en longévité, qui évaluent impartialement l'espérance de vie de l'assuré à partir de son dossier médical. Le leader du marché, 21st Services, basé à Minneapolis depuis 1998, réalise un chiffre d'affaires d'environ $30M.

Brian Hess, 36 ans, résident de Destin Terrace depuis 2009, consulte en free lance pour un de ces experts en longévité. Mr Hess est gynécologue. Après douze ans d'études, lesté de $230 000 de dettes, il a ouvert, en 2008, un cabinet d'obstétrique à Naples, Fla. L'année suivante, une de ses patientes l'a attaqué en justice pour avoir détecté trop tard que l'enfant qu'elle portait souffrait d'une malformation. Emerald, l'assureur de Mr Hess, a trouvé un accord amiable avec la plaignante. Dans la foulée, Emerald a informé Mr Hess que sa prime avait été révisée à la hausse. Son assurance civile lui coûterait désormais $77 000 par

mois, soit plus du triple de ce qu'il payait précédemment.

Brian Hess

« C'est ridicule », déclare Mr Hess. « Même en travaillant six jours par semaine, je commençais la matinée $3 000 dans le rouge. J'ai appelé tous les concurrents d'Emerald au sud du Mississippi. Aucun n'était prêt à m'assurer pour moins de $60 000 par mois. Je n'ai pas eu d'autre choix que de fermer mon cabinet. »

En attendant qu'une opportunité se présente, Brian Hess a commencé à rédiger des rapports d'espérance de vie pour Life Metrics LLC, un cabinet spécialisé de Tallahassee. « Au début, c'était intéressant », se rappelle-t-il. « J'ai approfondi mes connaissances en oncologie — la plupart des gens qui vendent leurs polices ont une forme ou une autre de cancer. Ce métier requiert aussi une grande discipline. Vous ne pouvez pas vous contenter d'écrire qu'un homme de 75 ans atteint d'un cancer à l'estomac a 80 % de chances de mourir dans les cinq ans. Vous devez aussi vous pencher sur le sort des 20 % restants. Sont-ils guéris, auquel cas leur espérance de vie rejoindrait celle du reste de la population ? Ou sont-ils juste en rémission ?»

Mr Hess facture entre $90 et $300 par rapport, selon la pathologie de l'assuré et l'épaisseur du dossier médical. Il lui arrive de passer une journée entière sur un cas. «Je travaille douze heures par jour, six jours par semaine, pour un peu plus de $80000 par an. C'est assez pour payer le crédit immobilier, pas pour rembourser mon prêt étudiant. Pour l'instant, je ne verse que les intérêts.»

Mr Hess regrette à l'évidence d'avoir fermé son cabinet. Il ironise : «Moi qui voulais sauver des vies, j'en suis réduit à prédire quand les gens vont mourir.» Au moins s'estime-t-il à l'abri des délocalisations qui frappent tant

d'autres industries. Plusieurs experts en longévité ont tenté de réduire le coût de leurs rapports en en sous-traitant la production en Inde ; tous sans exception ont fait machine arrière.

Selon Mr Hess, la compétence des médecins indiens n'est pas en cause. «Ils n'ont tout simplement pas les mêmes références que nous. Chez eux, un patient atteint d'un cancer du pancréas est mort dans les six mois. Ici, on peut le faire durer trois ou quatre ans.»

Rhonda Taylor, une autre résidente de Destin Terrace, exerce elle aussi un métier qui n'existait pas il y a vingt ans. Elle travaille pour Integrity Servicing, une société qui gère des milliers de polices d'assurance-vie pour le compte de fonds de life settlement. Integrity notifie aux assureurs le changement de propriétaire des polices, paie les primes et, le moment venu, collecte les indemnités décès.

La mission de Mrs Taylor consiste à savoir en permanence où se trouvent les souscripteurs des polices et, surtout, s'ils sont encore en vie. Quand ils vendent leur contrat, les souscripteurs fournissent une liste de références — famille, amis, employeur — à l'acheteur et s'engagent à l'informer de tout changement dans leurs coordonnées. Certains oublient de le faire.

«Du jour où ils reçoivent leur argent, leur police appartient au passé. Ils ne comprennent pas que nous avons besoin de garder le contact avec eux», explique Mrs Taylor.

«Les retrouver quand ils ont déménagé ou se sont remariés s'apparente parfois à un vrai travail de détective. Nous appelons les proches en nous faisant passer pour le dentiste ou pour d'anciens collègues de travail. De manière générale, nous avons de meilleurs retours quand il y a de l'argent ou un cadeau à la clé. Je ne connais personne qui résiste à une proposition de détartrage gratuit.»

À entendre Mrs Taylor, les malades du sida constituent une catégorie à part. «La plupart ne sont pas mariés. Ils bougent beaucoup, ont une vie personnelle compliquée et ont souvent coupé les liens avec leur famille.» Pour ne pas perdre le fil, Mrs Taylor a créé un faux profil sur Facebook, celui d'un homme célibataire de 30 ans aimant «faire la fête», qui ressemble étrangement au Johnny Weissmuller des premiers *Tarzan*. «Une fois qu'ils m'ont accepté comme ami, je suis tranquille. S'ils tombent malades, je le saurai avant leur mère. Et s'ils restent silencieux un peu trop longtemps, je commence à m'inquiéter.»

Car c'est la deuxième partie du travail de Mrs Taylor : savoir qui est mort. Plus tôt elle l'apprend, plus tôt elle peut collecter l'indemnité pour le compte de son client.

Integrity écrit à chaque souscripteur deux fois par an en lui demandant de renvoyer une carte postale préaffranchie afin d'indiquer qu'il est encore en vie. Parfois l'enveloppe revient non ouverte, avec la mention «Décédé» en travers.

«Même quand nous recevons la carte postale, un petit doute subsiste. L'an dernier, nous avons appris par hasard qu'un homme de notre fichier était mort. Sa veuve continuait pourtant à renvoyer les cartes postales. Elle en voulait à son mari d'avoir vendu sa police», raconte Mrs Taylor.

Rhonda Taylor

Certaines personnes préfèrent être contactées par téléphone, ce qui peut donner lieu à des conversations insolites. «À partir du moment où elles ont décroché, nous savons qu'elles sont vivantes», explique Mrs Taylor. «Comme nous ne voulons pas donner l'impression de n'appeler que pour ça, nous discutons de la pluie et du beau temps.»

Contrairement à ce que l'on pourrait croire, il n'existe pas de registre national centralisant l'ensemble des décès survenant sur le sol américain. Integrity juge son système artisanal plus performant que celui des banques, voire que celui de la sécurité sociale.

Même la presse locale bénéficie de l'expansion du life settlement. Integrity dépense chaque année plusieurs milliers de dollars en abonnement à des bases de données de notices nécrologiques. Une partie des revenus de cette nouvelle industrie est reversée aux quotidiens locaux comme le *Northwest Florida Daily News*.

En l'absence de statistiques précises, Lawrence Johnson, professeur à la Ross School of Business de l'Université du Michigan, estime à 10 000 le nombre d'emplois générés directement ou indirectement par le secteur du life settlement. Un quart de ces postes seraient, selon lui, basés en Floride.

Les effectifs des assureurs-vie ont quant à eux reculé de 27 % en dix ans, passant de 470 300 en 2001 à 343 400 en 2011.

Lors du dernier congrès de l'American Council of Life Insurers qui s'est tenu à Orlando en octobre 2011, plusieurs intervenants ont mis ces deux chiffres en regard — 10 000 emplois créés d'un côté, 127 000 supprimés de l'autre — pour réclamer l'interdiction pure et simple du life settlement.

Nathan Jacobson, professeur

d'économie à l'Université de Chicago, conteste cette argumentation, la qualifiant de «rhétorique» et «sans fondement économique». «Rien ne prouve», explique-t-il, «que les deux phénomènes sont liés. Les employés du secteur de l'assurance, une activité, rappelons-le, à forte intensité de main-d'œuvre, ont surtout fait les frais des gains de productivité liés aux nouvelles technologies, des gains de productivité qui, soit dit en passant, ont permis aux dirigeants de ces sociétés de réduire leurs coûts et d'augmenter leurs bénéfices.

«Les entreprises qui gagnent de l'argent depuis longtemps ont tendance à considérer leurs profits comme une rente légitime, et ceux qui s'y attaquent comme des flibustiers. Pour bien connaître le secteur financier, je ne crois pas qu'il ait de leçons à donner à qui que ce soit.»

L'apparition d'un marché secondaire des polices d'assurance-vie constitue, selon Mr Jacobson, un parfait exemple de ce que Schumpeter appelait la «destruction créatrice». Dès les années 30, l'économiste autrichien théorisait que l'arrivée sur un marché de produits ou de procédés de fabrication innovants déstabilisait les acteurs existants, renforçant les entreprises les plus performantes et balayant impitoyablement celles incapables de s'adapter.

Pour Lawrence Johnson, les assureurs-vie ont créé leur propre châtiment. «Avec leurs frais de gestion hypertrophiés et leur attitude plus qu'ambiguë vis-à-vis du lapsing, ils ont laissé un boulevard au life settlement.»

«Si j'étais eux», conclut-il, «j'arrêterais de me plaindre et je repenserais mon produit de fond en comble.»

Écrire à Vlad Eisinger :
vlad.eisinger@wst.com

La semaine prochaine : Pourquoi le life settlement attire tant les fraudeurs.

JOURNAL DE DAN

Mardi 17 juillet

Ce quatrième article de Vlad est, à mon sens, le meilleur de la série, sans doute parce qu'il contient moins de chiffres et fait la part plus belle à l'humain. J'en ressors plein de compassion pour Brian Hess, qui ne peut plus exercer son métier. Pour un peu, je lui pardonnerais de jogger sur la plage en débardeur fuchsia, casque sur les oreilles, en chantant *Dancing Queen* à tue-tête.

Mais la véritable trouvaille du reportage, c'est ce personnage de Rhonda Taylor ! Quelle brillante idée d'avoir créé ce profil d'Apollon sur Facebook !

Je l'ai accostée tout à l'heure, près de la piscine. Elle était flattée que je l'aie reconnue.

« Ils m'ont bien charriée au bureau. La vérité, c'est qu'ils sont jaloux que j'aie mon portrait dans le journal, et pas eux. »

J'ai sauté sur l'occasion pour la faire parler de son travail. Elle déborde d'anecdotes croustillantes, mais parfois aussi tragiques, comme cette fois où elle a appris à une mère la mort de son fils (il avait coupé les ponts avec sa famille et celle-ci n'avait pas été avertie du décès).

Elle m'explique, avec fierté, qu'elle encadre une équipe de trois personnes. Elle organise des animations pour les garder sous tension, du genre un panier gourmand au premier qui rapportera un décès. Car, naturellement, une part de sa rémunération dépend du montant des indemnités qu'elle collecte. Confondant mon émerveillement avec de la réprobation, elle se défend : « Ce n'est pas moi qui les tue, hein ? J'essaie juste de faire mon travail le mieux possible. Ce n'est tout de même pas ma faute si mon métier consiste à découvrir qui est mort. »

Elle est bien habillée, arbore un sac à main de marque. Je la soupçonne de mieux gagner sa vie que moi. Elle me fait penser à La Gloïre, ce personnage de *L'arrache-cœur* de Vian, qui repêche les déchets honteux des villageois avec les dents. Lui aussi est très bien payé.

Au détour de la conversation, elle me confie gérer la police d'une habitante de la résidence, sans que celle-ci soit au courant.

« Je la croise régulièrement au rayon charcuterie de Publix. Quand nous nous saluons, j'essaie de ne pas penser qu'elle a un cancer des trompes. »

Elle me présente sa fille, qui rentre du lycée.

Melissa, 16 ans, me propose ses services de baby-sitting. Je lui dis douter, dans ma situation, d'avoir un jour besoin d'elle. Elle me tend tout de même une carte de visite (faite à Staples, $9,99 la boîte de 250). Elle prend 8 dollars de l'heure, « 20 % de moins que Rafaela », précise-t-elle. Décidément, la concurrence est partout.

(…)

Également rencontré Chuck Patterson. Il a repris du poil de la bête depuis la nouvelle de sa mise en compétition avec Kim Phelps.

« Rien ne vaut un décès pour nous rappeler la fragilité de l'existence ! » s'exclame-t-il, tout sourire.

Il se concentre pour l'heure sur le règlement du dossier Mark Hansen. Il a porté lui-même la demande d'indemnité de Jennifer au siège d'Emerald Life.

« Tous les papiers sont en ordre, le paiement devrait être présenté à la signature dès la semaine prochaine. »

Son dévouement me paraît un peu trop admirable pour être entièrement désintéressé. De fait, Chuck a prévu de rendre visite à Jennifer afin de lui remettre son chèque en mains propres.

« Tous les agents vous diront que c'est le meilleur moment pour signer une nouvelle police. Elle n'aura pas la force de se défendre. Avec deux enfants en bas âge et les grands-parents en maison de retraite, je vais lui en coller pour au moins 1 million ! »

Il propose de me déposer à la plage dans son

nouveau carrosse. Je décline poliment. Je n'ai jamais eu autant besoin de prendre l'air.

Mercredi 18 juillet

Sharon Hess est passée changer mon bandage. Par pure malice, j'ai orienté la conversation sur la réunion des copropriétaires de samedi dernier. Elle n'a toujours pas digéré l'initiative de Susan McGregor qui, en jouant les Mère Teresa, nous a fait passer pour des rapiats.

« Tout le monde n'a pas ses moyens, a fulminé Sharon en massant ma cheville pour rétablir la circulation. À eux deux, ils doivent se faire pas loin d'un quart de million par an, plus les à-côtés. »

Elle a insisté juste ce qu'il fallait sur ce dernier mot pour que je lui demande ce qu'elle entendait par là.

« Moi ? Rien. Bon, si vous insistez… L'an dernier, je vaccinais leurs trois gamins contre la grippe. Chaque année, oui : ils fournissent les doses et me paient 30 dollars pour les trois piqûres. Soi-disant que ça leur revient moins cher qu'avec leur assurance. Bon, toujours est-il que j'ai surpris une discussion entre Jeffrey et Susan. Ils ne se doutaient pas que j'écoutais ; enfin, je veux dire, je n'ai pas fait exprès de les entendre. Ils parlaient d'Ed Linkas, qui venait d'acheter dans la résidence. Figurez-vous qu'ils ont touché 1 000 dollars pour l'avoir mis en contact avec l'agence immobilière. À ce que j'ai compris, votre ami Ed n'est pas au courant. C'est votre ami, n'est-ce pas ? »

(…)

Fatalitas ! Mon air conditionné est tombé en panne, au pire moment de l'année. Après avoir tenté en vain de le réparer, je me suis décidé à appeler Manuel. Il est passé dans la soirée et a réglé le problème en deux coups de cuillère à pot.

Il a refusé que je le paie.

« C'était trois fois rien. Maintenant que vous avez vu ce dont je suis capable, j'espère que vous me confierez un plus gros job. Vos encadrements de fenêtre, par exemple, auraient bien besoin d'un coup de peinture. »

J'ai promis d'y réfléchir.

Je lui ai offert une bière. C'est un très chic type, débrouillard, travailleur, qui a oublié d'être bête. Il m'a appris, exultant de fierté, que Rafaela est enceinte. Ils ne savent pas encore si elle va pouvoir continuer de travailler (elle baby-sitte les enfants McGregor après l'école). Peut-être Lupita, sa belle-sœur, qui vit avec eux, pourra-t-elle leur donner un coup de main.

Manuel, ébranlé par la disparition de Mark, s'inquiète de ce qui arriverait aux siens s'il venait à mourir.

« Mr Patterson m'a expliqué que la banque forcerait Rafaela à mettre l'appartement en vente. Vu l'état du marché, elle n'en tirerait même pas de quoi solder le crédit. »

Toujours prêt à rendre service, Chuck conseille à Manuel de souscrire une assurance-vie universelle, assortie d'une police couvrant les traites de son logement en cas de décès. Manuel m'a demandé mon avis. N'en ayant évidemment aucun, je l'ai renvoyé sur Susan et Jeffrey McGregor.

*   *

*

Expéditeur : Dan Siver <danielgsiver@gmail.com>
Date : Jeudi 19 juillet, 11:44:19
Destinataire : Vlad Eisinger <vlad.eisinger@wst.com>
Objet : Raymond Andrew Wiggin

Tu n'as probablement pas rencontré, durant ton enquête, le sieur Ray Wiggin, qui habite un des appartements de Destin Terrace. Ou, si tu l'as croisé, tu l'as sans doute jugé trop peu intéressant pour tes lecteurs. Erreur, Vlad, grave erreur.

Wiggin est responsable du service Nécrologie du *Northwest Florida Daily News*, un canard dont la renommée locale rivalise avec celle de ton employeur. Apprenant que j'étais écrivain, il a insisté pour me présenter une invention à laquelle il travaille en secret depuis des années.

La plupart des clients de la rubrique rédigent eux-mêmes la notice du défunt. Parfois, cependant, ils s'en remettent au journal. C'est ici que Wiggin entre en scène. Il a conçu un programme informatique qui génère automatiquement une nécro à partir d'éléments communiqués par les proches (date et lieu de naissance, prénoms des enfants et petits-enfants, profession, diplômes, décorations éventuelles, etc.). La famille peut choisir la longueur du texte (et donc son prix), ainsi — j'aurai l'occasion d'y revenir — que le ton général de l'article.

Je n'avais pas plus tôt exprimé un début d'intérêt pour son logiciel que Wiggin s'est lancé dans le récit des circonstances qui ont présidé à sa naissance.

Wiggin a étudié les mathématiques combinatoires à l'Université Loyola, en participant à des ateliers d'écriture pendant son temps libre. Le plus grand regret de sa vie : que sa mère, une honorable ménagère du Missouri, n'ait pu assister à la remise de son diplôme, la faute à une grue géante qui s'est abattue sur la voiture de la malheureuse, une semaine avant la fin de l'année scolaire, la réduisant en bouillie aussi sûrement qu'un robot ménager multifonction.

Ray a sauté dans le premier avion pour St. Louis. C'est là, entre deux annonces du commandant de bord, qu'il a déplié l'exemplaire du *Washington Post* qu'il avait acheté à l'aéroport. La nécro de sa mère, « Gertrude "Trudy" Wiggins », s'étalait en bas de la page 31. Ray l'a lue plusieurs fois. À son incrédulité initiale a succédé un mélange de rage et de désespoir.

« Il faut que vous me croyiez, Dan, m'a-t-il sup-
plié, les larmes aux yeux. C'était une boucherie.
Tout était faux : les noms, les dates, jusqu'à l'orthographe de son patronyme. J'ai d'abord cru
à une erreur, à une homonymie, mais la cause
de la mort ne laissait, hélas, aucun doute. "Écra-
bouillée par un engin de chantier dans sa cinquante-troisième année". Franchement, Dan,
comment peut-on écrire une telle horreur ? C'est
comme s'ils avaient tué Maman une deuxième
fois. »

Sitôt arrivé, il a tiré l'affaire au clair. Papa Wiggin, anéanti par le chagrin, avait confié à Morris,
le frangin de Ray, le soin de rédiger le texte de
la nécro.

« Morris n'est pas le mauvais bougre, m'a dit
Ray, mais il est paresseux comme une couleuvre
et à peu près aussi à l'aise avec les mots que moi
avec une clé de 12. Quand un stagiaire du *Post*
lui a proposé de faire le boulot à sa place, il a
sauté sur l'occasion. Normalement, mon père
aurait dû relire le texte, mais le journal a appelé
alors qu'il était chez JCPenney pour acheter une
cravate noire. L'annonce est partie telle quelle à
l'imprimerie. »

Le *Post* a présenté ses excuses à la famille et
publié gratuitement un nouvel avis, dont Ray m'a
montré une copie (malgré mes demandes insis-
tantes, il a refusé de me laisser jeter un œil à la
première version).

« Ça n'a servi à rien. Le mal était fait. À la mise
en bière, le pasteur a employé le terme "engin

de chantier" en parlant de Maman. Il avait à l'évidence lu la même nécro que moi. J'ai pensé : "Plus jamais ça". »

En rentrant des obsèques, Wiggin a jeté sur le papier les bases de NecroLogos, le premier logiciel semi-automatique de rédaction nécro- logique. Pour approfondir ses connaissances autant que par besoin de gagner sa vie, il s'est lancé à la recherche d'un emploi au sein de la rubrique « Faire-part » d'un quotidien. Il a essuyé plus de 150 refus, jusqu'au jour où son télé- phone a sonné : le *Northwest Florida Daily News* cherchait un journaliste assistant. Le lundi sui- vant, Ray s'installait à Destin, avec une valise et trois ordinateurs. Un an plus tard, il en remon- trait aux rédacteurs du *New York Times*, les spécia- listes incontestés de la discipline.

Ses travaux n'avançaient cependant pas aussi vite qu'espéré. Dans l'euphorie des débuts, il avait sous-estimé la difficulté de l'entreprise, en particulier sa dimension sémantique. Pondre des phrases correctes sur le plan grammatical est, à l'en croire, chose relativement aisée — il suffit de les comparer à un corpus extensif, nourri de millions de textes littéraires, journalistiques ou universitaires. La question du sens constitue un tout autre défi. Un entrepreneur ordinaire lancerait à la va-vite un prototype rudimentaire, quitte à l'enrichir ensuite de nouvelles fonction- nalités. Wiggin, lui, n'oublie jamais — comment le pourrait-il ? — que ses utilisateurs ne sont pas des clients comme les autres. Ce sont des veuves et des veufs éplorés, des enfants inconsolables, des familles brisées par le chagrin, pour qui la moindre erreur est une source de souffrance supplémentaire, d'autant plus odieuse que, contrairement à l'autre — la grande, la seule, la vraie —, elle aurait pu être évitée. Ces gens ne passent pas une annonce dans la presse par commodité ou par souci des convenances. Non, ils cherchent à rendre un dernier hommage à un être cher, qu'ils ont passionnément aimé, et dont, au fil du temps, le souvenir se confondra avec les mots imprimés : «épouse vénérée», «fils adoré», «père exemplaire»… Une épithète bien choisie, une formule délicate, une belle métaphore les apaiseront plus sûrement qu'une litanie de noms et de dates, d'où l'attention extrême — d'aucuns diraient excessive — que Wiggin porte à ses algorithmes lexicaux.

Prends un adjectif comme «riche», qui a au moins une dizaine d'acceptions différentes selon le contexte dans lequel il est employé ou le nom auquel il est accolé. Nous savons qu'un «sol riche» désigne une terre fertile (et non couverte de pièces d'or), grâce aux milliards de connexions qu'a établies notre cerveau. Mesures-tu l'ampleur de la tâche de Wiggin, qui doit enseigner à son logiciel à ne pas qualifier intempestivement de «généreuse» une matrone de 120 kilos, de «brillant» le scientifique frappé par la foudre, ou de «nature ardente» le grand-père terrassé par une overdose de Viagra? Pour compliquer les choses, cet illuminé s'est mis en tête de proposer plusieurs options (trois pour commencer) à ses clients, à savoir «factuelle», «lyrique» ou «sentimentale». (Il a sollicité mon avis sur ces appellations, qu'il trouve insuffisamment commerciales. Je n'ai pas su faire mieux.)

Après douze ans de recherches, Ray touche enfin au but. Il négocie actuellement avec son employeur le droit de pousser l'offre de Necro-Logos auprès des clients du journal. Au terme de ce test grandeur nature, qui devrait lui permettre de corriger les dernières imperfections de son logiciel, il se mettra à la recherche de distributeurs ou créera son propre site Internet.

En attendant le feu vert du *Daily News*, ce chenapan utilise — à leur insu — deux cobayes, Bruce Webb et Patricia Cunningham. J'ose à peine imaginer les stratagèmes auxquels il a recouru pour leur soutirer les informations dont il avait besoin.

Il a naturellement exigé que je me plie à une démonstration sur ma propre personne, une expérience macabre, qui ne plairait pas à tout le monde. Après que j'ai répondu à une centaine de questions, il a appuyé sur une touche de son clavier. L'imprimante s'est mise à crépiter. Une minute plus tard, je lisais trois versions différentes de ma nécro. Je ne résiste pas au plaisir de te les attacher en pièce jointe. Tu me donneras ton avis, je n'arrive même pas à les trouver mauvaises.

De retour chez moi, j'ai réfléchi aux implications de l'invention de Wiggin. L'écriture automatique — ou, devrais-je dire, automatisée, pour la distinguer des tentatives des surréalistes — est un fantasme récurrent d'écrivain. Queneau en a livré sa propre interprétation avec ses *Cent mille milliards de poèmes*, mais l'essor de l'informatique ouvre des perspectives vertigineuses. Tu as dû lire comme moi que certaines rédactions ont déjà automatisé la production de dépêches sportives (« Un home run de Bautista a redonné l'avantage aux Cardinals au début du troisième inning ») ou de comptes rendus de séances boursières (« Le titre General Electric progresse de 0,3 % dans des volumes étoffés »). Mais des nécrologies ? À quand la publication par IBM du huitième tome des aventures d'Harry Potter ? Par Google d'une *Version complète des* Cent vingt journées de Sodome *à partir des notes du marquis de Sade* ?

Difficile également de ne pas s'interroger sur les mobiles de Wiggin. L'affront regrettable fait à sa maman exigeait sans nul doute réparation, mais de là à y consacrer douze ans de sa vie, il y a un pas… Il me traite en confrère, ce qui tendrait à prouver qu'il se considère comme un écrivain. L'argent ne l'intéresse pas. Pourtant, à raison de 60 millions de décès chaque année dans le monde, il suffirait qu'une infime proportion de familles utilisent son logiciel pour faire de lui un homme riche.

Non, je crois son dessein à la fois plus profond et plus noble, de l'ordre, en fait, du sacerdoce. Wiggin est un croisé des temps modernes, le champion d'une cause qui le dépasse. Il est le porte-parole des morts. Pour lui, même la pire crapule mérite un dernier hommage, dont la qualité ne devrait pas dépendre de l'éloquence de ses proches. Je dis chapeau.

PS : Lou Baswell = Saul Bellow. Ôte-moi d'un doute, Eisinger : le nom de l'auteur du *Don de Humboldt* a-t-il jailli spontanément sous ta plume, ou l'as-tu choisi pour te payer ma tête ? Me comparerais-tu à Humboldt, l'écrivain loyal à son idéal, qui croit dans le pouvoir des mots et de la littérature et s'éteint dans la misère ?
PPS : Mark Stober.

*   *
*

NÉCROLOGIE DE DAN (FACTUELLE)

Daniel Gerry SIVER, écrivain, est mort d'une crise cardiaque le 12 août 2012, dans sa maison de Destin, Fla. Il avait 40 ans.

Né le 2 avril 1972 à Cincinnati, de l'union d'Owen Siver, employé des chemins de fer, et de Lydia Ayers, institutrice, Dan était diplômé de l'Université Columbia (maîtrise de littérature française en 1993, mastère de littérature comparée en 1997).

Il est l'auteur de six ouvrages, cinq romans

et un recueil de nouvelles, publiés aux Éditions Polonius. Son premier roman, *Faux mouvement*, a fait partie des finalistes du Prix du *Los Angeles Times* en 1999.

Entre 1989 et 2011, Dan a résidé à New York. Il s'était installé à Destin à la mort de ses parents.

Dan Siver laisse derrière lui une sœur, Rebecca, un neveu, Edwin, et une nièce, Julia. Que son âme repose en paix.

*   *
*

Nécrologie de Dan (lyrique)

Daniel « Dan » Gerry SIVER, écrivain, critique, essayiste, a succombé à une crise cardiaque, le 12 août 2012, dans sa maison de Destin, Fla. Il avait à peine 40 ans.

La mort a surpris Siver à sa table de travail, alors qu'il mettait le point final à son roman *Ariane Cimmaron*, très attendu de ses fans, et annoncé par la critique comme un des événements de la prochaine rentrée littéraire.

Siver était né le 2 avril 1972 à Cincinnati, dans l'État de Neil Armstrong et de Toni Morrison. Son père, Owen Siver, était chef de gare à la Cincinnati Southern Railway. Sa mère, Lydia Siver, née Ayers, était directrice d'école élémentaire.

Dès son plus jeune âge, Siver manifeste de

grandes facilités pour les disciplines littéraires. En 1988, il obtient la plus haute note jamais attribuée en composition latine dans l'histoire de Jefferson High School. La même année, il se classe troisième dans un concours régional d'orthographe.

En 1989, Siver décroche haut la main une bourse de la prestigieuse Université Columbia. Sur ces bancs qui ont vu passer Barack Obama, Allen Ginsberg et Paul Auster, il étudie la littérature française, tout en entretenant une correspondance avec plusieurs figures de proue du Nouveau Roman, notamment Claude Simon et Nathalie Sarraute. Il obtient un premier diplôme en 1993, puis un second, avec mention, en littérature comparée, quatre ans plus tard. Son mémoire de recherche sur le Grand Roman Américain est encore conservé à la bibliothèque de Columbia.

Entré en littérature comme on entre dans les ordres, Siver est rapidement repéré par une légende de l'édition, Christian Polonius, qui publie son premier roman en 1999. *Faux mouvement* est acclamé par la critique, qui salue en Siver une « voix singulière et prometteuse ». Avec trois réimpressions à ce jour, le succès public n'est pas moins vif.

Cinq livres prolongeront ce coup de maître. *Passagers clandestins* (2004, traduit en italien en 2006), *Le sosie et son double* (2007) et *L'usurpateur* (2009) reflètent l'obsession de l'auteur pour les personnages schizophréniques, qui se réfugient dans des mondes imaginaires pour fuir la tyrannie du quotidien. Ils sont servis par une écriture drolatique et fluide, moins classique qu'elle n'en a l'air, qui s'inscrit dans la tradition d'un Calvino ou d'un Vonnegut.

Après une histoire d'amour de vingt ans avec l'Upper West Side de Manhattan, Siver s'était récemment installé dans la maison de ses défunts parents à Destin, rejoignant, sur la Côte d'Émeraude, un autre auteur à succès, John Grisham. Il avait conquis le voisinage par son humour, sa décontraction et son flegme.

Homme de cœur autant qu'homme de lettres, Dan Siver laisse derrière lui une famille inconsolable — sa sœur, Rebecca, son neveu, Edwin, et sa nièce, Julia — ainsi que des millions de lecteurs de par le monde. Il repose désormais au paradis des géants.

*   *
*

NÉCROLOGIE DE DAN (SENTIMENTALE)

Daniel « Dan » Gerry SIVER, frère bien-aimé, oncle exemplaire, écrivain, nous a quittés le 12 août 2012, comme il l'aurait voulu, à sa table de travail, entouré des photos de ceux qu'il aimait.

Il était le fils adoré et la fierté d'Owen « Buzz »

Siver (†2010), chef de gare et entraîneur béné-vole de hockey sur glace, et Lydia Siver (†2011), éducatrice, maman poule, cuisinière et créatrice de bonheur, ainsi que le petit frère de Rebecca « Becky » Siver-Doyle.

Né le 2 avril 1972 à l'hôpital du Bon Samari-tain de Cincinnati, Dan a connu une enfance heureuse et insouciante. Il ne quittait la com-pagnie de ses livres que pour assembler des maquettes d'avions et baguenauder avec son chien Puck, la mascotte de la famille. Adolescent, il aimait la glace au chocolat, l'odeur de l'herbe coupée et les veillées au coin du feu. Il n'aimait pas la méchanceté, se lever tôt et se brosser les dents après le dîner.

À l'âge de 17 ans, Dan a suivi l'étoile qui l'ap-pelait à New York. Il a fait preuve d'un grand courage au moment de quitter les siens. Malgré les devoirs et les examens, il rentrait aussi sou-vent qu'il le pouvait dans son Ohio natal. Il était un élève brillant et consciencieux, grâce aux valeurs que lui avait inculquées sa famille.

Son premier roman, *Faux mouvement*, sur lequel plane l'ombre de Puck, emporté par un cancer en 1994, a touché le cœur de milliers de lecteurs, en particulier dans le Midwest, où Dan a toujours bénéficié d'un capital de sympathie considérable.

Il a publié de nombreux autres livres, mais là n'était pas l'essentiel de sa vie. Il consacrait beau-coup de temps à ses amis à Manhattan. Pendant ses vacances, il randonnait, seul, dans les Adirondacks, dont la tranquillité et la beauté sauvage nourrissaient son inspiration.

Il s'était installé à Destin en 2011, pour honorer la mémoire de ses parents. Il avait conquis le voisinage par sa convivialité, sa gentillesse et son altruisme.

Ses passages à Cincinnati, trop rares, étaient l'occasion de fêtes mémorables avec sa famille. Dan était un modèle pour nous tous, notamment pour sa nièce Julia, admise à Columbia, et pour son neveu Edwin, qui aime aussi la glace au chocolat. Il nous encourageait à aller au bout de nos rêves, quel qu'en soit le prix. Il nous manque déjà.

Repose en paix, Dan chéri. Nous te rejoindrons bientôt.

* *
*

Expéditeur : Vlad Eisinger <vlad.eisinger@wst.com>
Date : Jeudi 19 juillet, 13:22:43
Destinataire : Dan Siver <danielgsiver@gmail.com>
Objet : La voix des morts

Magnifique ! J'aime beaucoup « En 1988, il se classe troisième dans un concours régional d'orthographe » et « Il était un modèle pour son neveu Edwin, qui aime aussi la glace au chocolat ».

Blague à part, je suis bluffé par la qualité du résultat. La grammaire irréprochable m'impressionne moins que la pertinence des informations retenues (notamment la mort de Puck qui éclaire ton œuvre d'un jour nouveau) et les variations subtiles d'une version à l'autre. Je confesse une préférence pour la version « lyrique », qui fait de toi l'émule de Ginsberg et l'égal de Grisham. Tu as vraiment répondu à cent questions seulement ?

Je suis bien sûr au courant des tentatives d'automatiser la rédaction d'articles. Les quotidiens nationaux jurent leurs grands dieux qu'ils n'y auront jamais recours, ce qui ne les empêche pas, en interne, d'agiter périodiquement la menace afin de contenir les revendications salariales des journalistes. Pour être honnête, une partie de mes confrères se bornent à étoffer les dépêches d'agence en déplaçant des virgules et en changeant quelques épithètes par-ci par-là. Ceux-là, oui, ont du souci à se faire.

PS : Trop facile. Mark Stober = Bram Stoker. Des nouvelles de Carlo Stumper ?

PPS : Dis-m'en plus sur cette *Ariane Cimmaron*. Tu es vraiment en train d'y mettre la dernière main ?

*   *

*

Expéditeur : Dan Siver <danielgsiver@gmail.com>
Date : Jeudi 19 juillet, 18:48:05
Destinataire : Vlad Eisinger <vlad.eisinger@wst.com>
Objet : NecroLogos au banc d'essai

Je t'aurais répondu plus tôt si je n'avais pas séché sur ce maudit anagramme. Carlo Stumper = Marcel Proust. Bien joué, d'être allé chercher un auteur étranger. Ce qui me fait penser au regretté Marcel Staub.

D'accord avec toi : Wiggin a réellement accouché d'une invention prodigieuse. J'ai pris la peine d'éplucher ses trois textes, pour comprendre où pèchent encore ses algorithmes.

Grammaticalement, c'est presque parfait. Je n'ai relevé qu'une bricole. Dans le passage suivant, « *Passagers clandestins*, *Le sosie et son double* et *L'usurpateur* reflètent l'obsession de l'auteur pour les personnages schizophréniques, qui se réfugient dans des mondes imaginaires pour fuir la tyrannie du quotidien. Ils sont servis par une écriture drolatique et fluide », on ne sait pas si le « ils » se rapporte aux romans ou aux personnages.

Si les faits et dates sont exacts, l'utilisation qu'en fait Wiggin n'est pas toujours judicieuse. Certes, Grisham a une maison à Destin (j'avais oublié de préciser que NecroLogos va chercher certaines informations dont il a besoin sur Internet). De là à sous-entendre que je vends autant de livres que lui… Idem pour la filiation avec

Obama, Ginsberg et Auster (tu remarqueras tout de même que, parmi les centaines de glorieux anciens que compte Columbia, le logiciel a choisi les trois plus appropriés), ou la référence à Neil Armstrong et Toni Morrison, un chouïa excessives.

Et Wiggin obtient l'inverse du but poursuivi en accumulant des détails flatteurs qui soulignent en fait l'insignifiance de mon curriculum vitae. Tu as cité cette cruelle troisième place à un concours régional d'orthographe. De même, mentionner l'existence d'une édition italienne de *Passagers clandestins* équivaut à admettre que mes autres livres n'ont jamais été traduits. Quant à qualifier Christian Polonius de « légende de l'édition », ou de « succès populaire » un livre vendu à dix mille exemplaires, c'est carrément inviter la raillerie.

Wiggin force parfois le trait. La version sentimentale donne l'impression d'une famille Siver soudée comme les cinq doigts de la main (en comptant Puck). On est loin du compte. Je détestais ce satané clébard depuis le jour où il avait pissé sur mes Faulkner, ma sœur me court sur le haricot et je n'ai pas un seul lecteur dans le Midwest. Quant à Edwin, c'est un crétin d'envergure olympique, gras comme un loukoum suite à son amour immodéré pour la glace au chocolat, les beignets et autres frites-mayonnaise.

PS : Tu as mal lu. Je mettrai le point final à *Ariane Cimmaron* le 12 août, avant de porter dramatiquement la main à mon cœur et de m'effondrer, la tête dans mon clavier. En attendant, motus.

*   *
*

Expéditeur : Vlad Eisinger <vlad.eisinger@wst.com>
Date : Jeudi 19 juillet, 20:51:26
Destinataire : Dan Siver <danielgsiver@gmail.com>
Objet : Les os et la viande

Je reviens à notre échange de la semaine dernière. Au fond, Ray Wiggin n'a besoin que d'une matière première pour produire ses nécros : les faits. Il peut ordonner à son logiciel de piocher ses mots dans tel ou tel registre, ou lui interdire d'employer des adverbes, mais il ne peut s'affranchir de la réalité. Une vie, ce sont des faits, des chiffres, des dates, avant d'être des mots, fussent ces derniers choisis avec un soin extrême. Tu me vois venir, n'est-ce pas? Il en va de même pour les livres. Un jour peut-être, les ordinateurs, gorgés des œuvres complètes des grands maîtres, seront capables de broder autour d'un canevas qu'on leur soumettra. Ils produiront la chair, mais le squelette, lui, sortira toujours de la tête du romancier.

PS : Tu aurais pu ajouter à la liste des tares du logiciel de Wiggin une funeste tendance à l'exagération. Il t'attribue des millions de lecteurs, quand tout le monde sait que tes fans ne se comptent qu'en dizaines de milliers…

PPS : Je doute que mon jugement t'intéresse, surtout après cette remarque sarcastique, mais si tu cherches un lecteur pour *Ariane Cimmaron*, je suis partant.

PPPS : Ainsi, nous faisons dans le français à présent. Contrairement à Marcel Staub = Albert Camus, Alcofribas Nasier, lui, ne risquait pas de se tuer au volant d'une Facel-Vega.

*   *
*

Expéditeur : Dan Siver <danielgsiver@gmail.com>
Date : Vendredi 20 juillet, 8:33:46
Destinataire : Vlad Eisinger <vlad.eisinger@wst.com>
Objet : Grosse bêtise

Tu m'avais habitué à des énormités, mais alors là, tu te surpasses !

Ainsi donc, les faits constitueraient l'essence irréductible d'un roman. Je me gausse. Laisse-moi te rappeler l'intrigue d'*Une vie* de Maupassant : «Jeanne sort de chez les bonnes sœurs. Après une brève cour, elle épouse Julien, qui la trompe bientôt avec la bonne, puis avec une voisine. Elle enfante un garçon, Paul, dit Poulet, qui sera une source constante de désillusions.»

Plus concis encore : la revue *Gil Blas*, qui publia le roman en feuilleton, le présentait à ses lecteurs comme le récit de «la vie d'une femme, depuis l'heure où s'éveille son cœur jusqu'à sa mort».

Seul Maupassant, dans son génie, pouvait transfigurer cette histoire banale en un hymne aux petites gens, de la même façon que Proust transformera plus tard une chronique mondaine en une réflexion sur le passage du temps.

Est romancier, selon moi, celui qui possède à la fois une sensibilité originale — un prisme unique à travers lequel il regarde le monde — et la capacité à faire partager cette expérience singulière à travers les mots.

Mes auteurs de chevet entrent tous dans cette catégorie : Proust, Maupassant, Kafka, Faulkner, Salinger, Auster, Mishima, Céline, Foster Wallace et tant d'autres.

Parce que ton métier t'oblige à coller aux faits, tu en es venu à confondre réalité et vérité. Quand tu écris d'Alexander Pope qu'il était un «homme de petite taille» ou qu'il «mesurait 1,37 mètre», tu énonces des vérités mais tu ne dis pas LA vérité. Pour décrire la même personne, je peux piocher dans un répertoire qui va d'homoncule à nabot, en passant par avorton, lilliputien ou farfadet. Quelle supériorité !

Te rappelles-tu cette citation de Céline, que Birocheau nous avait donnée à analyser en cours de théorie littéraire ?

L'histoire, mon Dieu, elle est très accessoire. C'est le style qui est intéressant. Les peintres se sont débarrassés du sujet, une cruche, ou un pot, ou une pomme, ou n'importe quoi, c'est la façon de le rendre qui compte. La vie a voulu que je me place dans des circonstances, dans des situations délicates. Alors j'ai tenté de les rendre de la façon la plus amusante possible, j'ai dû me faire mémorialiste, pour ne pas embêter si possible le lecteur. Et ceci dans un ton que j'ai cru différent des autres, puisque je ne peux pas faire tout à fait comme les autres.

«Dans un ton que j'ai cru différent des autres», quelle modestie !

Tiens, je me suis amusé hier soir à prendre un passage de *Voyage au bout de la nuit*. Après la guerre, Bardamu débarque à New York. Il livre ici ses premières impressions sur Manhattan.

Comme si j'avais su où j'allais, j'ai eu l'air de choisir encore et j'ai changé de route, j'ai pris sur ma droite une autre rue, mieux éclairée, Broadway qu'elle s'appelait. Le nom je l'ai lu sur une plaque. Bien au-dessus des derniers étages, en haut, restait du jour avec des mouettes et des morceaux du ciel. Nous, on avançait dans la lueur d'en bas, malade comme celle de la forêt et si grise que la rue en était pleine comme un gros mélange de coton sale.

C'était comme une plaie triste la rue qui n'en finissait plus, avec nous au fond, nous autres, d'un bord à l'autre, d'une peine à l'autre, vers le bout qu'on ne voit jamais, le bout de toutes les rues du monde.

Les voitures ne passaient pas, rien que des gens et des gens encore.

C'était le quartier précieux, qu'on m'a expliqué plus tard, le quartier pour l'or : Manhattan. On n'y entre qu'à pied, comme à l'église. C'est le beau cœur en Banque du monde d'aujourd'hui. Il y en a pourtant qui crachent par terre en passant. Faut être osé.

C'est un quartier qu'en est rempli d'or, un vrai miracle, et même qu'on peut l'entendre le miracle à travers les portes avec son bruit de dollars qu'on froisse, lui toujours trop léger le Dollar, un vrai Saint-Esprit, plus précieux que du sang.

J'ai eu tout de même le temps d'aller les voir et même je suis entré pour leur parler à ces employés qui gardaient les espèces. Ils sont tristes et mal payés.

Voilà ce que ça donnerait dans ton jargon abominable :

« *Ferdinand Bardamu fait partie de ces citoyens français, démobilisés après la Première Guerre mondiale, qui se sont installés à New York dans l'espoir d'y construire une vie meilleure. Il a découvert Manhattan à pied, en déambulant le long de Broadway, du nord au sud, jusqu'à Wall Street, le temple de la finance mondiale. Les employés de banque qu'a rencontrés Mr Bardamu lui ont semblé "tristes et mal payés".* »

L'exercice se passe, je crois, de commentaires.

PS : Merci pour ta proposition mais, pour l'heure, *Ariane Cimmaron* a plus besoin d'un auteur que d'un lecteur.

PPS : Alcofribas Nasier = François Rabelais. Pour ta gouverne, l'auteur de *Gargantua* se cachait également sous le pseudonyme de Serafino Calbarsi. Sauras-tu identifier Bertrand Noé?

* *
*

JOURNAL DE DAN

Vendredi 20 juillet

Dîné ce soir chez les Jacques, mes premiers et, soyons francs, mes seuls amis de la résidence. Anh avait préparé un assortiment de plats vietnamiens. Je me suis tapé la cloche.

Nous avons discuté politique, cinéma, littérature et, bien sûr, life settlement. Jean-Michel s'est montré très virulent à l'égard des consultants en espérance de vie.

« Des bonimenteurs, si vous voulez mon avis. Ils vendent des prévisions à dix ans quand certains ont ouvert boutique avant-hier. Malgré toute l'affection que j'ai pour Brian Hess, je ne me fierai jamais à son avis pour acheter une police. Songez qu'il y a trois ans encore le pauvre garçon posait des stérilets. »

Jean-Michel connaît bien Rhonda Taylor, et pour cause : Integrity Servicing gère la totalité de ses polices. Dans mon infinie candeur, je lui ai demandé s'il ne craignait pas de mettre tous ses œufs dans le même panier.

«Au contraire, m'a-t-il répondu. Je bénéficie d'un tarif imbattable, garanti pendant deux ans. Vu mon positionnement, c'est primordial. Autant les frais administratifs sont quantité négligeable sur une police de 10 millions, autant pour moi, qui possède surtout des petits contrats, ils constituent un poste de dépenses substantiel. Selon mes calculs, je représente déjà 50 ou 60 % du volume d'affaires d'Integrity. Quand j'en serai à 80 %, je les menacerai de partir à la concurrence et je proposerai de les racheter à vil prix. Ils crieront au chantage, je relèverai mon offre de quelques pourcents et j'emporterai l'affaire. Si ça se trouve, dans un an, Mrs Taylor travaillera pour moi.»

Devant mon air choqué, il a cru bon de préciser :

«Oh, rassurez-vous, elle n'a rien à craindre. Il se pourrait même qu'elle gagne au change. J'ai l'intention d'élargir la clientèle d'Integrity en bâtissant une offre à destination des fonds européens.»

Décidément, ce garçon ne cesse de me surprendre. Sous des dehors débonnaires se cache un redoutable homme d'affaires. Quand il souriait en m'exposant son plan machiavélique, ses canines pointues lui donnaient un petit air de Dracula.

Trouvé, à mon retour, un message de Julia. Elle a appris, un mois avant d'entrer à Columbia, qu'elle devrait partager sa chambre avec une Coréenne. Je l'ai sentie contrariée («Vous au moins, vous aviez des piaules individuelles…»). Elle pense descendre en Floride début août. Je croise les doigts.

* *
*

Expéditeur : Dan Siver <danielgsiver@gmail.com>
Date : Vendredi 20 juillet, 23:52:19
Destinataire : Vlad Eisinger <vlad.eisinger@wst.com>
Objet : Grosse bêtise (2)

Je relis ton email et je mesure une fois de plus tout ce qui nous sépare. Que de sottises tu alignes !

Que fais-tu de Queneau dans ta théorie ? De ses 99 façons différentes de raconter la même anecdote ? Franchement, reprends mes trois nécros et dis-moi si tu as l'impression de lire la vie du même bonhomme.

Le regard, Vlad, tout est dans le regard. Le tien est triste et froid, comme la mort.

* *
*

Expéditeur : Vlad Eisinger <vlad.eisinger@wst.com>
Date : Samedi 21 juillet, 16:12:43
Destinataire : Dan Siver <danielgsiver@gmail.com>
Objet : Cessez-le-feu ?

Laissons de côté les invectives, tu veux bien ? Elles n'ont jamais fait avancer le débat.

Tu me donnes ta définition de l'art du romancier : une sensibilité originale, doublée de la capacité à faire partager son expérience à travers les mots. Voici la mienne : « Le romancier est un observateur qui, à travers la description d'un milieu ou d'une époque, revisite les questions universelles : la condition humaine, l'amour, la mort, etc. » Mes héros à moi se nomment Balzac, Zola, Greene, Orwell, Le Carré, côté européen ; Melville, Hemingway, Lewis, Nabokov, Pynchon, DeLillo et bien d'autres, côté américain.

Sans vouloir critiquer tes auteurs de prédilection, leurs intrigues sont relativement ténues : « Un adolescent s'échappe de son internat et part en virée à New York », « Un homme se réveille un matin transformé en cloporte », etc. Je préfère quant à moi les écrivains qui s'appuient sur des architectures plus complexes.

En un mot comme en cent, tu mets l'auteur au centre, je le place en retrait.

PS : Ne va pas déduire de ma lenteur à te répondre que ton anagramme m'a donné du fil à retordre. Bertrand Noé = André Breton. Amuse-toi bien avec Carmella Pong.

*   *
*

Expéditeur : Dan Siver <danielgsiver@gmail.com>
Date : Samedi 21 juillet, 16:17:54
Destinataire : Vlad Eisinger <vlad.eisinger@wst.com>
Objet : Paix des braves

Je crois que tu as raison. C'est ce que je ressens à la lecture de tes articles : tu évolues en retrait du sujet. Tu donnes à voir, sans jamais prendre parti. Pour ma part, je suis incapable de rester neutre. Même si j'avais interdiction d'exprimer mon avis, je m'arrangerais pour le laisser filtrer d'une façon ou d'une autre.

Bon week-end.

PS : Carmella Pong = Marcel Pagnol. Les Français sont trop faciles. On revient aux Américains ?

*   *
*

Dimanche 22 juillet

Décidé ce matin, sur un coup de tête, de mettre à exécution mon plan Wikipédia. La parenté entre Broch et Perutz ne fait plus de doute à mes yeux. Ma découverte résout trop de questions en suspens — la subite reconversion de Broch, l'absence suspecte de relations entre les deux hommes, etc. — pour que je la garde secrète. Le monde doit connaître la vérité.

Reste à choisir comment m'y prendre.

En admettant que tous les sites soient aussi faciles à éditer que Wikipédia, je peux probablement falsifier dix ou vingt sources différentes. Même dans ce cas, je n'aurai traité qu'une proportion infinitésimale des canaux électroniques mentionnant Broch ou Perutz, sans parler des dictionnaires, encyclopédies et autres manuels scolaires en circulation.

Il me paraît à la fois plus simple et plus efficace de présenter mon histoire pour ce qu'elle est : une théorie, certes ahurissante, mais qu'on ne saurait écarter d'un revers de main. Je ne m'attends pas à ce qu'on la prenne pour argent comptant. Au contraire : que les historiens et les familles mènent l'enquête ! Qu'ils épluchent les correspondances de Perutz et de Broch, qu'ils scrutent à la loupe les portraits des deux hommes à la recherche d'un signe indiscutable (une fossette commune, la même mâchoire pro-

183

gnathe, une implantation capillaire identique),
qu'ils s'égosillent en colloques, en tables rondes,
en séminaires. Qu'ils prouvent que j'ai tort.

Je ne puis évidemment me permettre d'apparaître en première ligne. Je ne suis pas histo-
rien, je parle à peine allemand et je n'ai pas mis
les pieds en Europe depuis dix ans. En outre,
les rares personnes familières de mon œuvre,
qui connaissent mon goût pour le trompe-l'œil,
seraient fichues de flairer l'entourloupe.

Je vais donc m'abriter derrière un faux nez,
ou plutôt une bande de faux nez, des universitaires des quatre coins du monde, réunis
par leur amour de la littérature allemande de
l'entre-deux-guerres. Leur chef de file : Thorsten Böhm, un jeune maître de recherche en
histoire autrichienne de l'Institut d'études
germaniques de Copenhague (résister à la tentation d'en faire un professeur émérite d'une
université de premier ordre comme Heidelberg ou Cologne). Böhm anime à distance un
petit groupe de passionnés : la signorina Paolita Dampieri, de l'Institut Goethe de Bologne ;
Klaus Kühn, de la Fondation Thomas Mann à
Venise ; Ericka Kirchenmeister, doctorante en
littérature comparée au Collège des humanités
de Lausanne ; et Lena Mirafuentes, professeur
de théorie littéraire à l'Université de Córdoba.
Ensemble, ils ont rédigé un article, en cours
d'approbation par une revue de renommée
internationale (la *German Studies Review*? L'*Ös-
terreichische Literatur Zeitschrift*? À voir), dont ils

ont posté une copie en anglais sur un site Internet créé pour l'occasion (amisdebrochetperutz. net ? lettresviennoises.at ?).

Une longue journée m'attend.

Lundi 23 juillet

Souqué douze heures d'affilée. Cela ne m'était pas arrivé depuis les derniers chapitres de *Double jeu.* Après avoir mis mon site en ligne vers minuit, j'étais dans un tel état d'exaltation que je suis sorti me calmer sur la plage.

J'avais sous-estimé l'ampleur de la tâche, le nombre considérable de pièces à fabriquer, même pour un projet de peu d'envergure comme celui-ci.

La rédaction de l'article lui-même n'a pas posé de difficultés. J'ai lu tant de ces communications verbeuses que je peux pisser de la copie indifféremment sur la grand-mère de Sartre (vaniteuse comme Jean-Paul) ou le rôle de la ponctuation dans l'œuvre de Tom Wolfe (éminent).

Les biographies des membres du collectif m'ont demandé à peine plus d'efforts. J'ai apporté un soin particulier à celle de Böhm, sur le papier le plus chevronné du groupe. Les autres se sont évanouies de ma mémoire aussi vite qu'elles étaient apparues sous ma plume. Je me souviens tout au plus avoir éprouvé un léger vertige en réalisant que Lena Mirafuentes était sortie de Columbia deux ans après moi.

Donner un visage à tout ce petit monde aurait dû être la partie la plus aisée de l'exercice; elle s'est révélée la plus difficile. J'avais en effet, curieusement, une idée très précise de la physionomie de chacun. Böhm, par exemple, a 35 ans, de grands yeux clairs, un début de calvitie et une fine moustache blonde. J'ai fait défiler des milliers de bobines sur Google avant de trouver son sosie en la personne du directeur de la production d'une plantation colombienne de caoutchouc. Pour les autres, c'est allé plus vite. Ericka Kirchenmeister ressemble comme deux gouttes d'eau à une actrice de porno néo-zélandaise.

Je me suis ensuite attelé à la création du site proprement dit. J'ai sélectionné un gabarit parmi les centaines proposés en essayant de me mettre à la place de Böhm. Je crains que le malheureux n'ait assez mauvais goût. Contre l'avis de ses camarades, il a retenu, pour la page d'accueil, un coloris moutarde des plus fâcheux et une police de caractères fantaisie, censée traduire l'excitation que lui inspirent les révélations spectaculaires contenues dans son article. Sous le titre violet « *More than a friendship* » (« Plus qu'une amitié ») s'étalent deux portraits sépia de Broch et de Perutz, soigneusement choisis pour créer l'illusion d'une ressemblance.

Consacré un temps monstre à mille petits détails, de la forme des boutons de navigation au ton de l'éditorial de Böhm (triomphant et lyrique), en passant par les adresses email des cinq acolytes.

Enfin satisfait du résultat, j'ai publié le site. En me réveillant ce matin, j'ai constaté, avec un frisson d'ivresse, qu'il était déjà indexé sur Google et sortait en 25e position sur la recherche « Hermann Broch Leo Perutz ».

Je me suis alors empressé d'incorporer mes sources dans la fiche de Broch. Voyons comment va réagir l'éditeur de Wikipédia.

SEMAINE 5

Pourquoi le life settlement attire tant les fraudeurs

PAR VLAD EISINGER

Quand les agents de la Drug Enforcement Administration (DEA) ont saisi le sous-marin de Javier «El Tigre» Escobar, ils ont trouvé à bord les trophées habituels des trafiquants de drogue : des armes, du cash, des bons du Trésor... et des polices d'assurance-vie.

La réputation du life settlement — la pratique consistant à racheter une police à son souscripteur en pariant sur le décès de celui-ci — a considérablement souffert de ce genre de révélations. Peu de produits financiers ont été épargnés par les scandales ces dernières années, mais l'industrie du life settlement a fait la une de la presse plus souvent qu'à son tour. Nous tenterons dans cet article de comprendre les facteurs qui rendent le marché secondaire des polices d'assurance-vie si propice aux malversations en tout genre.

Le nombre très élevé de parties intervenant sur chaque transaction est un premier élément d'explication. Généralement, l'assuré voulant vendre son contrat s'adresse à son conseiller financier, qui le met en relation avec un courtier. Celui-ci contacte des fonds de life settlement, qui évaluent la police selon leurs critères internes et commandent à l'occasion un rapport d'espérance de vie à un cabinet expert en longévité. Enfin, le fonds retenu est obligé de recourir aux services d'un provider pour finaliser la transaction.

Toutes ces parties sont en position de frauder. Toutes l'ont déjà fait.

En 1987, Bruce Webb, alors âgé de 23 ans et atteint du sida, a mis sa police d'assurance-vie de $400 000 aux enchères. Afin de susciter de meilleures offres, il s'est arrangé pour paraître plus malade qu'il ne l'était en réalité. Pendant la semaine précédant la visite médicale, il a dormi en moyenne deux heures par nuit et a fait une consommation excessive de tabac, d'alcool et d'autres substances prohibées.

« J'avais l'air d'un cadavre ambulant », se souvient Mr Webb. « Mon taux de lymphocytes était tombé sous les 800. Un mois après, il est remonté à 1 500. »

Sur la base de ces analyses, le fonds Sunset Partners a soumis une offre de $255 000. « Ils pensaient qu'il me restait à peine deux ans à vivre. Manifestement, ils avaient tort », plaisante Mr Webb, qui, vingt-cinq ans plus tard, est steward à Southwest Airlines et mène une existence quasi normale.

Les courtiers ne font pas toujours preuve non plus d'une intégrité exemplaire. Certains abusent de la faiblesse de leurs clients — souvent âgés et malades — pour leur faire signer des contrats extrêmement défavorables.

L'an dernier, Betsy Archambault, une commerçante retraitée de Duluth, a engagé Ned Saunders afin qu'il l'aide à vendre sa police de $2M. Pour prix de ses efforts, Mr Saunders, courtier agréé par l'État du Minnesota, toucherait le jour de la vente une commission de 6 %. « Le pourcentage ne m'a pas semblé excessif », se souvient Mrs Archambault. « Après tout, c'est ce qu'on paie pour une maison. »

Si Mrs Archambault avait lu plus attentivement son contrat, elle aurait noté que le taux de 6 % ne s'appliquait pas au prix de vente, mais à la valeur faciale de la police. Autrement dit, Mr Saunders toucherait $120 000 (6 % de $2M), quel que soit le montant de la transaction.

«Je l'ai réalisé quand le provider nous a tendu nos chèques. Le mien était à peine plus gros que celui de Ned! J'ai aussi mieux compris pourquoi il m'avait conseillé d'accepter la première offre qui s'était présentée», raconte Mrs Archambault, qui a depuis porté plainte contre Mr Saunders pour abus de confiance.

Ni Mr Saunders ni son avocat n'ont répondu à nos demandes répétées d'interview.

Contacté par nos soins, Jeremy Fallon, porte-parole de la Life Insurance Brokers Association (LIBA), regrette le malentendu mais se refuse à accabler Ned Saunders. «Il ne m'appartient pas de juger un contrat conclu de bonne foi entre deux parties. De manière générale, LIBA ne peut que recommander aux particuliers vendant leurs polices de lire soigneusement les documents qu'ils signent», déclare Mr Fallon.

Sans atteindre à l'extrême du cas de Mrs Archambault, bien des vendeurs sont surpris par l'ampleur des frais et commissions qui s'imputent sur le montant brut de la transaction. Entre la rémunération du courtier (et éventuellement celle d'un conseiller financier), les honoraires du provider, les frais divers (rapport d'espérance de vie, droits d'enregistrement, etc.), il n'est pas rare que le vendeur touche moins de la moitié du prix déboursé par l'acheteur. Pour finir, la portion du prix net dépassant la somme des primes versées depuis l'origine de la police est taxée comme du revenu ordinaire, contrairement aux indemnités décès qui, dans la plupart des cas, ne subissent pas l'impôt.

Rick Weintraub, président de l'Insurance Consumers' Association, dit recevoir chaque semaine plusieurs lettres de seniors déçus par le manque de transparence ayant entouré la vente de leur police. «Un couple de Pasadena me racontait récemment que leur comptable pensait pouvoir obtenir $300 000 de leur police. La vente a fini par se conclure autour de $260 000, dont $140 000 seulement ont atterri dans leur poche. Après impôt, il leur reste tout juste $100 000. Ils n'accusent personne mais il est évident que si c'était à refaire, ils ne vendraient pas.»

L'étude des plaintes transmises aux organismes de régulation de trois États (Floride, Texas et Pennsylvanie) révèle d'autres pratiques, pour le coup franchement illégales.

En 2007, Nick Santorelli a proposé à un fonds de life settlement de Philadelphie de lui racheter, à

En 2009, le régulateur du Texas a retiré leur licence à Wayne Johannsen et Scott Prideaux, deux agents convaincus d'avoir touché des pots-de-vin de la part de boutiques de life settlement. Selon Rick Weintraub, «au lieu d'envoyer le dossier de l'assuré à l'ensemble des acheteurs potentiels, ils ne l'adressaient qu'à trois ou quatre fonds,

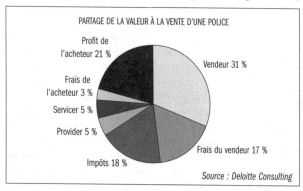

PARTAGE DE LA VALEUR À LA VENTE D'UNE POLICE

Profit de l'acheteur 21 %
Vendeur 31 %
Frais de l'acheteur 3 %
Servicer 5 %
Provider 5 %
Frais du vendeur 17 %
Impôts 18 %

Source : Deloitte Consulting

titre personnel, la police qu'il lui avait vendue six mois plus tôt. Intrigué, le gérant du fonds a mené son enquête et découvert que le souscripteur de la police était mort la semaine précédente. Mr Santorelli l'avait appris avant le fonds et, en offrant de racheter la police, espérait collecter l'indemnité décès.

toujours les mêmes. Sachant la concurrence limitée, ceux-ci pouvaient faire des offres très basses».

MM. Johannsen et Prideaux attendent d'être jugés.

Selon Jeremy Fallon, «ces tristes exemples ne sauraient remettre en cause l'intégrité des milliers d'agents qui aident chaque jour des seniors à maximiser, en toute légalité, la valeur de leurs polices ».

Les fonds de life settlement ne sont pas en reste.

Lifetime Opportunity LLC, un fonds mis en liquidation en 2003, fabriquait en interne de faux rapports d'espérance de vie, tantôt surévalués pour négocier une police à la baisse, tantôt sous-évalués pour aiguiser l'intérêt des investisseurs. De même, Life Partners, une société de Waco, Texas, actuellement sous le coup d'une action en justice de la part d'anciens actionnaires, promettait des taux de retour de 16 % à ses investisseurs, sur la foi d'avis médicaux fictifs.

Brian Hess, résident de Destin Terrace, consulte pour différents experts en longévité. Son principal client, la société Life Metrics basée à Tallahassee, ne lui dit jamais qui a commissionné le rapport qu'il doit rédiger.

« Ce que j'ignore ne peut m'influencer », explique-t-il. « Si j'apprenais que le client est une vieille dame qui cherche à vendre sa police, je pourrais être tenté de la voir un peu plus malade qu'elle ne l'est en réalité. » Mr Hess n'est cependant pas entièrement dupe. « Mon patron m'a reproché récemment d'être trop conservateur dans mes estimations. Je ne sais pas comment je dois le prendre. Comme une invitation à être plus coulant ? »

Les cas de fraude les plus spectaculaires ont trait au blanchiment. Les trafiquants de drogue ont de tout temps cherché à rendre leur argent légal, de façon à pouvoir le dépenser au grand jour. Une technique classique consiste à jouer à la roulette en plaçant la même somme sur le rouge et sur le noir. Quelle que soit la couleur qui sort, le joueur perd sa mise d'un côté et la double de l'autre. Il ne lui reste plus alors qu'à déclarer son gain à l'administration fiscale — en omettant de signaler la perte correspondante — pour transformer une somme mal acquise en argent honnêtement gagné.

Depuis une dizaine d'années, le life settlement semble avoir remplacé la roulette dans l'arsenal des narcotrafiquants.

Selon Raul Garcia, agent spécial de la DEA, « les parrains des cartels ne jurent plus que par le life settlement. Ils peuvent recycler des centaines de millions de dollars depuis leur yacht, loin des caméras de surveillance des casinos. Ils achètent d'énormes polices, déclarent celles qui maturent rapidement et bazardent les autres».

Certains intermédiaires se sont fait une spécialité de dénicher ces grosses polices pour les investisseurs colombiens. Ils se font royalement payer pour leurs services — en cash, naturellement.

Sunset Partners, le fonds de Panama City qui a racheté la police de Bruce Webb, a commencé à attirer l'attention de la DEA à la fin des années 90. Près de la moitié des souscripteurs de Sunset Part-ners étaient d'origine sud-américaine. Ils achetaient des polices de plusieurs millions de dollars et ne rapatriaient jamais leurs gains, qu'ils réinvestissaient dans l'immobilier commercial, à Miami ou Orlando.

Après un an d'enquête, les agents de la DEA avaient réuni assez de preuves pour inculper Tony Babbitt, le président de Sunset, et son cousin, Charly Babbitt, directeur commercial. L'instruction a révélé que les deux hommes avaient mis au point une mécanique bien huilée. Tony rachetait tous les contrats disponibles sur le marché en inondant de cash vendeurs et intermédiaires. Charly, de son côté, créait les sociétés-écrans au Panama ou dans les îles Caïmans et organisait les transferts de fonds depuis la Colombie.

Tony et Charly Babbitt purgent actuellement des peines de prison de, respectivement, quinze et treize ans.

La DEA n'a en revanche pas réussi à établir la culpabilité de Robert «Bobby» Babbitt, connu dans le milieu sous le surnom de Big Bobby, en référence à son imposante carrure. Mr Babbitt, qui est le frère cadet de Tony, n'avait aucune fonction officielle au sein de la société, à laquelle il était lié par un simple contrat de consultant de $60 000 par an. Ne disposant pas d'un bureau attitré, il s'installait le plus souvent dans la salle de conférences, où d'anciens employés rapportent qu'il lui arrivait de recevoir des prostituées après le déjeuner.

Plusieurs personnes que nous avons interviewées — mais qui souhaitent garder l'anonymat — décrivent Mr Babbitt comme un homme sanguin et manipulateur, le «cerveau de la famille» et le «véritable taulier de Sunset».

Robert «Bobby» Babbitt

Bobby Babbitt a été entendu comme témoin à plusieurs reprises au cours des dix dernières années. Il fait également l'objet d'un contrôle fiscal pour écart manifeste entre son train de vie et ses revenus.

Entre 1996 et 2010, Mr Babbitt a déclaré $1 487 901 de traitements et salaires à l'IRS. Il habite une maison de 1 220

mètres carrés, enregistrée au nom de son frère Tony, face à la mer, sur l'avenue la plus prestigieuse de Destin. Les agents immobiliers que nous avons interrogés situent la valeur de la maison entre $6M et $8M, voire plus compte tenu de son caractère unique sur la Côte d'Émeraude. Ils évaluent par ailleurs les taxes foncières et les frais d'entretien d'une résidence de cette taille autour de $15 000 par mois.

Bobby Babbitt et ses avocats ont décliné nos demandes répétées d'explications.

Dans la région, Mr Babbitt est réputé pour ses contributions généreuses aux organisations philanthropiques.

La résidence de Bobby Babbitt à Destin, Fla.

En mars dernier, Lynn Huffman a invité Mr Babbitt à participer au gala annuel de l'antenne locale de la Make A Wish Foundation. «Il a répondu qu'il ne pourrait malheureusement pas être présent. Il a joint un chèque de $25 000 pour les enfants de l'association», raconte-t-elle.

Si l'on se fie à sa déclaration de revenus, Mr Babbitt aurait donné en 2010 un total de $1 123 000 à 56 causes différentes. La liste des bénéficiaires inclut les Girl Scouts of the USA ($2 500), la National Breast Cancer Foundation ($100 000), le Save The Manatee Club ($5 000), la Veterans Jobs Alliance ($20 000) et la Coalition for Better and Swifter Justice ($250 000). Cette dernière association se définit dans ses statuts comme un club de réflexion de juges et de procureurs soucieux d'accélérer le travail de la justice.

Pendant des années, Mr Babbitt a également donné le maximum autorisé par la loi, soit $2 500, à tous les candidats se présentant à des élections locales, dont Michael Hart, sénateur républicain à la chambre de Floride et résident de Destin Terrace. En 2010, pris à partie par l'union des victimes de Sun-

set Partners, Mr Hart a convoqué une conférence de presse pour annoncer qu'il rendait les $2 500 en question.

Le *Wall Street Tribune* est en mesure de révéler que le mois suivant Mr Babbitt a fait un don de $5 000 au comité d'action politique républicain qui soutenait la candidature de Mr Hart.

D'autres fraudes, plus subtiles que le blanchiment, tiennent à la difficulté même d'évaluer une police d'assurance-vie.

Le prix d'une action ou d'une obligation est déterminé quotidiennement par le marché. De même, chaque propriétaire immobilier a une assez bonne idée de la valeur de sa maison. Susan McGregor, vice-présidente du fonds Osiris Capital, explique pourquoi, a contrario, évaluer une police n'est pas une science exacte. «C'est le résultat d'un calcul complexe, qui repose sur de multiples variables, toutes sujettes à interprétation. Ajoutez à cela que le vendeur en sait toujours plus que l'acheteur et vous comprendrez comment deux fonds peuvent valoriser une même police du simple au double.»

Ed Linkas, senior manager du cabinet d'audit Lark & Hopkins, renchérit. «C'est la magie d'Excel : le moindre changement dans les hypothèses a des répercussions colossales. Prenez un fonds de life settlement qui anticipe une espérance de vie moyenne de 78 ans. Sur le papier, il affiche une performance de 12 %, ses gérants sont portés aux nues et empochent des bonus qui se chiffrent en millions de dollars. Si ce même fonds avait retenu une espérance de vie de 80 ans, sa performance ressortirait tout juste positive, les gérants seraient des tocards et on leur montrerait la porte. Difficile, dans ces conditions, de ne pas être tenté de bidouiller les chiffres.»

En 2011, la société SunAmerica, qui détient pour $4Md de polices, a annoncé avoir passé une provision de $100M sur son portefeuille, suite à une révision de sa méthodologie de valorisation interne.

Les assureurs ne sont pas non plus à l'abri de la tentation. Selon Ed Linkas, «ils ajustent constamment leurs prévisions, dans un sens quand ils ont besoin de gonfler leurs profits, dans l'autre quand ils ont gagné assez d'argent sur leurs autres activités et veulent se constituer une poire pour la soif».

Plus grave encore, l'écart entre les hypothèses des assureurs et celles des fonds de life settlement ne cesse de croître. De deux choses l'une, soit les assureurs trompent leurs actionnaires, soit les fonds de life settlement promettent des rendements exagérés.

Ed Linkas

Ed Linkas, qui partage son temps entre les deux industries, est régulièrement témoin de ces divergences. «Un de mes clients assureurs a relevé son espérance de vie pour les malades du sida, en justifiant sa décision par une étude de l'Institut Pasteur.

La semaine suivante, un autre client, un fonds de life settlement cette fois-ci, invoquait la même étude pour réduire d'un an et demi la longévité de son portefeuille!»

Comment Mr Linkas concilie-t-il ces pressions contradictoires? «J'essaie de comprendre le raisonnement de mes clients, tout en les mettant en garde contre les dangers d'un excès d'optimisme. Ce n'est pas toujours facile.»

Kenneth Courtney, professeur de droit boursier à l'Université de Chicago, fait partie d'un groupe d'experts qui conseille le président Obama sur les questions de régulation financière. Pour lui, l'industrie du life settlement souffre d'un vice fondamental: la durée très longue sur laquelle elle se déploie.

«La performance d'une police n'est connue avec certitude qu'à la mort de l'assuré. Cela peut prendre dix ou vingt ans», explique-t-il. «Dans l'intervalle, tout le monde se sert: l'assuré, bien sûr, qui a reçu un chèque, le courtier, le provider, le servicer, qui gère la police, le fonds de life settlement qui facture ses frais de gestion chaque année, et même les gérants qui encaissent des primes de performance sur des profits virtuels. Pour peu que la police mature dans vingt-cinq ans, tous ces gens auront disparu.»

Mr Courtney va même plus loin. «C'est le terrain idéal pour le prochain Madoff. Vous prenez l'argent des investisseurs pour acheter des polices, vous leur demandez de remettre au pot chaque année afin de payer les primes, vous leur dites que les assurés ne sont pas morts et, s'ils veulent sortir, vous leur expliquez qu'ils ont tout perdu!»

Plusieurs pays européens réfléchissent à un durcissement de la régulation encadrant la revente de polices d'assurance-vie. La Financial Services Authority (FSA) britannique envisage même d'interdire la commercialisation de produits de life settlement auprès des particuliers.

Jean-Michel Jacques, président du fonds Osiris Capital, approuve l'initiative de la FSA.

«Le life settlement devrait être réservé aux investisseurs

qualifiés [*i.e.* disposant d'un patrimoine minimum et d'une bonne expertise financière, NDLR]», explique-t-il. «Un particulier n'est pas de taille à lutter contre tous les requins qui sévissent sur ce marché.»

Écrire à Vlad Eisinger :
vlad.eisinger@wst.com

La semaine prochaine : Faut-il davantage réguler le marché du life settlement?

Mardi 24 juillet

Croisé Lammons, qui promenait son toutou sur la plage. Craignant qu'il ne me réclame les 100 dollars que je lui dois, j'ai ralenti l'allure et courbé l'échine en feignant d'être absorbé dans de puissantes réflexions. Il en aurait fallu bien davantage pour lui clouer le bec.

« Non, mais vous avez vu ça ? L'autre pédoque admet enfin qu'il s'est payé notre bobine ! Tu m'étonnes que les médecins lui donnaient deux ans à vivre : il n'avait pas pioncé de la semaine et il était camé jusqu'aux yeux ! En plus, il raconte ça à la blague, genre "de l'eau a coulé sous les ponts". Qu'est-ce qu'elle croit, l'hôtesse de l'air ? Que parce que vingt-cinq ans ont passé j'ai mis une croix sur mon pognon et qu'on va se taper sur le ventre ? Des clous, oui ! Maintenant qu'il a été assez bête pour avouer noir sur blanc, mes avocats vont le nettoyer jusqu'à son dernier centime. »

Pauvre Webb. J'espère qu'il ne s'est pas fourré dans le pétrin.

* *
*

Expéditeur : Dan Siver <danielgsiver@gmail.com>
Date : Mardi 24 juillet, 15:15:51
Destinataire : Vlad Eisinger <vlad.eisinger@wst.com>
Objet : Crime contre l'humanité

Je sais, on avait dit « plus d'invectives ». Mais trop, c'est trop ! Tu sais ce qui me fait vomir dans ton métier ? Le formatage implacable de vos articles. Tu crois que je n'ai pas remarqué tes ficelles ? Un article sur deux s'ouvre par une phrase accrocheuse, promettant une anecdote croustillante qui ne viendra pas : « Quand Citibank a menacé de saisir sa maison, Cynthia Tucker, 77 ans, a passé ses finances en revue. » Et cette semaine : « Quand les agents de la Drug Enforcement Administration ont saisi le sous-marin de Javier "El Tigre" Escobar, ils ont trouvé à bord les trophées habituels des trafiquants de drogue : des armes, du cash, des bons du Trésor… et des polices d'assurance-vie. » Tout est dans les points de suspension… Bravo, quelle brillante façon de captiver le lecteur ! Pour un peu, j'en aurais mouillé ma culotte.

Même topo pour le dernier paragraphe, invariablement une citation, si possible un brin provocante. « Le life settle-ment devrait être réservé aux investisseurs qualifiés. Un particulier n'est pas de taille à lutter contre tous les requins qui sévissent sur ce marché. » Ou encore : « Si d'aventure on découvrait un vaccin contre le cancer, j'espère que mes souscripteurs seront assez philosophes pour penser aux années gagnées et non aux millions perdus. » Mon Dieu, c'est beau comme du Michael Crichton !

Quant au reste de l'article, je n'en parle même pas. Ou plutôt si, parlons-en : adverbes interdits, des phrases qui ne dépassent jamais les vingt mots, une citation chaque fois que le lecteur menace de piquer du nez. Au secours !

Franchement, Vlad, tu n'as pas honte ?

*   *
*

Expéditeur : Vlad Eisinger <vlad.eisinger@wst.com>
Date : Mardi 24 juillet, 17:36:13
Destinataire : Dan Siver <danielgsiver@gmail.com>
Objet : Le petit doigt sur la couture du pantalon

Si tu savais, mon vieux. Ça va bien plus loin que tout ce que tu peux imaginer. Toutes les recrues du journal doivent s'appuyer un manuel de 500 pages, mis à jour chaque année, l'*Associated Press Stylebook*. Au menu : des règles typographiques (utilisation des traits d'union, écriture d'un nombre en chiffres ou en lettres, etc.), une tripotée de listes (abréviations usuelles, gros mots acceptables…), des vade-mecum de comptabilité ou de physique nucléaire (afin d'éviter aux billes que nous sommes d'écrire de trop grosses bêtises), la façon de rapporter les scores de tennis ou les résultats d'un sondage (ne pas oublier de citer la taille de l'échantillon et les marges d'erreur), etc. C'est la bible des salles de rédaction : nous sommes censés l'apprendre par cœur ou, à tout le moins, savoir ce qu'elle contient. Malheur à celui qui s'en écarte ! J'ai employé un jour « *holiday* » pour « *holy day* ». Quelle volée j'ai pris ! Les oreilles m'en tintent encore.

Mais ce n'est pas le pire. Nous prenons aussi nos ordres d'un autre bréviaire, l'incontournable *Elements of Style* des distingués William Strunk et E. B. White, qui recense 21 principes que l'écrivain dédaigne à ses risques et périls. Me reviennent entre autres : « Restez à l'arrière-plan », « Utilisez le moins possible d'adjectifs et d'adverbes », « Gardez-vous d'exagérer », « Méfiez-vous des mots compliqués », « Pas d'expressions imagées » et, pour finir, cet édifiant précepte (je cite de mémoire), « Une phrase ne doit contenir aucun mot superflu et un paragraphe aucune phrase superflue, pour la même raison qu'un dessin ne doit contenir aucun trait inutile et une machine aucune pièce en trop». (Je t'en prie, ne lève pas les yeux au ciel.)

Pour couronner le tout, chaque rédaction a développé, au fil des ans, un style «maison», auquel ses journalistes doivent se conformer. Les recettes du *Wall Street Tribune* en matière de premier et dernier paragraphes ne t'ont pas échappé. Cette accroche qui, comme tu dis, «promet une anecdote croustillante qui ne viendra pas» s'appelle un «*lead*». Il en existe deux types : ceux qui livrent d'entrée l'information importante de l'article (le plus célèbre d'entre eux : «Des hommes se sont posés et ont marché sur la Lune») et ceux, plus adaptés à une série d'investigation comme la mienne, qui plantent le décor ou racontent une histoire pour piquer l'intérêt du lecteur.

Nous utilisons d'autres procédés, dont certains deviennent vite une seconde nature. Les citations, par exemple, remplissent un double office : elles brisent la monotonie de la lecture en offrant un contrepoint rafraîchissant et, surtout, elles instillent un élément de subjectivité (un «prisme différent», pour reprendre tes termes) dans des articles qui en sont théoriquement dépourvus.

Prends mon article sur l'infamant déjeuner à l'Admiral's Club. Ma position de reporter m'interdit d'émettre un jugement sur le professeur Marlowe, même si, au fond de moi, j'assimile son intervention à de la prostitution. D'où l'importance de pouvoir tendre mon micro à un des convives, en l'occurrence le sieur Gonzales, qui a été choqué par le prosélytisme de Marlowe. Combien de fois n'ai-je pas été tenté d'inventer un expert, ou un simple quidam, pour lui faire exprimer un point de vue qui me semblait absent du débat! Rassure-toi, je ne suis jamais passé à l'acte.

(Jayson Blair, un confrère du *New York Times*, a eu moins de scrupules. Il s'est fait virer avec pertes et fracas quand ses supérieurs ont découvert qu'ils faisaient parler des témoins qu'il n'avait jamais rencontrés et décrivaient des lieux sur lesquels il ne s'était jamais rendu. Il ne s'est trouvé personne dans la profession pour le défendre.)

Les journalistes couvrant l'actualité — ce qui, tu l'as compris, n'est pas mon cas — recourent fréquemment à une autre technique, dite de la pyramide inversée. Ils exposent les faits principaux dans un premier paragraphe souvent un peu indigeste, puis distillent le reste des informations par ordre décroissant d'importance. Si un agent immobilier de Los Angeles a tué toute sa famille, tu apprendras dans le sixième paragraphe qu'il était fan des Lakers et, dans les dernières lignes, qu'il dormait dans un maillot dédicacé par Kobe Bryant. L'avantage : l'article peut être coupé à peu près n'importe où, sans nécessiter de retouche.

Aussi obscènes qu'elles puissent te paraître, on s'habitue à ces règles. Queneau, Perec et consorts tenaient que les contraintes formelles stimulent l'imagination. Sans aller jusqu'à écrire en alexandrins ou à m'interdire l'usage de la lettre *e*, j'observe que ma prose a gagné en vigueur depuis que je m'astreins à ces canons. Tu devrais essayer.

*   *
*

Expéditeur : Dan Siver <danielgsiver@gmail.com>
Date : Mardi 24 juillet, 22:06:19
Destinataire : Vlad Eisinger <vlad.eisinger@wst.com>
Objet : Ressaisis-toi !

J'ai commandé ton *AP Stylebook*, histoire de ne pas mourir idiot. Mais enfin, quelle abjection ! Comment peux-tu te plier à ces consignes imbéciles, toi qui avais un si joli brin de plume ? Ne pas utiliser d'expressions imagées ? Mon Dieu, mais j'en mourrais !

Quant à ta pyramide inversée, tu peux te la carrer dans le cul, en commençant par la pointe !

*   *
*

Expéditeur : Vlad Eisinger <vlad.eisinger@wst.com>
Date : Mardi 24 juillet, 22:06:55
Destinataire : Dan Siver <danielgsiver@gmail.com>
Objet : Amis de la poésie…

Toi aussi, Dan, tu as un joli brin de plume…

*   *

*

JOURNAL DE DAN

Mercredi 25 juillet

Parties de jambes en l'air à l'heure du déjeuner, témoins qui s'expriment sous le couvert de l'anonymat, don aux gamins de Make A Wish : il n'y a pas à dire, Vlad a réussi son portrait de Bobby Babbitt. Se pourrait-il que mon récit de l'Admiral's Club l'ait un peu libéré du string ?

Réalisé que la baraque du « taulier de Sunset » n'est autre que le blockhaus ultramoderne, protégé par une clôture électrifiée, devant lequel je passe tous les jours en me promenant sur la plage. Pour la première fois tout à l'heure, j'ai remarqué deux gardes armés, postés sur la terrasse. Babbitt craint-il des représailles suite à l'article de Vlad ? Il ne doit pas manquer d'ennemis.

(…)

Passé chez Manuel, pour lui rendre le tournevis qu'il avait oublié chez moi. Il a suivi mon conseil et exposé son problème aux McGregor. Après vérification de son contrat de prêt immobilier, il s'avère qu'il est déjà couvert par sa banque et n'a donc pas besoin d'assurance supplémentaire. Selon Susan, Chuck ne pouvait pas l'ignorer. Jeffrey, qui travaille dans la même crèmerie que Patterson, a mis le zèle de son collègue sur le compte d'une vaste opération commerciale organisée par Emerald pour promouvoir ce type d'assurance. Les agents qui placeront le plus grand nombre de polices d'ici à la fin de l'année recevront deux billets pour le Super Bowl !

Susan a recommandé à Manuel de souscrire une police d'assurance-vie limitée à trente ans, ce qui, si j'ai bien compris, lui coûtera moins cher que de se couvrir jusqu'à la fin de ses jours. Manuel exclut évidemment de passer par Chuck. Je l'ai orienté sur Kim Phelps (à qui je réclamerai en temps voulu une commission d'apporteur d'affaires).

Manuel m'a présenté sa belle-sœur, Lupita, qui vit avec eux pendant ses études d'hygiéniste dentaire. Je lui ai narré mes démêlés avec l'odieux Lammons. Elle m'a raconté qu'un combat juridique oppose depuis des lustres l'interprofession des dentistes à celle des hygiénistes. Ces derniers revendiquent le droit de s'établir à leur compte, pour rendre les soins élémentaires (caries, détartrages, etc.) deux ou trois fois moins chers que dans les cabinets traditionnels, tandis que les dentistes, arc-boutés sur leur monopole, font pression sur le législateur pour préserver le statu quo. Je n'ai été qu'à moitié surpris d'apprendre que Lammons siège au conseil de la Florida Dental Association et que Michael Hart s'est opposé publiquement à tout projet de réforme.

Jeudi 26 juillet

Pris un café ce matin chez Starbucks avec Jean-Michel. Les articles de Vlad le divertissent énormément. Il se réjouit tant de voir exposées les combines de Wall Street qu'il a commandé des exemplaires pour les envoyer à tous ses clients. Je lui demande s'il partage le diagnostic de Vlad.

« Absolument. Il a tout compris. Ses articles sont remarquablement pédagogiques. On devrait lui décerner une médaille.

— Tout de même, lui dis-je, ils ne donnent pas une image très flatteuse du life settlement. Vous n'avez pas peur qu'ils fassent fuir vos clients ?

— Pas du tout. J'ai peu d'investisseurs, à peine une vingtaine. Je les connais tous personnellement. La plupart sont des entrepreneurs. Ils apprécient que j'aie lourdement investi dans mon fonds. Je suis d'une transparence absolue avec eux : ils savent qu'ils peuvent débarquer à tout moment dans mes bureaux, demander à voir n'importe quelle police et contester son évaluation dans nos livres. Je facture des frais de gestion limités à 1,5 % par an, contre 2 % en moyenne dans les autres hedge funds, auxquels s'ajoute une prime de performance au cas où j'atteins certains objectifs. »

Il tient à préciser qu'il ne touchera cette fameuse prime de performance qu'à la liquidation définitive du fonds, là où ses concurrents réévaluent périodiquement leurs portefeuilles pour tenir compte des décès et des dernières tendances en matière d'espérance de vie. Si la valeur du fonds s'est appréciée d'une année sur l'autre, les gérants s'octroient leurs primes sans attendre.

« C'est typique de Wall Street, fulmine-t-il. Des gains virtuels donnent lieu au versement de bonus bien réels. Résultat : le gérant roule en Maserati et, le jour où le château de cartes s'écroule, c'est l'investisseur qui paie les pots cassés. J'attendrai peut-être quinze ans pour toucher mon argent, mais au moins personne ne pourra me reprocher de m'être servi avant mes investisseurs. »

Il porte son gobelet à ses lèvres, sans réaliser qu'il est vide, et siffle une lampée imaginaire. Dans le feu de la discussion, son accent français est revenu en force. La caissière nous observe d'un air amusé.

« À vous, je peux bien le dire, Dan : c'est tout le système qu'il faudrait revoir. Trop d'intermédiaires, trop de pseudo-experts que leur parole n'engage pas, sans parler de cette cupidité endémique qui justifie toutes les bassesses… »

Je l'asticote gentiment :

« Allons, Jean-Michel, vous n'allez pas me dire que les financiers européens travaillent pour la gloire…

— Évidemment que non. Ils cherchent à gagner leur vie, c'est bien normal. Mais ils ont encore un semblant de principes, contrairement à leurs homologues de Wall Street, qui feignent de ne pas saisir la différence entre ce qui est éthique et ce qui est légal. Tenez, il y a quelques années, la banque américaine pour laquelle je travaillais a mis au point une stratégie compliquée afin de profiter d'anomalies sur le marché à terme du cuivre. J'ai fait remarquer à mon patron qu'au moins un des volets de l'opération contrevenait aux règles du droit boursier. Nos avocats nous ont fourni la solution : signaler nous-mêmes l'infraction aux autorités de marché et acquitter l'amende maximale prévue par les textes. 1 million d'amende contre 40 millions de profits, mon patron n'a pas hésité longtemps… »

Nouvelle lampée. Cette fois, il se rend compte de son erreur et dévisage nos voisins avec méfiance, comme s'il les soupçonnait d'avoir siphonné son café en loucedé.

« Prenons le cas de votre ami Ed Linkas. Non, non, ne protestez pas, je sais que vous appréciez sa compagnie. À juste titre, d'ailleurs, c'est un très brave garçon. Il audite nos comptes depuis deux ans ; autrement dit, il contrôle nos méthodes de valorisation et s'assure que nous ne péchons pas par excès d'optimisme. Ce qu'Ed a oublié de dire au *Wall Street Tribune*, c'est qu'il nous facture des frais complémentaires pour, je le cite, "prendre le temps d'étudier la validité de nos hypothèses". »

Devant mon air hébété, Jean-Michel explique :

« Vous comprenez, n'est-ce pas, que la valeur d'un fonds est le fruit d'une négociation ? Avec une espérance de vie moyenne de 80 ans, le portefeuille d'Osiris vaut 120 millions. À 79 ans, il tangente les 130 millions. À 90 ans, il ne vaut plus un sou. Personnellement, ces variations m'importent peu, dans la mesure où je vais conserver mes polices jusqu'au bout. Mes concurrents, eux, harcèlent leurs auditeurs jusqu'à ce qu'ils obtiennent le chiffre qui leur convient. Attention, je ne prétends pas que je pourrais amener Ed à entériner une hausse de 10 % de la valeur comptable d'Osiris. Mais 2 ou 3 %, sans aucun problème. Je peux même vous dire, à 1 000 dollars près, combien ça me coûterait. »

Et moi qui tenais Ed pour un chic type, c'est déprimant... Jamais l'expression « l'argent mène le monde » ne m'a semblé plus juste.

Nos voisins se lèvent. Comme s'il n'attendait que ce moment, Jean-Michel se penche vers moi et me glisse qu'il passe sur le billard mercredi prochain. Il espère que le chirurgien parviendra à extirper la tumeur, faute de quoi il sera bon pour une chimiothérapie, qui lui coûtera les derniers cheveux qui lui restent sur le caillou.

Dans l'intervalle, il acquiert à tour de bras des polices de patients atteints du cancer de la vessie, au nom d'une stratégie à la fois cynique et pleine de bon sens.

« En cas de découverte révolutionnaire, je perdrai de l'argent sur mes polices mais j'aurai la consolation d'être encore vivant. Dans le cas contraire, Anh et les enfants toucheront un joli paquet. »

Je me garde de lui faire remarquer qu'il oublie le cas de figure où lui mourrait et où les autres patients s'en sortiraient. Il est trop intelligent pour ne pas y avoir pensé. Je crois surtout qu'étudier les dossiers d'autres malades l'aide à tenir la maladie à distance.

Me suis souvenu, après l'avoir quitté, qu'il n'a pas d'assurance médicale. Le coût de son traitement doit se chiffrer en dizaines de milliers de dollars. Où va-t-il trouver l'argent ?

(...)

L'assemblée des copropriétaires avait fixé à ce soir 20 heures la date limite de dépôt des offres de renouvellement du contrat d'assurance de Destin Terrace.

Kim est passée la première. Elle m'a remis une enveloppe rebondie, en blaguant qu'elle l'avait scellée avec du vernis à ongles qui résisterait à toutes mes tentatives d'ouverture à la vapeur. Sous son apparente désinvolture, je l'ai sentie très nerveuse. Elle m'a dit avoir travaillé comme une folle sur cette proposition, obtenant de sa hiérarchie des conditions tarifaires exceptionnellement favorables, en échange d'une baisse de moitié de sa propre commission. Tout indépendant que je suis, je n'ai pu m'empêcher de lui souhaiter bonne chance.

Elle a croisé en sortant Chuck Patterson, qui m'a annoncé sans préambule qu'il avait décidé de ne pas soumettre d'offre.

« Votre copine a dû serrer son devis au maximum. Franchement, qu'est-ce que j'allais m'emmerder pour trois cacahuètes ? Il faut savoir laisser filer une affaire. »

Pour rentabiliser le déplacement, plus que par réelle conviction, il m'a offert de s'aligner sur ma police d'assurance habitation.

« Ça ne vous coûtera pas un dollar de plus et je m'occuperai de toute la paperasse, a-t-il promis.

— Non merci, Chuck.

— Enfin, Dan, vous réalisez qu'un inconnu encaisse chaque année plusieurs dizaines de dollars sur votre contrat. Vous ne préféreriez pas que cet argent atterrisse dans la poche de votre voisin ? »

Il n'a pas eu le cran de dire « votre ami ».

« Non, pas particulièrement. Bien sûr, ce serait différent si ledit voisin appréciait mon travail… »

Il est parti en claquant la porte.

Appelé Kim, qui a tout de suite vu l'avantage qu'elle pouvait tirer de la situation. Elle a prétendu m'avoir remis par erreur une version intermédiaire du document.

« Je vais t'apporter le devis définitif, d'accord ? Après tout, il n'est que 19 h 30. »

J'ai dû lui expliquer que ce ne serait guère correct vis-à-vis des copropriétaires. En disant cela, je pensais surtout à moi. J'ai calculé que chaque pourcent d'économie sur la police existante se traduira par une baisse de mes charges annuelles d'environ 2 dollars.

Vendredi 27 juillet

Hourra ! L'éditeur de Wikipédia valide ma modification ! Mieux, il me propose d'enrichir la fiche d'Hermann Broch d'une section consacrée à la question de sa parenté présumée avec Leo Perutz.

Il écrit : « Le site sur lequel vous m'avez dirigé suggère entre les deux hommes une relation allant bien au-delà d'une simple amitié. Naturellement, une certaine prudence s'impose, dans la mesure où les travaux de Böhm, Mirafuentes et consorts, même s'ils semblent présenter de grandes garanties de sérieux, n'ont pas encore reçu l'approbation des biographes et des familles de Broch et de Perutz. Je vous conseille donc d'accompagner votre contribution des réserves d'usage puis, quand elle aura été approuvée, de la recopier à l'identique dans la fiche de Leo Perutz. Je m'occupe de mon côté d'informer, par les circuits internes de Wikipédia, mes homologues allemands, afin qu'ils incorporent ces nouveaux éléments dans les pages dont ils ont la charge. Les autres langues suivront sous quelques semaines. Merci d'avance pour votre coopération. »

Je lis et relis ce message, presque trop beau pour être vrai. Bon sang, j'ai réussi ! Ce jour marque le début d'un nouvel âge d'or pour les études autrichiennes, enlisées depuis trente ans dans des débats sans fin sur la sensibilité européenne de Stefan Zweig ou l'influence du suicide de ses trois frères dans la philosophie de Wittgenstein. Rares sont les champs totalement vierges dans lesquels un jeune chercheur prometteur peut espérer se faire un nom. Je suis prêt à parier que d'ici un an un doctorant de l'Université de Graz aura publié un *Plaidoyer pour une nouvelle interprétation de la figure paternelle dans* La mort de Virgile. À moins que le doyen du département germanophone de Yale ne lui ait grillé la politesse avec un *Broch, Perutz : frères de sang, frères de race.*

Quand je pense aux trolls de la *New York Times Book Review* qui traitaient Mark et Minny de « personnages improbables, sans aucun ancrage dans la réalité ». Ils mériteraient que je leur envoie la biographie de Thorsten Böhm ou, mieux encore, une vidéo d'Ericka Kirchenmeister à la manœuvre.

Le soir

Au fil des heures, mon exultation a cédé la place à l'inquiétude. L'idée que d'autres éditeurs, qui plus est allemands, vont se pencher sur ma falsification me terrifie. Pour la première fois, je me force à considérer les implications légales de mon canular. Une foule de chefs d'accusation, réels ou imaginaires, se pressent dans ma tête : usurpation d'identité, diffamation, atteinte à la mémoire de personnes disparues, infraction aux lois sur les copyrights... Et ces interrogations lancinantes : ma profession d'écrivain me vaudrait-elle des circonstances atténuantes ? La fondation Wikipédia se porterait-elle partie civile ? Mes actes sont-ils passibles d'une amende ? D'une peine de prison avec sursis ?

Samedi 28 juillet

Lutté toute la nuit contre la tentation de me confier à Vlad, de par son métier probablement beaucoup plus versé que moi dans ces sujets. Avec un peu de chance, il pourrait même consulter discrètement les avocats du *Wall Street Tribune.*

Je me donne quarante-huit heures de réflexion.

(...)

Croisé Bruce Webb à la salle de gym. Je lui ai rapporté les menaces de Lammons, tandis qu'il se reposait après avoir soulevé une barre de 80 kilos.

« Il est déjà passé à l'acte, m'a-t-il dit en s'épongeant le front avec une serviette. Il m'attaque pour escroquerie, représentation frauduleuse et deux ou trois autres bricoles. Entre les frais de justice et les intérêts, il me réclame près de 1 million. »

Il n'avait pas l'air catastrophé, et pour cause : les faits sont prescrits depuis belle lurette.

« Je ne comprends pas que son avocat ne s'en soit pas rendu compte, a dit Webb en rassemblant ses affaires.

— C'est peut-être celui qui le défend dans son procès contre Emerald, ai-je observé. Vous allez lui répondre ? »

Il m'a gratifié d'un magnifique sourire :

« Pensez donc ! Je vais laisser tourner son compteur. »

Je crachais mes poumons avec ardeur sur le tapis roulant quand Jennifer Hansen est entrée, moulée dans un pantalon de yoga noir et un tee-shirt blanc, sa sempiternelle bouteille d'eau à la main. Comme nous étions seuls et bien que ne lui ayant jamais adressé la parole, je me suis senti obligé de lui présenter mes condoléances.

Elle m'a avoué qu'elle venait pédaler tous les matins, pendant que les enfants étaient à l'école, « pour ne pas devenir folle ». Prenant (à tort) mon hochement de tête pour une invitation à poursuivre, elle m'a déballé ses problèmes en vrac : le coût plus élevé que prévu des funérailles (elle avait d'abord jeté son dévolu sur un cercueil en bois mais ses beaux-parents ont insisté pour le modèle en acier), le salaire de Mark qui ne tombe plus, le chèque d'Emerald qui tarde à arriver...

Elle s'inquiète (à raison, cette fois) pour son avenir. Attachée de presse de formation, elle a arrêté de travailler il y a six ans, quand elle est tombée enceinte des jumeaux. Elle n'a aucune idée de sa valeur sur le marché du travail, se demande si elle devrait reprendre ses études (et qui garderait alors ses enfants?), hésite à vendre la maison pour acheter plus petit, etc. Ne voulant surtout pas lui donner l'impression que ses dilemmes me barbaient, j'ai prolongé ma séance de jogging bien au-delà du raisonnable, en insérant, de temps à autre, entre deux halètements poussifs, un «je comprends» dégoulinant de sueur et de compassion.

La conversation s'est engagée sur une pente glissante, dans tous les sens du terme, quand Jennifer m'a demandé si je pensais qu'elle retrouverait quelqu'un un jour. Je suis descendu de mon instrument de torture en prétextant un rendez-vous et lui ai conseillé d'essayer de se changer les idées. Plus tard dans la journée, j'ai déposé mes trois derniers bouquins devant sa porte. C'est malheureusement tout ce que je peux lui offrir.

* *
*

Expéditeur : Dan Siver <danielgsiver@gmail.com>
Date : Samedi 28 juillet, 23:58:01
Destinataire : Vlad Eisinger <vlad.eisinger@wst.com>
Objet : Melvin Phelps

Tu ne devineras jamais ce qui agite notre petite communauté. Ce soir, Melvin Phelps, le président de la copropriété, a frappé à ma porte. Il voulait m'entretenir des effets déplorables de tes articles. Alléché par ce préambule, je me suis empressé de le faire entrer. Évidemment, il ignore que nous sommes en contact ; tu te doutes bien que je ne me vante pas de compter au rang de tes amis.

Il semblerait que plusieurs de mes voisins se soient plaints que tes livraisons hebdomadaires empiètent sur leur vie privée. On pourrait objecter (je ne m'en suis d'ailleurs pas privé) qu'ils connaissaient les règles du jeu quand ils ont accepté de te rencontrer. Phelps ne l'entend pas de cette oreille : il prétend que tu vas trop loin et que tu prends un plaisir pervers à dépeindre les habitants de Destin Terrace sous leur jour le plus sombre.

Ce dernier argument m'a laissé pantois. Certes, Bruce Webb et Brian Hess ne sortent pas grandis de ton dernier article, mais j'ai l'impression qu'ils se sont confiés de leur plein gré, voire qu'ils t'étaient reconnaissants de la tribune que tu leur offrais. Qui éreintes-tu au juste ? Babbitt ? Mais pourquoi Phelps prendrait-il la défense d'une crapule qui n'habite même pas Destin Terrace ? Et quand bien même deux ou trois résidents seraient venus pleurer sur son épaule, en quoi cela le concerne-t-il? On l'entendait moins quand tu révélais au grand jour les pratiques de Chuck Patterson… Détiendrais-tu des secrets bien dégueulasses sur son compte?

Pour ton information, il a essayé de me faire signer une pétition menaçant le *Wall Street Tribune* d'une action en justice si vous ne suspendez pas immédiatement la publication des articles. J'ai dit que j'allais réfléchir. Phelps a eu l'air déçu.

«Je pensais pouvoir compter sur vous, Dan», a-t-il reniflé.

Sa réaction m'a à nouveau surpris. Un type de son calibre doit savoir que de telles gesticulations n'ont aucune chance d'aboutir.

PS : Allez, je relance le jeu des anagrammes avec Lupe Baslow.

*   *

*

Expéditeur : Dan Siver <danielgsiver@gmail.com>
Date : Dimanche 29 juillet, 00:33:18
Destinataire : Vlad Eisinger <vlad.eisinger@wst.com>
Objet : Donna Phelps

Je viens d'éplucher ton dernier article en cherchant ce qui a pu pousser Phelps à sortir du bois. Je crois avoir trouvé. En lisant que Babbitt a donné 20 000 dollars à la Veterans Jobs Alliance, je me suis souvenu que Donna Phelps, la femme de Melvin, dirige une œuvre caritative au profit des anciens combattants. Après vérification, il s'agit bien de la même association.

*　*
*

Expéditeur : Vlad Eisinger <vlad.eisinger@wst.com>
Date : Dimanche 29 juillet, 09:06:25
Destinataire : Dan Siver <danielgsiver@gmail.com>
Objet : Bien vu

Honte à moi d'avoir laissé passer ça ! À ma décharge, Babbitt a donné à plus de 50 œuvres différentes rien que l'année dernière ! C'est classique chez les criminels en col blanc qui attendent d'être jugés. Ils arrosent la communauté, dans l'espoir que le jury comprendra un parent de gamin autiste, une survivante du cancer du sein ou tout autre récipiendaire de ses largesses. Cela revient moins cher que d'embaucher une star du barreau ou de multiplier les contre-expertises. Quelle plus grande volupté, au demeurant, que de se montrer généreux avec l'argent des autres ?

En tout cas, bravo, tu ferais un excellent journaliste. Tu veux que je me renseigne pour voir si on propose des stages d'été ?

PS : Lupe Baslow = Paul Bowles = compositeur doué mais auteur surestimé. En voici un facile : Pearl Rhee.

PPS : Un détail qui me revient concernant ton ami Ray Wiggin : tous les jours en fin d'après-midi, il envoie la liste des nécros du lendemain à Chuck Patterson, en échange d'une invitation annuelle à un match de base-ball. D'après ce que j'ai compris, notre Chuck national a des accords de ce genre avec des dizaines de médecins légistes, entrepreneurs de pompes funèbres, j'en passe et des meilleurs.

*   *
*

JOURNAL DE DAN

Dimanche 29 juillet

Mrs Cunningham a quasiment forcé ma porte ce matin pour me livrer le dernier potin : si Jennifer Hansen n'a pas encore reçu son chèque, c'est parce que la police de Mark présenterait des irrégularités. Cela me paraît peu plausible, dans la mesure où Chuck a suivi le dossier de bout en bout.

J'ai changé de sujet, par respect pour la malheureuse Jennifer, en demandant à Mrs Cunningham si la revente de sa police avançait. Je n'aurais pas pu lui faire plus plaisir. Elle s'est vantée d'avoir négocié un taux de commission imbattable auprès de Kim.

« Elle a besoin de mon affaire bien plus que je n'ai besoin d'elle, m'a-t-elle expliqué, non sans un certain bon sens. En plus, comme elle n'a qu'une poignée de clients, j'ai la garantie qu'elle va bien s'occuper de moi. »

Mrs Cunningham s'amuse par ailleurs de l'empressement de sa fille, qui lui rend visite tous les jours et l'accompagne chez le médecin.

« Je ne suis pas née de la dernière pluie ! Je sais bien qu'elle lorgne ma police et qu'elle arrêtera de venir me voir du jour où je l'aurai vendue. »

J'ai encore pris la défense d'Ashley, sur le ton de la plaisanterie cette fois :

« Allons, Patricia, pourquoi ne pas admettre que votre fille vous adore ? »

Elle a éclaté de rire.

« Décidément, votre mère avait raison : vous ne connaissez rien à la vie. Je comprends mieux pourquoi vos livres n'ont aucun succès. »

Je mentirais si je niais avoir ressenti un petit pincement au cœur.

(…)

Rencontré Susan McGregor à Publix, au rayon surgelés. J'ai tout de suite remarqué que quelque chose ne tournait pas rond. Elle empilait les barquettes de lasagnes dans son chariot avec une sorte de rage contenue, inhabituelle dans un supermarché. Elle ne s'est pas fait prier pour m'exposer le motif de sa colère. Apparemment, Jennifer Hansen a sondé Rafaela pour savoir si celle-ci accepterait de garder les jumeaux au cas où elle recommencerait à travailler. Elle offrirait le même salaire que les McGregor, pour une heure de travail en moins par jour. Rafaela prétend avoir décliné la proposition mais a tout de même éprouvé le besoin d'en parler à son employeuse. Susan guettait mon soutien. Je me suis prudemment abstenu. Aimant beaucoup Rafaela, je me suis borné à remarquer qu'elle devait défendre ses propres intérêts.

« C'est la loi de l'offre et de la demande, ai-je fait valoir. En cela, le marché des baby-sitters ne diffère guère de celui des polices d'assurance-vie. »

Susan a ouvert la bouche, avant de tourner brusquement les talons.

Je crains que le sel de la situation ne lui échappe.

(…)

Rédigé, après le dîner, quelques brouillons du paragraphe sur Broch et Perutz.

J'ai décidé de ne pas parler à Vlad pour le moment. Après tout, Sade et Soljenitsyne ont écrit leurs plus belles pages en prison.

Lundi 30 juillet

C'est l'anniversaire de Papa aujourd'hui. Il aurait eu 77 ans.

Il se préparait à gravir le mont McKinley avec des anciens collègues. Pour mettre toutes les chances de son côté, il avait décidé de se faire retirer l'appendice : à 6 000 mètres d'altitude, une péritonite ne pardonne pas. Il est entré à l'hôpital un lundi. D'après les médecins, il a chopé une saloperie pendant l'opération. Le mercredi, il avait 40 °C de fièvre. Le vendredi, il était mort.

(…)

Invité Kim, qui sortait de chez Mrs Cunningham, à prendre un verre. Elle m'a confié que la vieille la faisait tourner en bourrique.

«Je lui ai dit que je ne parviendrais pas à vendre sa police sans un rapport d'espérance de vie, qui coûte autour de 800 dollars. Elle a tellement comprimé ma commission qu'il est hors de question que je prenne cette dépense supplémentaire à ma charge. Du coup, elle s'est mis en tête de s'adresser directement à Brian Hess. J'ai essayé de lui expliquer qu'un rapport signé du nom d'un indépendant n'aurait pas grande valeur, elle n'a rien voulu entendre. Ah, je t'assure, si j'avais su, je l'aurais laissée entre les mains de Patterson.»

À ces mots, je me suis souvenu que Mrs Cunningham est en procès avec son agent de change. Début 2009, en pleine déconfiture des marchés, elle a liquidé sans réfléchir son plan d'épargne retraite. Quand la tendance boursière s'est inversée, elle a reproché à son courtier de l'avoir laissée céder à la panique. L'intermédiaire, un ami d'enfance d'Otto Cunningham, a expliqué à sa cliente la différence entre un courtier et un conseil en gestion de patrimoine, et lui a gentiment offert un toaster en inox, habituellement réservé aux nouveaux clients de la banque. Tonnant qu'on ne la ferait pas taire avec un grille-pain, Mrs Cunningham a engagé un avocat surnommé Clark the Shark, qui, moyennant la promesse d'un tiers des sommes récupérées, a assigné devant les tribunaux tous les établissements financiers ayant un jour hébergé un compte de la famille Cunningham. Aux dernières nouvelles, la justice suivait son cours.

Va savoir pourquoi, je n'ai pas jugé opportun de partager cette anecdote avec Kim. La pauvre m'avoue avoir du mal à percer dans le métier. Les amis de son père se révèlent des proies moins faciles que prévu. Ils sont déjà assurés jusqu'aux yeux. Quant à ceux qui n'ont pas encore la panoplie complète, ils ont tous un cousin ou une nièce qui convoite leur clientèle.

Elle n'a pour l'instant signé que trois affaires dans la résidence : une police auto pour Ed Linkas (que je soupçonne de ne pas être entièrement désintéressé sur ce coup), une police bateau pour Michael Hart (qui s'honore de faire travailler l'économie locale) et, naturellement, le contrat de la copropriété sur lequel elle craint de ne pas gagner sa vie. Chuck tient ses clients d'une main de fer. Je décris à Kim le réseau d'informateurs qu'il a patiemment mis en place au fil des ans. Je la sens découragée par l'ampleur de la tâche.

Elle promet de m'inviter à dîner si elle décroche Manuel. J'en profite pour lui demander par quelle aberration Chuck a pu proposer à celui-ci une police qui faisait double emploi avec son contrat de prêt immobilier. Kim m'explique que ce que je prends pour une erreur ne doit rien au hasard. La dernière fois qu'elle a loué une voiture, elle a souscrit sans réfléchir l'assurance du loueur, avant de réaliser qu'elle était déjà couverte par son assurance auto individuelle et par l'émetteur de sa carte de crédit.

« Si j'avais eu un accident, dit-elle, les trois sociétés se seraient partagé le coût du sinistre. Voilà comment les assureurs parviennent à continuer à augmenter leurs profits dans un marché saturé. »

SEMAINE 6

Faut-il davantage réguler le marché du life settlement ?

Le marché du life settlement — la pratique consistant à racheter une police d'assurance-vie à son souscripteur en pariant sur le décès de celui-ci — est né dans les années 80, dans un total vide juridique.

Puis les avocats s'en sont mêlés.

Aujourd'hui, le life settlement est régulé de façon plus ou moins extensive dans 41 des 50 États. Des projets de loi sont en cours d'examen dans 5 autres États. Des cabinets de lobbying, payés à l'année par les assureurs et les fonds de life settlement, font le siège des parlementaires à Washington, sans parler des dizaines d'associations aux motifs plus ou moins avouables qui cherchent à se faire entendre sur la Toile.

Le life settlement serait-il désormais trop régulé ?

Un bref rappel historique s'impose.

Pendant deux siècles, les assureurs ont contesté à leurs clients le droit de revendre leurs polices en invoquant le précédent de l'Angleterre du XVIIIᵉ siècle, où des businessmen peu scrupuleux faisaient assassiner les quidams dont ils avaient au préalable assuré la tête. Saisie du dossier, la Cour suprême a jugé en 1911 que les souscripteurs étaient libres de disposer de leurs polices comme ils l'entendaient.

L'épidémie de sida qui a frappé les États-Unis dans les années 80 a remobilisé les assureurs. En l'espace de quelques mois, des milliers d'individus séropositifs ont cédé leurs polices à des fonds créés pour l'occasion. Ce n'était pas tant l'enjeu financier qui inquiétait les assureurs — peu de malades en phase terminale arrêtent de toute façon de payer les primes — que la perspective de voir, à terme, se développer une industrie menaçant leurs intérêts.

Par souci d'image, les assureurs se sont bien gardés de stigmatiser leurs clients, préférant engager le dialogue avec la National Association of Insurance Commissioners (NAIC), la Life Insurance Settlement Association (LISA) créée en 1995 et les associations de consommateurs. De ces échanges est né en 2001 le Viatical Settlement Model Act.

Pour Kenneth Courtney, professeur de droit boursier à l'Université de Chicago, le Viatical Settlement Model Act contient plusieurs avancées essentielles. «D'abord, il four-

nit un canevas dont chaque État est libre de s'inspirer pour façonner sa propre législation. Il suggère ensuite de fixer à deux ans minimum la période pendant laquelle un assuré ne peut revendre sa police. Enfin, il donne aux malades en phase terminale la possibilité de collecter une partie de leur indemnité décès (entre 25 et 95 %) de façon anticipée.» Selon Mr Courtney, les assureurs se seraient résignés à cette concession dans l'espoir de dissuader leurs clients de se tourner vers l'extérieur pour monétiser leurs polices.

Après cette clarification bienvenue du cadre réglementaire, chaque camp a continué à avancer ses pions.

Les assureurs se sont employés à faire transposer État par État les directives de la NAIC. De leur côté, les fonds de life settlement ont élaboré des montages sophistiqués pour intensifier leurs rachats de polices tout en respectant la loi (*cf.* notre article du 10 juillet, *La lutte sans merci entre assureurs et fonds de premium finance*). Le marché s'est développé à un rythme soutenu, jusqu'à

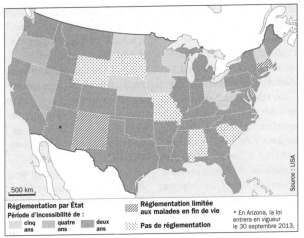

Réglementation par État
Période d'incessibilité de :

cinq ans   quatre ans   deux ans

Réglementation limitée aux malades en fin de vie

Pas de réglementation

* En Arizona, la loi entrera en vigueur le 30 septembre 2013.

Source : LISA

État de la législation sur le *life settlement*, juillet **2012**

atteindre environ $13Md en 2008.

Les fonds ont déchanté quand, dès les premières vagues de maturités, les assureurs ont refusé de verser les indemnités décès sitôt qu'une police était entachée d'irrégularités.

Selon Jean-Michel Jacques, résident de Destin Terrace et président d'Osiris Capital, «les fonds ont réalisé que les assureurs ne laisseraient rien passer. À la moindre déclaration inexacte, ces derniers refusaient de payer et attaquaient le souscripteur pour fraude».

Mr Jacques estime que les fonds n'ont pas pris la mesure de leurs adversaires. «L'assurance-vie passe pour une industrie archaïque et lente à réagir. Rien n'est plus faux. Les assureurs sont retors, âpres au gain et extrêmement bien organisés. Ils ont l'habitude de prendre des coups mais aussi d'en donner. On les sous-estime à ses risques et périls.»

Les principaux acteurs du life

settlement ont fini par réagir en contre-attaquant sur le terrain juridique et en se dotant en 2007 d'une nouvelle organisation professionnelle, l'Institutional Life Markets Association (ILMA).

Les grands établissements de Wall Street étaient jusqu'à présent restés à l'écart du débat du life settlement, même si certains rachetaient des polices depuis longtemps. À titre d'exemple, JPMorgan Chase, un des plus gros acteurs du marché, n'était à l'époque même pas membre de LISA.

La présence parmi les fondateurs de l'ILMA de Goldman Sachs, Bear Stearns, Crédit Suisse ou UBS donne une idée des ambitions de l'association. Son objectif est clair : « appliquer à l'assurance-vie les solutions des marchés de capitaux, élargir les options des consommateurs conscients que leur police d'assurance peut représenter un actif précieux, et soutenir la croissance responsable et la régulation de notre industrie ».

« La création de l'ILMA marque le début des choses sérieuses », explique Jean-Michel Jacques, « le premier pas vers l'objectif ultime de Wall Street, à savoir le lancement, à travers la titrisation, d'un marché notionnel de la mort. »

La titrisation est une technique consistant à regrouper un grand nombre d'actifs d'une même classe (crédits automobiles, baux commerciaux, etc.) pour les revendre à des investisseurs. Entre 1999 et 2007, Wall Street a engrangé des milliards de dollars de revenus en titrisant des crédits immobiliers dits subprime. En achetant ou revendant ces titres, les investisseurs pouvaient spéculer sur la direction du marché immobilier. Certains ont gagné, tel John Paulson dont le fonds éponyme a réalisé $15Md de profits en 2007. D'autres — la majorité — ont perdu. Les intermédiaires, eux, ont empoché des commissions pendant la hausse et pendant la baisse.

Le timing de l'ILMA s'est révélé désastreux. « Après la crise de 2008, plus personne ne voulait entendre parler de titrisation », raconte Jean-Michel Jacques. « Mais, à mon avis, ce n'est que partie remise. Des gens comme Goldman Sachs ne rendent pas les armes au premier revers. »

Avec quelques années de retard sur les assureurs, c'est au tour des professionnels du life settlement de réclamer des règles du jeu plus claires.

Les deux parties ont naturellement des visions fort éloignées de ce que devraient être lesdites règles.

Les assureurs appliquent une tactique de guérilla, qui n'est pas sans rappeler celle des opposants à l'avortement. Bien qu'ayant officiellement renoncé à faire interdire le life settlement, ils rendent la revente de polices chaque jour un peu plus longue et un peu plus coûteuse. C'est ainsi que 10 États, dont l'Ohio et l'Oregon, ont déjà étendu la période d'incessibilité de deux à cinq ans.

Rick Weintraub, président de l'Insurance Consumers' Association, dénonce également les manœuvres d'intimidation de certains assureurs. « Leurs contrats contiennent toutes sortes de menaces à peine voilées sur les éventuelles poursuites auxquelles s'expose l'assuré en revendant sa police. Clairement, ils espèrent décourager les candidats les moins motivés. »

Les assureurs mènent un autre combat, en interne celui-ci. Il est de notoriété publique que certains agents généraux — ces vendeurs qui travaillent pour une seule compagnie — arrondissent leurs fins de mois en assistant leurs clients dans la revente de leurs polices. Les assureurs tentent de faire interdire cette pratique, qu'ils vivent comme une trahison.

Jeremy Fallon, porte-parole de la Life Insurance Brokers Association (LIBA) qui représente les agents généraux, se dit prêt à entamer le dialogue avec les assureurs, en posant toutefois comme condition préalable que ces derniers s'engagent à dédommager les agents des effets négatifs d'une loi qui restreindrait leur champ d'intervention. « Nos membres sont prêts à tout pour contenter leurs employeurs, sauf à réduire leurs revenus », précise-t-il.

Certains agents généraux prennent de grandes précautions pour ne pas compromettre leur réputation. Le *Wall Street Tribune* est en mesure de révéler qu'au moins quatre clients de Chuck Patterson, agent général de la société Emerald Life et résident de Destin Terrace, ont revendu leur police d'assurance-vie Emerald au cours des deux dernières années. Tous ont retenu comme conseil Byron Meeks, le beau-frère de Mr Patterson.

Mr Meeks dirige une entreprise de menus travaux, «U-Break-It, I-Fix-It», basée à Niceville, à une quinzaine de kilomètres de Destin. Il a passé sa licence de courtier en life settlement en février 2010. Un mois plus tard, il réalisait sa première transaction. À notre connaissance, Mr Meeks n'a pas d'autres clients que ceux recommandés par Mr Patterson.

Mr Patterson nie avoir poussé son beau-frère à s'établir comme courtier. «Byron est un touche-à-tout. Il s'ennuie dans son affaire de bricolage. Il a passé sa licence de courtier comme il aurait pu prendre des cours d'italien ou se mettre au marathon.»

Les fonds de life settlement ont leurs propres chevaux de bataille.

Ils militent tout d'abord contre l'extension des périodes d'incessibilité, qui réduit d'au-tant le nombre de polices disponibles à la vente.

Ils plaident ensuite pour un raccourcissement des démarches. Aujourd'hui, deux à six mois sont généralement nécessaires pour réaliser une transaction.

Ils réclament enfin que soient précisés les délais pendant lesquels les assureurs peuvent contester la validité d'une police.

Pour Jean-Michel Jacques, ce dernier point est le plus important. «Nous voulons être sûrs, quand nous rachetons une police qui a 10 ans, que l'assureur ne viendra pas nous chercher des poux sous prétexte que le souscripteur avait omis de dire qu'il faisait du deltaplane ou que sa grand-mère était hémophile.»

Les deux camps s'affrontent également par porte-parole interposés. Les assureurs misent sur la star de soap opera Gloria Suarez pour séduire les Latino-Américains, traditionnellement friands de produits de prévoyance. Les professionnels du life settlement se sont, de leur côté, attaché les services de Kenny Matthews. L'ancien quarterback vedette des Green

Bay Packers, aujourd'hui âgé de 70 ans, explique tous les soirs avant la diffusion de *La roue de la fortune* comment il a pu acheter un appartement à chacune de ses filles en vendant sa police.

Une voix est curieusement absente dans cette cacophonie : celle du législateur. Les élus, qui débordent d'idées sur des sujets comme les énergies renouvelables ou les subventions agricoles, ne semblent pas particulièrement désireux de s'impliquer dans le débat sur le life settlement.

Stephanie Welsh, directrice associée de WGA Consulting, un cabinet spécialisé dans les affaires réglementaires, a travaillé pendant douze ans comme assistante parlementaire à Washington. C'est sur son bureau qu'atterrissaient les traités des assureurs et des associations de life settlement.

« Ils ne faisaient jamais moins de 150 pages », se souvient Mrs Welsh. « J'avais le choix. Soit je lisais le résumé et j'étais à 100 % d'accord avec l'auteur. Soit je faisais l'effort d'entrer dans le détail et j'y passais mon weekend pour, au bout du compte, me sentir à peine plus avancée. Et encore, j'ai une formation financière, contrairement à mes collègues, qui sont majoritairement diplômés de sciences politiques. »

Kenneth Courtney n'est pas surpris par les propos de Mrs Welsh. « C'est la triste réalité des démocraties occidentales. On ne peut pas attendre de nos élus qu'ils soient experts à la fois en santé publique, en sûreté nucléaire et en comptabilité bancaire. Comme il faut bien voter pour ou contre les textes qui défilent au Parlement, ils délèguent toutes les décisions aux commissions de leur parti, autrement dit à une poignée d'individus qui, selon toute probabilité, finiront par rejoindre l'industrie qu'ils contrôlent aujourd'hui. »

Après trente ans de carrière, Mr Courtney s'interroge sur la notion même de régulation. « L'an dernier, la Cour suprême a jugé qu'en vertu du premier amendement garantissant la liberté d'expression, l'État ne pouvait limiter les dépenses des lobbies en période électorale [Citizens United v. Federal

Election Commission, NDLR]. Cela revient à admettre que la loi n'a vocation qu'à traduire les rapports de force des différents groupes de pression. Elle ne reflète plus le bien commun, mais le point de vue de la faction la plus riche. C'est profondément déprimant quand on y pense.»

Entre 1998 et 2012, l'industrie de l'assurance a consacré $1,77Md au lobbying (source : Center for Responsive Politics). Seule l'industrie pharmaceutique dépense davantage.

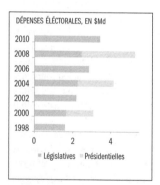

DÉPENSES ÉLÉCTORALES, EN $Md

Cette somme, qui équivaut à environ $14 000 de l'heure, ne comprend pas les contributions des assureurs aux candidats à des élections. Pour le seul dernier cycle électoral, celles-ci se sont montées à $42,6M, dont environ 60 % sont allés au parti ou aux candidats républicains. Le plus gros donateur, la société New York Life Insurance, a décaissé $2,5M, répartis sur plusieurs centaines de candidats.

Les assureurs se montrent spécialement généreux avec les parlementaires les plus susceptibles de peser sur leur industrie. Pour mémoire, 7 des 20 sénateurs des États-Unis ayant reçu le plus de contributions de la part de Wall Street siègent au comité des finances du Sénat.

En matière de life settlement, l'enjeu est toutefois plus local que national, dans la mesure où chaque État dispose de son propre organe de régulation.

En Floride par exemple, les assureurs ont dépensé $12,2M lors des élections locales de 2010. Là encore, une part disproportionnée des contributions se sont portées sur les candidats les plus stratégiques pour les assureurs : le directeur financier de l'État (qui fait également office de commissaire aux assurances) et les différents membres du Bank & Insurance Committee du Sénat de Floride.

Michael Hart, résident de Destin Terrace, est sénateur du 1er district de l'État de Floride, membre depuis 2006 et vice-président depuis 2009 du Bank & Insurance Committee. Sa page officielle le présente comme « un spécialiste des services financiers, du droit boursier et du life settlement ».

En 2010, les compagnies d'assurances ont apporté à elles seules $140 000 des $266 000 qu'a coûtés la campagne de réélection de Mr Hart. Emerald, un assureur basé à Pensacola qui milite de longue date pour l'interdiction du life settlement, a contribué, directement et indirectement, à hauteur de $25 000. Son président, Matthew Fin, a versé $5 000 supplémentaires à titre personnel.

Le *Wall Street Tribune* est par ailleurs en mesure de révéler que Kaplan, Hatcher & Boggs, le cabinet d'avocats dont Mr Hart est toujours associé, a facturé $1 180 000 d'honoraires à la société Emerald pour services juridiques entre 2008 et 2010.

Kaplan, Hatcher & Boggs s'est refusé à tout commentaire.

Contacté par téléphone, Mr Fin a déclaré : « Emerald a pour politique de s'entourer des meilleurs professionnels dans tous les domaines. Les juristes de Kaplan, Hatcher & Boggs comptent parmi les plus compétents sur les sujets qui nous intéressent. Nous sommes pleinement satisfaits de leurs services. »

Michael Hart

Dans un email, Mr Hart déclare ne plus exercer de fonctions opérationnelles au sein de Kaplan, Hatcher & Boggs et nie vigoureusement tout conflit d'intérêts. Il ajoute : « Je n'ai d'autre maître que les habitants du 1er district. »

En 2011, Mr Hart a touché $195 000 au titre de son intéressement aux bénéfices de Kaplan, Hatcher & Boggs.

Depuis le début de l'année, Mr Hart a introduit au Parlement de Tallahassee trois lois visant à restreindre la pratique du life settlement.

Le double langage n'épargne aucun des acteurs du life settlement. Officiellement, les assureurs ne se battent pas pour protéger leurs profits, mais pour pouvoir continuer à offrir des polices bon marché aux chefs de famille prévoyants. Quant aux fonds, à les entendre expliquer qu'ils rendent le pouvoir aux assurés, on en oublierait presque qu'ils visent une rentabilité annuelle de 15 %.

Deux exemples illustrent cette hypocrisie.

AIG, un des premiers assureurs américains, s'est prononcé à plusieurs reprises contre le life settlement. Dans le même temps, il finançait en sous-main le fonds Coventry et achetait d'énormes quantités de polices sur le marché. On estime qu'au moment de sa nationalisation, en 2008, AIG détenait 40 % du marché mondial du life settlement.

Dans un autre registre, le *Wall Street Tribune* s'est procuré un exemplaire d'un rapport intitulé *La vie après la vie*. Ce document, commandité par la Society of Life Settlement Professionals (SLSP) à la firme new-yorkaise de relations publiques Vox Dei, « propose diverses stratégies visant à améliorer l'image du life settlement auprès du grand public et plus particulièrement auprès des seniors ».

La première partie, *Comprendre les réticences pour mieux les surmonter*, présente les résultats d'une série de focus groups réalisés par les consultants de Vox Dei. Après avoir recensé les mythes et idées reçues qui circulent sur le life settlement, les auteurs mesurent les dégâts réputationnels causés par les scandales répétés qui ont ébranlé l'industrie.

La deuxième, *Éléments de langage*, suggère plusieurs ajustements sémantiques. Le mot « décès » est ainsi jugé préférable à « mort » (« trop brutal »), à « maturité » (« tartufe ») ou à « événement de liquidité ». La visite médicale préalable devient un « check-up », et l'acte de transfert, un terme jugé ambigu par certains seniors qui s'imaginent encore propriétaires de leur police, un banal «acte de vente».

La troisième partie, *Nouveaux horizons*, présente plusieurs thèmes assez forts pour porter une campagne de communication globale. Quelques exemples de slogans : «Qui eût cru que vous étiez aussi riches?», «Votre argent ne vous suivra pas au paradis» ou encore «Et si, pour une fois, vous pensiez à vous?».

Les fonds de life settlement, qui ont réponse à tous les arguments légaux ou économiques, n'éprouvent que rarement le besoin de se justifier sur le plan philosophique. Et pour cause : leurs adversaires — organisations religieuses, ligues morales, etc. — disposent de budgets dérisoires et n'ont pas les moyens d'engager des lobbyistes.

Luke Coleman, président de l'association Christians Against Death Betting, se lamente : «Une fois par an, le responsable des relations publiques de LISA accepte de nous recevoir. Son message est toujours le même : nous comprenons que vous n'appréciiez pas ce marché. Personne ne vous force à y participer.»

Écrire à Vlad Eisinger :
vlad.eisinger@wst.com

La semaine prochaine : Le life settlement est-il utile? Est-il moral?

Journal de Dan

Mardi 31 juillet

Voir une crapule tomber de son piédestal est en soi réjouissant, alors deux dans la même semaine ! En quelques paragraphes, l'article de Vlad a porté le coup de grâce à Chuck Patterson et à Michael Hart.

On savait que l'Oncle Chuck filoutait ses clients en leur vendant des contrats dont ils n'avaient pas besoin et en empochant des commissions faramineuses sur des polices qui lapseraient au bout de deux ans. Voilà maintenant qu'on découvre qu'il rachetait en sous-main l'assurance de mamies pour tondre la laine sur le dos de son employeur. C'est du propre !

Naïvement, je m'attendais à ce que Patterson rase les murs. Pas du tout. Lui qui a horreur de jardiner a passé l'après-midi à tailler ses rosiers, sourire aux lèvres, comme s'il nous mettait au défi de lui demander des comptes. J'espère pour lui qu'il a des clients en dehors de Destin Terrace, car ici sa carrière est bel et bien terminée.

Hart a moins de panache. Il n'a toujours pas donné signe de vie. Selon Melvin Phelps, le comité républicain du comté se réunira la semaine prochaine pour statuer sur son investiture. Je ne miserais pas lourd sur ses chances.

Phelps m'a remercié pour ma participation à l'appel d'offres, remporté par sa fille.

« Grâce à vous, nous économisons 9 000 dollars par an, soit presque 40 dollars par foyer. »

L'ampleur de la somme m'a impressionné. J'ai demandé à Phelps comment il justifiait un tel écart.

« Eh bien, déjà, Kim a consenti un gros effort sur sa commission. Mais nous avons surtout joué sur la couverture. Dans sa cupidité, Patterson nous avait assurés contre tout et n'importe quoi : tremblement de terre, nuage radioactif, invasion d'abeilles tueuses, etc. Nous avons conservé les risques principaux — à savoir, ouragans, tsunamis et incendies — et bazardé tout le reste. »

(...)

La rumeur enfle. Jennifer Hansen n'a pas encore touché son chèque, car Mark aurait menti en souscrivant sa police. Il aurait affirmé n'avoir jamais fumé, afin de bénéficier d'un meilleur tarif. Or Emerald aurait déniché plusieurs photos sur Facebook le montrant une cigarette au bec. D'après Mrs Cunningham, Jennifer prétend n'avoir jamais vu le questionnaire de santé. Le dossier serait entre les mains du service « Médiation » d'Emerald, dirigé, si je ne me trompe, par une de nos voisines.

(…)

Merci, Seigneur, de m'avoir permis d'assister à la scène dont je viens d'être témoin !

Je flânais sur la plage, vers 22 heures, quand j'ai distingué une silhouette tapie dans les buissons, non loin du blockhaus de Big Bobby. Feignant ne pas l'avoir remarqué, je me suis allongé face à la mer en épiant mon lascar du coin de l'œil. Vêtu d'une tenue de camouflage, les traits recouverts d'une couche de cirage, il surveillait, avec des jumelles, les allées et venues des agents de sécurité qui quadrillaient la terrasse, mitraillette à l'épaule. Il a profité d'un moment où les gorilles avaient le dos tourné pour sortir à quatre pattes de sa cachette. Un rayon de lune a brièvement éclairé son visage. Quelle n'a pas été ma stupéfaction de reconnaître dans ce Rambo d'opérette l'inénarrable Lammons !

J'aurais sans doute dû donner l'alerte (il s'apprêtait peut-être à essayer d'assassiner Babbitt) mais ma curiosité a été la plus forte.

Tel un gros lézard, Sylvester Lammons a rampé vers la cabane où Babbitt entrepose son matériel de plage. Arrivé à son but, il a longuement inspecté les parages. Il a dû me croire endormi, car il a sorti de sous sa veste une énorme pince-monseigneur, avec laquelle il a sectionné, dans un clac presque inaudible, le cadenas de la porte. Un dernier coup d'œil à la ronde et il s'est glissé dans la cabane en tirant la porte derrière lui.

Trente secondes environ se sont écoulées, pendant lesquelles j'ai tenté d'imaginer quels trésors — diamants, lingots d'or, reliques sentimentales — abritait ce cagibi, justifiant une telle expédition. Soudain, j'ai eu une révélation : Big Bobby avait dû aménager un passage secret entre la maison et la plage, en prévision du jour où la police viendrait l'arrêter. Chuck Norris Lammons l'avait appris et exigeait en ce moment même de Babbitt réparation pour ses pertes, sous peine de voir révélé le pot aux roses.

J'étais tellement sûr de moi que j'ai marché sur la cabane et ouvert brusquement la porte, m'attendant à voir un escalier s'enfoncer dans les entrailles de la terre.

Lammons a sursauté comme un ado surpris la quéquette dans une main et *Playboy* dans l'autre. En fait d'entrailles, il était accroupi, pantalon aux chevilles, dans une position laissant peu de doute sur ses intentions. J'ai juste eu le temps, alors qu'il finissait de couler son bronze, de dégainer mon téléphone et de fixer cette scène d'anthologie pour l'éternité. Lammons s'est redressé d'un bond, a remonté son pantalon à la six-quatre-deux et a détalé comme un lièvre, sous les imprécations en espagnol des gardes du corps de Big Bobby.

Mercredi 1ᵉʳ août

Mes affaires progressent. Les fiches Wikipédia de Broch et de Perutz contiennent désormais le même paragraphe.

« Les récents travaux d'un groupe d'universitaires germanophones, emmené par le professeur Thorsten Böhm, avancent la théorie, qui reste à vérifier, selon laquelle Hermann Broch et Leo Perutz seraient demi-frères. D'après Böhm, le père de Perutz aurait eu, en 1886, une aventure extraconjugale avec Johanna Schnabel-Broch à l'occasion d'une foire textile à Berlin. Perutz en aurait informé Broch en 1926, lors d'une rencontre arrangée par leur ami commun, Franz Blei. Broch, inspiré par l'exemple de son aîné, aurait mis en vente l'entreprise familiale, pour se consacrer pleinement à la littérature et à l'étude des sciences. Les deux hommes ne se seraient jamais revus, de peur d'éveiller les soupçons d'Ida, l'épouse très religieuse de Perutz. »

*   *

*

Expéditeur : Dan Siver <danielgsiver@gmail.com>
Date : Mercredi 1er août, 22:27:51
Destinataire : Vlad Eisinger <vlad.eisinger@wst.com>
Objet : Éloge de Frances Gray

Décidément, après Ray Wiggin, je commence à croire que tu as ignoré les personnalités les plus savoureuses de la résidence. Je sors de chez Frances Gray, que tu as citée au détour de ton troisième article. Jennifer Hansen, une de mes voisines que tu n'as pas dû rencontrer, vient de perdre son mari. Celui-ci avait souscrit une police de 500 000 dollars auprès d'Emerald, mais avait semble-t-il omis de signaler qu'il avait fumé dans sa jeunesse. Il appartient à présent au comité de médiation présidé par Mrs Gray de déterminer si sa veuve touchera ou non l'indemnité.

Dans un élan d'altruisme qui t'étonnera peut-être, je comptais témoigner en faveur de ma voisine, qui, j'en suis convaincu, ignorait tout du mensonge de son mari. Mrs Gray m'a arrêté dès qu'elle a compris l'objet de ma visite.

« Si je vous écoute, vous serez forcé de comparaître devant le comité, car nous devons impérativement tous disposer de la même information. »

Elle m'a toutefois invité à entrer.

As-tu déjà été confronté à la grâce ? C'est ce que j'ai ressenti en écoutant Frances Gray décrire son métier. Cette femme respire la vertu, pas ce prudhommisme rance et morali-

249

sateur qui est devenu la signature de nos leaders, non, une bonté authentique, enracinée dans une fortitude et une empathie quasi surnaturelles.

Elle et son équipe héritent des cas non prévus par la loi, ceux où les employés d'Emerald ont enfreint le règlement interne ou qui sont susceptibles de créer un précédent juridique. Chaque fois, elle s'efforce de débrouiller un écheveau apparemment inextricable, de découvrir, au-delà des contingences ou des inévitables similitudes, ce qui rend l'affaire unique et digne d'être jugée. Pendant cette phase d'instruction, qui peut durer une heure ou plusieurs semaines, elle se met à la place de quatre parties différentes : le client, l'employé qui a traité son dossier, les autres clients et, enfin, les actionnaires d'Emerald.

« Considérer ces quatre points de vue tour à tour est à la portée de n'importe qui, m'explique-t-elle. La difficulté consiste à les embrasser simultanément. Quand j'y parviens enfin, la vérité du dossier m'apparaît dans un éblouissement et la décision s'impose à moi avec la force de l'évidence. »

Elle a illustré son discours d'innombrables anecdotes. Une, en particulier, m'a marqué.

Il y a quelques années, Emerald a refusé d'honorer le paiement d'une indemnité de 5 millions de dollars, au motif que la police avait lapsé trois semaines plus tôt. Et pour cause : au moment où l'appel de prime était arrivé dans sa boîte aux lettres, l'assurée se trouvait dans le coma, à la suite d'un accident de la route. Elle avait succombé à ses blessures deux mois plus tard, sans jamais reprendre conscience. L'employée d'Emerald avait expliqué au mari de la défunte que, aux termes des lois de la Floride, où résidait le couple, il aurait dû présenter une demande de tutelle au tribunal des affaires familiales. La cour l'aurait alors notifié à Emerald, qui aurait automatiquement accordé un sursis de paiement à la famille.

D'après Mrs Gray, la position d'Emerald était juridiquement inattaquable. La police avait lapsé et le mari de la défunte ne s'était pas conformé aux lois de l'État régissant son contrat. On pouvait même arguer qu'en négligeant de placer sa femme sous tutelle il avait manqué à son obligation de se conduire, selon la formule consacrée du législateur, «en bon père de famille». À lui seul, ce dernier point réduisait pratiquement à néant les chances du veuf, eût-il porté l'affaire devant les tribunaux.

Frances Gray a, malgré tout, ordonné la mise en paiement de l'indemnité.

«C'était la chose à faire, s'est-elle justifiée devant moi. Pendant deux mois, le mari avait campé au chevet de sa femme. Il lui chantait des berceuses, lui massait les pieds, lui brossait les cheveux; les infirmières de l'hôpital n'avaient jamais vu cela. Si j'avais essayé de leur expliquer que cet homme était un mauvais père de famille, elles m'auraient arraché les yeux.

«Compte tenu du montant, j'ai dû présenter ma décision aux administrateurs d'Emerald. Aucun n'a protesté. J'ai insisté pour que soit versé un bonus de 2 000 dollars à l'employée qui avait bloqué le paiement de l'indemnité. Elle avait fait preuve d'une rigueur exemplaire dans l'instruction du dossier ; ses courriers, en particulier, étaient des modèles d'humanité. »

Tu n'imagines pas à quel point cette femme m'impressionne, Vlad. À l'entendre, son job n'est même pas difficile.

« La vérité se montre à qui veut vraiment la voir. Nous avons tous en nous une petite voix, presque inaudible, qui nous pousse à l'héroïsme. Malheureusement, nos intérêts crient si fort qu'elle est facile à ignorer. »

Je lui ai cité la phrase de Renoir dans *La règle du jeu*, « Le drame dans ce monde, c'est que chacun a ses raisons ». Elle a eu l'air de la trouver à son goût.

« Chacun a ses raisons, a-t-elle répété, songeuse. Dommage qu'elles soient presque toujours mauvaises. »

*   *
*

Expéditeur : Dan Siver <danielgsiver@gmail.com>
Date : Jeudi 2 août, 1:42:15
Destinataire : Vlad Eisinger <vlad.eisinger@wst.com>
Objet : Panégyrique de Frances Gray

Impossible de dormir. Frances Gray m'obsède. Quel charisme, bon Dieu !

Tandis qu'elle parlait, j'essayais de me rappeler où j'avais déjà vu ce regard, doux et inflexible à la fois. Je viens de trouver : chez les grands résistants, les Mandela, les Aung San Suu Kyi, les Martin Luther King, ces êtres d'exception qui contemplent la vérité en face, et sur qui le doute, la peur, la flatterie ou l'argent n'ont aucune prise.

L'argent, parlons-en. Frances Gray vit seule, dans un deux-pièces bas de plafond, qui donne sur le parking du club-house. Elle gagne probablement en un an ce que Lammons amasse en un mois et Matthew Fin, le patron d'Emerald, en une semaine. Je sais que Gandhi était tellement pauvre qu'il taillait ses saris dans ses draps (à moins que ce ne soit l'inverse), mais tout de même…

Allez, je retourne me coucher.

*   *
*

Expéditeur : Dan Siver <danielgsiver@gmail.com>
Date : Jeudi 2 août, 3:07:26
Destinataire : Vlad Eisinger <vlad.eisinger@wst.com>
Objet : L'autre visage de la justice

Réalisé en me tournant et me retournant dans mon lit que j'avais laissé ta dernière anagramme sans réponse. Pearl Rhee = Harper Lee, dont le personnage d'Atticus Finch, sorte de Frances Gray des années Roosevelt, a fait davantage pour le prestige du métier d'avocat que toutes les campagnes de relations publiques de la National Lawyers Association.

*   *
*

Expéditeur : Dan Siver <danielgsiver@gmail.com>
Date : Jeudi 2 août, 5:24:32
Destinataire : Vlad Eisinger <vlad.eisinger@wst.com>
Objet : Sur les traces de Vlad Eisinger

Bon, c'est râpé pour cette nuit.

Je vais essayer, pour m'amuser, de retranscrire mon entretien avec Frances Gray, façon *Wall Street Tribune.* Je me donne trente minutes et un pot de café.

Afin de faire face aux situations non prévues par le législateur, la plupart des assureurs se sont dotés d'un comité spécial, chargé d'évaluer les demandes d'indemnités des familles. Frances Gray, 48 ans, résidente de Destin Terrace depuis 2006, dirige le comité d'Emerald Life, qui traite environ 200 dossiers par an.

Signe de son indépendance, elle rapporte directement au président et n'a pas d'objectifs de chiffre ou de productivité. Ses avis ont force exécutoire et sont

*disséqués par les observateurs avec une attention habi-
tuellement réservée aux arrêts de la Cour suprême.*

*« Nous ne servons pas la loi, mais la justice, c'est
très différent », remarque Mrs Gray. « Je me souviens
du cas d'un client de Jacksonville, qui prétendait au
paiement de $5M prévu à la mort de sa femme, alors
même que la police avait expiré. Il expliquait avoir été
trop occupé à veiller son épouse, tombée dans le coma
suite à un accident de voiture, pour penser à régler la
prime annuelle. La position juridique d'Emerald était
inattaquable. Après vérification auprès du personnel
de l'hôpital, nous avons cependant conclu à la bonne
foi de notre client et débloqué le paiement. »*

Qu'en penses-tu ? Tu m'offres un job ?

*   *
*

Expéditeur : Vlad Eisinger <vlad.eisinger@wst.com>
Date : Jeudi 2 août, 10:50:39
Destinataire : Dan Siver <danielgsiver@gmail.com>
Objet : Corrigé

Eh bien, on dirait que la nuit a été longue…
Oui, c'est un de mes regrets de n'avoir pu donner davantage la parole à Mrs Gray. Je n'ai pas
réussi à lui trouver une place. Peut-être parce
qu'elle est, d'abord et avant tout, un personnage
de roman.

Quelques remarques sur ta prose.

Tu aurais dû écrire « Signe de son indépendance, Mrs Gray rapporte directement au président » et non « Signe de son indépendance, elle rapporte directement au président ». On n'entame pas un paragraphe par un pronom personnel.

À quel président rapporte-t-elle ? Au président des États-Unis ? À celui du Rotary Club ? Tu aurais dû préciser « au président d'Emerald ». J'imagine que tu as voulu éviter la répétition avec « le comité d'Emerald Life » deux lignes plus haut. Dans ce métier, on te pardonnera de pécher par inélégance, pas par imprécision.

Paragraphe suivant : tu gagnerais à remplacer « Je me souviens du cas d'un client de Jacksonville » par « d'un client de Jacksonville », plus nerveux. De manière générale, proscris les empilements de compléments de nom.

Enfin, mon rédac chef n'aurait jamais laissé passer « Ses avis sont disséqués par les observateurs avec une attention habituellement réservée aux arrêts de la Cour suprême ». Trop emphatique et, accessoirement, inexact.

PS : Puisque tu ne me renvoies pas la balle, j'enchaîne avec Corina Pinslut.

*   *

*

Expéditeur : Dan Siver <danielgsiver@gmail.com>
Date : Jeudi 2 août, 11:19:44
Destinataire : Vlad Eisinger <vlad.eisinger@wst.com>
Objet : Corrigé ? Laisse-moi rire…

Bien noté, Obersturmführer Eisinger. Je vais commencer à lire l'*AP Stylebook* aux chiottes.

Tu as réagi comme je m'y attendais, en critiquant la forme et non le fond. Après insertion de tes corrections, mon texte sera peut-être factuellement et syntaxiquement correct, mais il ne sera pas juste.

Le problème, Vlad, c'est qu'on n'évacue pas un personnage comme Frances Gray en 150 mots. Il faudrait dire avec quelle minutie elle instruit ses dossiers (Brian Hess me dit qu'elle l'appelle parfois le dimanche pour savoir s'il est possible qu'un assuré ignore son état de santé), sa terreur de commettre une injustice, son incorruptibilité absolue.

PS : Je n'ai jamais pu blairer ce lourdaud d'Upton Sinclair, de même, j'imagine, que tu ne dois pas raffoler de Brett Forros.

*　　*
*

Expéditeur : Vlad Eisinger <vlad.eisinger@wst.com>
Date : Jeudi 2 août, 11:22:08
Destinataire : Dan Siver <danielgsiver@gmail.com>
Objet : Licence poétique

Pourquoi dis-tu qu'on n'évacue pas un personnage comme Frances Gray en 150 mots ? En l'occurrence, c'est moins le nombre de mots qui importe que le registre auquel on les puise. Je n'ai pas ta liberté, mon vieux. Pour le meilleur ou pour le pire, mon employeur m'interdit d'écrire qu'une médiatrice d'assurances a quelque chose d'Aung San Suu Kyi dans le regard ou qu'un mari massait les orteils de sa femme sur son lit d'hôpital. Ça n'enlève rien, je crois, à mon intégrité.

PS : Et cesse d'insinuer que je suis insensible à la beauté de notre langue : j'adore Robert Frost (et ses quatre prix Pulitzer !). Lis-tu encore Arno Della Page ?

*   *
*

Expéditeur : Dan Siver <danielgsiver@gmail.com>
Date : Jeudi 2 août, 11:37:27
Destinataire : Vlad Eisinger <vlad.eisinger@wst.com>
Objet : Poe

Edgar Allan Poe est trop important pour être relégué en post-scriptum. Oui, je le lis encore. Je crois même pouvoir dire que je le lirai toujours. *La lettre volée* est l'une des plus grandes œuvres de la littérature. Songe à tous les thèmes qu'elle porte en germe : Dupin qui résout l'énigme posée par G. sans quitter son fauteuil, la vérité qui n'est jamais mieux cachée qu'exposée en plein jour, la dialectique de la proie et du chasseur, le dédoublement de personnalité à travers la fraternité suggérée de Dupin et du ministre D. Je donnerais TOUT (je le dis d'autant plus volontiers que je ne possède RIEN) pour avoir écrit un texte de cette trempe.

Je reviens à Frances Gray. Qui va parler d'elle, Vlad ? Et qui va parler de Ray Wiggin ? Tu l'as dit toi-même : ils n'ont pas leur place dans le *Wall Street Tribune*. Mais demande-toi — et, cette fois, je suis sérieux — ce que les lecteurs vont retenir de tes articles. Que les agents d'assurances sont des crapules ? Que les politiciens se vendent au plus offrant ? Comme s'ils l'ignoraient... Ils replieront leur journal, confortés dans leurs préjugés. Leur vie n'aura pas changé ; tout au plus feront-ils un peu plus attention à payer leurs primes d'assurance à l'heure.

*   *

*

Expéditeur : Vlad Eisinger <vlad.eisinger@wst.com>
Date : Jeudi 2 août, 11:40:31
Destinataire : Dan Siver <danielgsiver@gmail.com>
Objet : Et la Bourse dans tout ça ?

D'accord avec toi, sur Poe et sur le reste. J'adorerais faire un papier sur Ray Wiggin. Mais j'entends déjà mon boss : « Dis donc, Vlad, tu crois vraiment que nos abonnés paient 200 dollars par an pour lire l'histoire d'un bozo qui bricole des nécros dans sa cuisine ? » Aux dernières nouvelles, le *Wall Street Tribune* est un quotidien d'information financière.

* *
*

Expéditeur : Dan Siver <danielgsiver@gmail.com>
Date : Jeudi 2 août, 12:12:45
Destinataire : Vlad Eisinger <vlad.eisinger@wst.com>
Objet : Une tribune pour les sans-grade

Écoute, Vlad, je vais te faire un aveu qui me coûte : j'apprécie tes articles. Mardi dernier, j'ai même fauché l'exemplaire de Lammons sur son perron. Ta série m'a donné les clés d'un monde dont je ne soupçonnais même pas l'existence. Je regarde désormais mes voisins différemment. Je remarque que Kimberly Phelps met des jupes plus courtes quand elle a rendez-vous avec Manuel, que Sharon Hess ne m'établit pas de factures ou que Susan McGregor roule dans une voiture plus neuve et mieux équipée que celle de son mari.

Je crois comprendre où tu veux en venir : nous sommes tous mus par notre intérêt, y compris toi qui guignes la place de ton patron et moi qui, malgré mes tirades sur l'indépendance de l'artiste, ne dédaignerais pas de vendre quelques livres de plus. Ta démonstration est convaincante et, en même temps, terriblement limitée. Lammons ne t'intéresse que dans la mesure où il a fait un mauvais placement, alors qu'il est un cadeau du ciel pour un romancier. (Pas plus tard qu'avant-hier, je l'ai surpris en train de démouler un cake devant la maison de Big Bobby !) En réduisant tes personnages à leur dimension financière, tu commets la même erreur que Mrs Cunningham, qui trouve plus commode de croire que sa fille en veut à son argent que d'admettre qu'elle est peut-être juste terrorisée à l'idée de perdre sa mère. Quant aux individus qui ne remplissent aucune fonction économique, tu les passes carrément sous silence, alors que ce sont bien souvent les plus truculents, les plus aimables, en un mot, les plus humains.

Vois-tu, Vlad, Ray Wiggin et Frances Gray se fichent pas mal de l'argent. Ils n'ont même selon toute probabilité jamais lu le *Wall Street Tribune*. Chacun est pourtant, à sa façon, un héros en quête du Graal. Et, parce que personne ne leur a dit que leur objectif est inaccessible, ils s'en approcheront sans doute plus près que n'importe qui.

*   *
*

Expéditeur : Vlad Eisinger <vlad.eisinger@wst.com>
Date : Jeudi 2 août, 12:56:03
Destinataire : Dan Siver <danielgsiver@gmail.com>
Objet : Rameau d'olivier

Tu as raison.

Nous consacrons chaque jour un article de une à un sujet un peu décalé, sans enjeu financier. Je vais proposer à mon boss de faire un papier sur Wiggin.

*   *
*

JOURNAL DE DAN

Vendredi 3 août

Julia m'annonce son arrivée dimanche dans l'après-midi. Chic.

(...)

Passé tout à l'heure chez les Hess, pour rendre ses béquilles à Sharon. Brian, exceptionnellement, déjeunait dans la cuisine avec sa femme (par souci de productivité, il prend d'habitude ses repas à son bureau). Je n'ai pu m'empêcher de lui demander, tandis qu'il se confectionnait un sandwich au thon, s'il avait reçu la visite de Mrs Cunningham. Il semblait réticent à l'idée de trahir un secret. Heureusement, Sharon n'a pas ses scrupules.

Nos trois pieds nickelés ont concocté une combine imparable. Brian évaluera l'espérance de vie de Mrs Cunningham qui, en échange, fera appel à Sharon chaque fois qu'elle aura besoin des services d'une infirmière (ce qui, connaissant ma voisine, risque d'arriver souvent).

Brian a quêté mon approbation, d'un air un peu gêné.

« Qu'en pensez-vous, Dan ? Tout le monde s'y retrouve, non ?

— Tout le monde, sauf l'assureur de Mrs Cunningham, ai-je remarqué. De qui s'agit-il ? »

Sharon s'est fendue d'un sourire féroce. Ma question n'aurait pu lui faire plus plaisir.

« De ces salopards d'Emerald, ceux-là mêmes qui ne voulaient plus assurer Brian après son accident ! Ça leur apprendra à lâcher leurs clients au premier coup dur, tiens ! »

J'en suis resté sans voix. L'accident de Brian ? ai-je pensé, incrédule. Le seul accident dont j'avais souvenir était celui de cette femme qui, par la négligence professionnelle de son gynécologue, avait mis au monde un enfant handicapé. Quant à dire qu'Emerald avait résilié le contrat de Brian, c'était tout aussi inexact : ils n'avaient fait que réviser ses primes à la hausse, pour tenir compte de l'indemnité à sept chiffres qu'ils avaient versée à sa patiente.

J'aurais dû intervenir. J'aurais dû expliquer tout cela, et ajouter qu'en signant un rapport de complaisance Brian contribuait à dérégler un peu plus des marchés financiers, qui finiraient par avoir notre peau à tous. Je l'entendais distinctement, cette voix intérieure, héroïque, dont Frances Gray m'avait, trente-six heures plus tôt, révélé l'existence. Elle me suppliait de descendre dans l'arène, d'endosser l'armure de la vérité et de pourfendre le mensonge, si commode, si répandu fût-il.

Je n'ai pas pu. Ai-je craint que Sharon ne retourne son courroux contre moi ? D'expliquer à Brian, les yeux dans les yeux, qu'il a été victime d'une infortune, mais certainement pas d'une injustice ? De passer encore un peu plus pour un benêt aux yeux de Mrs Cunningham ? C'est possible, mais cela n'excuse rien : j'ai trahi Frances Gray, aussi sûrement que Pierre, en son temps, renia Jésus.

(...)

Incapable de me concentrer sur *Ariane*. Je pense, avec embarras, à l'investisseur qui achètera la police de Mrs Cunningham sur la base du rapport de Brian, et à Kim Phelps, qui sera associée malgré elle à cette escroquerie. Il n'y a pas de quoi être fier.

(...)

Fini par appeler Jean-Michel Jacques pour prendre de ses nouvelles. Il m'a invité, d'un ton enjoué, à passer le voir à son bureau. Je me suis convaincu que j'avais besoin de faire quelques courses à Publix avant l'arrivée de Julia, pour tirer un trait définitif sur un après-midi de travail au cours duquel j'aurai écrit le total spectaculaire de 140 mots.

Jean-Michel était tout guilleret : son opération a marché comme sur des roulettes. Le chirurgien pense avoir enlevé toute la tumeur.

« Pas de chimio pour l'instant, donc. Samson garde sa tignasse ! exulte-t-il en tirant sur ses trois cheveux filasse. Ce n'est pas tout. Appel du médecin ce matin, et deuxième bonne nouvelle : les résultats des analyses sont excellents. Du coup, mon pronostic de survie à cinq ans remonte à 90 %. À peine moins que si je m'étais mis au saut à l'élastique ! J'embrasse Anh, je pars au bureau, et là, qu'est-ce qui m'attend ? Trois maturités ! Il y a des jours comme ça, je vous jure ! »

Une bouteille de champagne vide dépasse de sa poubelle. J'ai peur de deviner laquelle de ces bonnes nouvelles elle a servi à célébrer.

Je profite de son allégresse pour lui poser une question qui me taraude depuis un moment : comment a-t-il financé le coût de son opération ? Ma curiosité ne semble pas le gêner le moins du monde, tout au plus se lève-t-il pour fermer la porte de son bureau.

« Susan McGregor m'a prêté 50 000 dollars.

— Je ne vous savais pas si proches », dis-je, avant de me souvenir que Susan travaille pour lui. Si quelqu'un a intérêt à ce que Jean-Michel vive, c'est bien elle.

Mon ami belge a dû suivre mon raisonnement, car il précise :

« Nous avons fait un contrat en bonne et due forme : je paie à Susan un taux d'intérêt de marché, j'ai gagé mon appartement à son profit et nous sommes convenus de porter nos éventuels différends devant un médiateur. M'aurait-elle prêté cet argent si je n'avais pas été son patron ? Sans doute pas. Mais notre accord n'en est pas mauvais pour autant. »

Que pense Jeffrey de tout ça ? Jean-Michel hausse les épaules.

« Ça, vous le lui demanderez. J'ai fait affaire avec Susan, pas avec la famille McGregor. Mais à quelque chose malheur est bon : cette regrettable affaire m'a donné l'idée d'un nouveau produit pour Osiris. Plutôt que de racheter les polices de personnes âgées ou de malades en fin de vie, nous allons leur prêter de l'argent à un taux d'intérêt substantiel, en prenant en gage leurs polices d'assurance-vie. Ainsi nous gagnerons dans tous les cas : si le client cesse de rembourser, nous saisissons sa police et nous la portons jusqu'à son terme. J'ai rendez-vous lundi avec des boîtes de pub. »

Je lance sur le ton de la plaisanterie :

« Avec Osiris, remboursez quand vous serez mort ! »

Jean-Michel, interloqué, me dévisage.

« Attendez, Dan, vous avez trouvé ça tout seul ? Mais c'est magnifique ! Et moi qui allais larguer 50 000 dollars à une agence ! Tenez, je vous offre 10 000 dollars pour votre slogan.

— Mais non, enfin, c'est cadeau.

— Le cadeau, ce sont les 40 000 dollars que vous venez de me faire économiser. Vraiment, Dan, j'insiste.

— Nous verrons, dis-je, soudain très gêné.

— C'est tout vu ! s'exclame Jean-Michel. "Avec Osiris, remboursez quand vous serez mort !" Génial ! »

J'en profite pour lui soumettre mon dilemme moral : dois-je dissuader Mrs Cunningham et Brian Hess de mettre leur plan à exécution ? Jean-Michel s'amuse de mes états d'âme.

« Quand je vous disais que ce milieu était vérolé jusqu'à l'os ! J'adore votre histoire : chacun y protège son porte-monnaie, tout en se donnant le beau rôle. Mrs Cunningham pense sincèrement que le pourcentage de commission de Kim ne lui laisse pas d'autre choix que d'exagérer la gravité de sa maladie. Hess est prêt à vendre son opinion pour l'équivalent de quelques centaines de dollars, parce qu'il rend Emerald responsable de la fermeture de son cabinet. Sharon gonflera ses factures au nom de la solidarité conjugale. Enfin, la petite Phelps s'appuiera sur le rapport de Brian Hess en faisant semblant d'ignorer qu'il est bidon.

— Justement, ne devrais-je pas les dénoncer ?

— Pour protéger qui ? Un Lammons qui achète des polices à l'aveugle, sans avoir pris ses renseignements ? Des assureurs qui dissipent la moitié des primes de leurs clients en frais de fonctionnement ? Non, franchement, Dan, laissez ces imbéciles à leurs tripatouillages. »

Je lui demande comment il survit dans ce milieu pourri.

« C'est très simple, me répond-il. Je ne fais confiance à personne. Ni aux assurés, qui, tel Mark Hansen, mentent effrontément, ni aux intermédiaires, qui ont les yeux rivés sur leur commission. Je ne crois qu'aux faits, aux statistiques et aux résultats d'analyse. Si un assuré prétend être malade, je demande une copie des ordonnances du médecin, voire des factures du pharmacien. Et si le doute persiste, j'évalue sa police comme s'il était en bonne santé. Tant pis s'il va voir ailleurs. Il existe assez de gens honnêtes pour ne pas commercer avec des voleurs. »

* *
*

Expéditeur : Ulrike Richter <urichter@princeton.edu>
Date : Samedi 4 août, 15:55:08
Destinataire : Thorsten Böhm <t.bohm@gmail.com>
Objet : Danke

Cher Thorsten,

Toutes mes félicitations pour votre extraordinaire publication sur la parenté entre Hermann Broch et Leo Perutz. J'enseigne les lettres autrichiennes à l'Université Princeton depuis 2004 et je ne me souviens pas d'une contribution éclairant d'un jour si radicalement nouveau le paysage littéraire de l'entre-deux-guerres viennois. Broch est l'un de mes auteurs de prédilection (je vous invite d'ailleurs, si vous n'en êtes pas déjà familier, à parcourir, sur le site de Princeton, les articles que j'ai consacrés à *La mort de Virgile*). Son entrée en littérature, à la fois tardive et soudaine, a toujours constitué à mes yeux une énigme, à laquelle vous venez, je crois, d'apporter la solution.

Je regrette que nos chemins ne se soient jamais croisés. Étiez-vous au colloque d'Andreas Krüger à Heidelberg ? Je ne vous trouve pas non plus dans l'annuaire des membres de la German Literary Society. La cotisation est certes un peu élevée, mais, de mon point de vue, la qualité de nos débats le justifie amplement. Je serais heureuse, si vous le souhaitez, de parrainer votre candidature.

J'en viens maintenant au véritable sujet de mon message. J'organise au printemps prochain, avec une consœur de Yale, un séminaire sur la naissance du roman moderne. Nous serions aux anges si vous veniez présenter vos recherches sur Broch et Perutz, qui n'ont, si je ne m'abuse, encore jamais fait l'objet d'une communication orale. Nous prendrions naturellement à notre charge vos frais d'hébergement et de déplacement (en classe affaires). Je crois même pouvoir vous proposer, sans trop m'avancer, une rémunération forfaitaire de 5 000 dollars.

J'espère que vous voudrez bien considérer ma proposition, point de départ d'une coopération que je pressens féconde entre nos deux établissements. En attendant, permettez-moi de vous exprimer à nouveau ma gratitude, ainsi que celle de tous mes collègues du département germanophone de Princeton.

Ulrike

PS : J'aurais aimé vous écrire dans la langue de Goethe. Hélas, bien que de parents allemands, j'ai grandi aux États-Unis, où l'anglais est devenu ma langue dominante. Je m'en voudrais d'infliger à un éminent germaniste le spectacle désolant de mes erreurs de conjugaison. Viele Grüsse.

* *
*

Expéditeur : Thorsten Böhm <t.bohm@gmail.com>
Date : Dimanche 5 août, 9:33:26
Destinataire : Ulrike Richter <urichter@princeton.
edu>
Objet : Votre généreuse invitation

Chère Fräulein Richter,

Me croirez-vous si je vous dis que votre message m'a comblé encore plus parce qu'il était rédigé en anglais? Rares sont à Copenhague les occasions de parler et d'écrire dans cette langue que j'aime tant, ce qui explique les erreurs qui chamailleront mes emails, dont je vous prie par avance de bien vouloir m'excuser.

Votre appréciation sur mon travail est outrancièrement flatteuse. Je travaille depuis une paire d'années à un livre sur Franz Blei, un superbe esprit injustement méconnu, à qui son ami Kafka n'a pas rendu service en déclarant qu'il était infininiment plus intelligent que les livres qu'il écrivait. Je pelais la correspondance de Blei quand une lettre de Perutz m'a attrapé l'œil. Je n'ai pas eu de mal à reconstituer toute l'histoire, avec l'aide des cosignataires de l'article, notamment celle d'Ericka Kirchenmeister, qui s'est montrée ouverte et pleine d'énergie, comme toujours.

Je souhaiterais avoir été présent à Heidelberg, si seulement pour avoir eu le plaisir d'entendre votre exposé sur Musil. Je ne voyage pas autant que j'aimerais, à cause du faible budget de notre institution. Mon mentor, Doktor Eisinger, me conseille de lever le nez de mes livres et de pro-

mouvoir davantage mon travail. C'est pour ça
que j'accepte enthousiastement votre généreuse
invitation aux États-Unis. Vous me transmettrez
les dates du séminaire au moment adéquat, n'est-
ce pas ?

Avec cordialité,

Thorsten

$$* \quad *$$
$$*$$

JOURNAL DE DAN

Dimanche 5 août

Ouf, j'ai frôlé la boulette. Je m'apprêtais à
envoyer mon email à Ulrike Richter hier soir,
quand je me suis avisé qu'il était 4 heures du
matin à Copenhague. Thorsten Böhm a beau
être un bourreau de travail, il y a des limites…

Si mon allemand n'était si rouillé, je ferais
volontiers le voyage à Princeton. Mais je crois
me souvenir que Vlad est pratiquement bilingue
— il parlait allemand avec ses grands-parents. Il
fera un Böhm autrement plus crédible que moi.
Vu son métier, martyriser la langue anglaise ne
devrait en outre lui poser aucun problème. Et
nous nous partagerons les 5 patates !

Je dois avouer que je ne m'attendais pas à une

réaction si rapide. J'ai consulté la biographie de Fräulein Richter sur le site de Princeton. 34 ans, doctorat *summa cum laude* de l'Université de Pennsylvanie, plusieurs publications remarquées dans des revues de niveau international, poitrine conquérante, sourire carnassier, j'ai à l'évidence affaire à une tueuse.

Son email est en tout cas cousu de fil blanc. Que n'a-t-elle plutôt écrit :

Cher Thorsten,

Je n'arrive pas à croire que vous ayez mis au jour avant moi les liens de parenté entre Broch et Perutz. Depuis quand des ploucs impécunieux supplantent-ils les cadors de Princeton ?

Mais trêve de bavardage, j'ai un deal à vous proposer. Vous avez la correspondance de Blei, nous avons du pognon. Que diriez-vous de 5 000 dollars pour venir montrer votre bobine dans mon colloque ? Je peux même pousser jusqu'à 10 000 dollars si vous me laissez cosigner votre prochain article. On ferait un sacré tandem, vous et moi : vous avez vu la longueur de mes dents et la grosseur de mes seins ?

Ulrike

PS : J'aurais dû écouter ma mère quand elle insistait pour m'envoyer passer l'été chez sa sœur à Mayence ! J'ai l'air de quoi, moi, à publier en anglais sur Kafka et Musil ? Scheisse !

Je relève les boîtes aux lettres que j'ai créées pour les quatre acolytes de Böhm. Elles sont vides. Normal, mieux vaut s'adresser au bon Dieu qu'à ses saints.

* *
*

Expéditeur : Ulrike Richter <urichter89@gmail.com>
Date : Dimanche 5 août, 11:16:39
Destinataire : Thorsten Böhm <t.bohm@gmail.com>
Objet : Hourra !

Cher Thorsten,
Merveilleux ! Je vous communiquerai les dates dès que nous les aurons arrêtées. Peut-être pourriez-vous arriver quelques jours avant le début du séminaire. Nous en profiterions pour faire plus ample connaissance et pour voir comment nous pouvons travailler ensemble à l'avenir.
Tschüss !

Ulrike

* *
*

Journal de Dan

Dimanche 5 août

Tout raconté à Julia, ce soir autour d'une bouteille de vin. Les emails d'Ulrike l'ont extraordinairement divertie. Elle me fait remarquer que ma correspondante a changé d'adresse entre les deux messages.

« Elle essaie de déplacer votre relation vers un terrain plus personnel. Ça se voit aussi aux formules de politesse. "*Tschüss*", ça veut dire "salut", non ? À quoi ressemble-t-elle ? »

Je lui montre la photo du site de Princeton. Sifflement appréciateur de ma nièce.

« Sacré morceau : tu as regardé son profil Facebook ? »

Je n'y avais même pas pensé. Julia prend les commandes de l'ordinateur. En deux coups de cuillère à pot, elle a localisé Richter.

« Statut célibataire, quelle surprise ! Intéressée par les hommes, tu m'étonnes. Née le 9 août, tiens, c'est la semaine prochaine. 550 amis, on est dans la moyenne. Tu en connais certains ? »

Je fais défiler la liste. Beaucoup de noms germaniques, parmi lesquels je reconnais plusieurs spécialistes de Broch que j'ai cités dans l'article de Böhm.

« Bon, dit Julia, je crois que nous n'avons pas le choix. On va créer un profil à Thorsten. Tu m'aides ? »

Nous y passons la soirée. Je donne mon avis

sur certaines rubriques, Julia remplit d'autorité les autres. Thorsten Böhm est né à Kiel le 9 août 1977, deux ans jour pour jour avant Ulrike (une idée de Julia). Il a grandi à Lübeck, étudié la littérature allemande à l'Université de Hambourg et passé un semestre en échange à l'École normale supérieure de Pise. Depuis 2009, il enseigne à l'Institut d'études germaniques de Copenhague.

La question de la photo nous divise. Je suis partisan de recycler le portrait du planteur de caoutchouc colombien, ou, à la rigueur, d'utiliser un portrait de Vlad, puisque c'est lui qui se pointera à Princeton l'année prochaine. Julia ne veut pas en entendre parler. Elle craint qu'Ulrike ne soit peu sensible au charme rugueux de Vlad (ce que je prends pour une attaque quasi personnelle, vu la ressemblance saisissante qui existe entre nous). Elle me convainc d'utiliser à la place un fusain androgyne de Schiele, qui laisse planer le doute sur l'orientation sexuelle de notre gaillard.

À mesure que Thorsten prend corps devant nous, je réalise la folie de notre plan.

« Ça ne tient pas debout, dis-je. Comment justifier qu'il n'ait jamais posté jusqu'à aujourd'hui ? »

Julia m'explique que de nombreux membres de Facebook sont inactifs.

« Ce qui serait vraiment louche, c'est qu'il n'ait pas d'amis. Mais ça ne risque pas d'arriver. »

Elle envoie quelques messages depuis son téléphone. En moins d'une demi-heure, Thorsten compte une vingtaine de connexions en Europe et aux États-Unis.

Perplexe, je demande à Julia si ça ne dérange pas ses amis d'ouvrir leur réseau à quelqu'un qu'ils n'ont jamais rencontré.

« Tu crois vraiment qu'Ulrike Richter a 500 amis ? rétorque-t-elle. Moi, j'accepte tout le monde, à condition que la photo ne soit pas trop ridicule. »

Il est presque minuit. J'ouvre une deuxième bouteille de malbec. Je le regretterai sûrement à la fin du mois, mais je sens confusément qu'une leçon importante se cache au bout de cette expérience.

« Donne-moi les noms des comparses de Thorsten, dit Julia. Eux aussi, on va créer leurs profils. »

Renversé dans mon fauteuil, verre à la main, je regarde avec admiration ma nièce passer d'une fenêtre à l'autre, copier des adresses email, coller des mots de passe, choisir en un clin d'œil la photo *ad hoc* dans des galeries peuplées de millions de portraits. Il est évident que, pour elle, et sans doute pour le reste de sa génération, la frontière entre réel et virtuel n'a absolument aucun sens. Paolita Dampieri, qu'elle sait pourtant sortie de l'imagination de son oncle Dan, n'est pas moins vivante aux yeux de ma nièce qu'Elena Lombardi, cette Italienne de Boston dont elle suit depuis des mois le quotidien sur Facebook, sans se rappeler exactement où, quand, et même si elle l'a rencontrée.

« Ça y est, dit enfin Julia en fermant son ordinateur portable. Ils sont tous amis les uns des autres. C'est un début. Nous élargirons leur réseau demain. »

Très mal dormi. Les 10 000 dollars de Jean-Michel me donnent le tournis.

10 000 dollars ! L'équivalent de 22 000 livres vendus, de quoi retaper le crépi de la maison et m'acheter un scooter d'occasion. Et pour quoi ? Pour trois secondes de travail, sept mots mis bout à bout, une astuce lamentable, à la portée du premier venu ?

Mais revenons sur le terrain des principes, avant que l'ampleur de la somme n'obscurcisse irrémédiablement mon jugement.

Une première question s'impose : pourquoi ai-je d'instinct repoussé l'offre de Jean-Michel ?

Qu'une idée soit rémunérée en fonction de sa rentabilité immédiate ne me choque pourtant pas plus que voir un sportif payé en proportion des revenus publicitaires qu'il génère, ou un entrepreneur amasser une fortune proportionnelle à la richesse qu'il crée pour la collectivité. Si je fais économiser 50 000 dollars à Jean-Michel, on pourrait probablement arguer que je mérite la moitié, voire les deux tiers de cette somme.

Il m'apparaît évident, avec le recul, que j'ai eu scrupule à entrer dans une relation d'argent avec un ami. L'argument ne tient pas la route. Ainsi donc Jean-Michel paierait de bon cœur 10 000 dollars à un rédacteur publicitaire qu'il ne connaît ni d'Ève ni d'Adam, mais ne pourrait dédommager son voisin pour le même travail, sous prétexte qu'il goûte sa compagnie ?

Non, la vérité, qu'il est temps de regarder en face, c'est que le métier de Jean-Michel me met mal à l'aise. Je me poserais moins de questions s'il vendait des croisières ou des semelles orthopédiques. Je réalise, penaud, que je n'ai pas véritablement d'opinion sur le life settlement. Vlad expose les faits mais se garde bien de juger. Comme tous les lecteurs du *Wall Street Tribune*, j'imagine, je suis passé, au gré de ses articles, par des émotions contradictoires — l'incrédulité, l'amusement, l'indignation, la jubilation, l'écœurement — que la disparition de Mark Hansen ou la maladie de Mrs Cunningham ont encore avivées. Jamais je n'ai été mieux informé et jamais je ne me suis senti aussi infondé à statuer sur une industrie capable à la fois de sauver la vie de Bruce Webb et d'engendrer un Bobby Babbitt, de rendre le pouvoir aux assurés et de donner lieu aux monstruosités du premium finance.

Le life settlement est-il moral ? J'espère que Vlad répondra à cette question dans son article demain.

(…)

Longue promenade sur la plage ce matin avec Julia. Elle me donne les dernières nouvelles de Rebecca et d'Edwin. Nous parlons surtout de sa rentrée prochaine à Columbia, où, de son propre aveu, elle s'apprête à dépenser un quart de million de dollars sans avoir la moindre idée de ce qu'elle veut faire plus tard. Sa lucidité m'émerveille ; je ne me souviens pas avoir jamais raisonné en ces termes. Pour la première fois, face à la mer turquoise, je me demande si mes six ans à Columbia ont fait de moi un meilleur ou un moins bon écrivain. Plus pauvre, c'est indéniable. Accompli, la question reste ouverte.

Julia veut suivre mes traces et devenir romancière. Je lui recommande les cours de Paxton et de Caldwell, ainsi que, évidemment, le séminaire de Goodman sur Poe. Je suis presque tenté de lui conseiller de s'inscrire en finance, de décrocher un job bien payé à Wall Street et de démissionner à 40 ans pour se consacrer sérieusement à l'écriture. Misère et littérature ne font pas bon ménage, sans doute parce que la gestation d'un roman est plus longue que celle d'un poème ou d'un tableau. Van Gogh a révolutionné la peinture en vivant aux crochets de son frère ; curieusement, je n'arrive pas à imaginer Proust se lançant dans *À la recherche du temps perdu* avec un prêt étudiant sur le dos.

Pour la première fois depuis le départ d'Emily, je parle un peu sérieusement d'*Ariane Cimmaron* à un tiers. Je redécouvre le plaisir de raconter une histoire en ménageant mes effets, d'exposer mes intentions à un public conquis d'avance, de déflorer telle scène particulièrement réussie. Julia m'écoute avec attention. Elle se fait préciser l'ordre des événements, rit beaucoup, lève les yeux au ciel quand un des personnages franchit les limites du supportable. Je vois bien que la complexité du projet la dépasse un peu. C'est normal, à 20 ans, on ne sait pas construire un roman.

De retour à la maison, nous nous connectons sur Facebook. Böhm a gagné 15 amis pendant la nuit. Auprès de cette bête sociale, Mirafuentes, Dampieri et surtout Kühn font pâle figure. Kirchenmeister, sans doute aidée par ses mèches blondes et son décolleté vertigineux, a déjà une solide cohorte d'admirateurs.

Julia lance en leur nom des centaines d'invitations, visant en priorité les germanistes du réseau d'Ulrike Richter. Chaque réponse positive déclenche, de notre part, une nouvelle vague de requêtes qui, m'explique Julia, ont d'autant plus de chances d'aboutir que les deux parties ont désormais des connaissances communes. Avant que le soleil se couche, Lena Mirafuentes compte 14 amis dans sa seule ville natale de Buenos Aires, Klaus Kühn et Paolita Dampieri ont rejoint un groupe de sémiologues amoureux de Luchino Visconti et Ericka Kirchenmeister a repoussé les avances d'un spécialiste de Schnitzler.

À mon tour de me sentir dépassé.

SEMAINE 7

Le life settlement est-il utile?
Est-il moral?

Par Vlad Eisinger

En l'espace d'un quart de siècle, le life settlement — la pratique consistant à racheter une police d'assurance-vie à son souscripteur en pariant sur le décès de celui-ci — s'est forgé une place dans les portefeuilles des investisseurs.

A-t-il pour autant fait la preuve de son utilité économique? Autrement dit, participe-t-il à l'accroissement du bien-être général?

Il est difficile de contester que le life settlement a amélioré le lot des assurés. Auparavant, quand ceux-ci souhaitaient abandonner une police (parce qu'ils n'en avaient plus besoin ou n'avaient plus les moyens de payer les primes), ils la laissaient lapser. Ils avaient parfois cotisé davantage que nécessaire pendant les premières années; la police présentait alors une position cash bénéficiaire (la «situation nette»), que l'assureur était tenu de leur rembourser.

Les assurés peuvent maintenant vendre leurs polices à qui bon leur semble, passé un délai compris entre deux et cinq ans selon les États. Pour peu que leur espérance de vie soit relativement courte, ils peuvent en tirer une somme substantielle.

Dès 2002, une étude du Wharton Financial Institutions Center chiffrait à $240M le surplus annuel empoché par les assurés revendant leurs contrats.

La Life Insurance Settlement Association (LISA) estime quant à elle sur son site que le développement d'un marché secondaire des polices a généré sur les quatre dernières années $8Md (soit près de $6M par jour) de valeur additionnelle pour les seniors. Toujours selon LISA, les seniors vendant leur police touchent en moyenne entre 3 et 4 fois plus que la situation nette calculée par les assureurs.

Il n'existe pas d'étude sérieuse sur l'utilisation que font les seniors de ce cash. Les postes qui reviennent le plus souvent dans la bouche des professionnels que nous avons interrogés ont trait à la santé (opérations ou traitements non couverts par Medicare) et aux loisirs (voyages, croisières, etc.). Depuis la crise de 2008, de plus en plus de seniors apportent un soutien financier à leurs enfants ou petits-enfants en difficulté.

La vente de sa police a permis à Cynthia Tucker, une institutrice à la retraite de Columbus, Ohio, de sauver son pavillon que menaçaient de saisir les banques. «Les agents immobiliers tournaient autour de la maison comme des vautours. Maintenant que j'ai payé mes arriérés, ils vont peut-être me laisser tranquille.»

Ce bénéfice, indéniable, s'accompagne cependant d'un corollaire moins plaisant. Pour maintenir leurs profits, les assureurs révisent leurs hypothèses de taux de lapsing, et donc, par voie de conséquence, leurs tarifs.

Jeffrey McGregor, vice-président et actuaire en chef d'Emerald Life, défend la réaction de la profession. «Sans life settlement, la plupart des polices rachetées par des investisseurs auraient lapsé et n'auraient donc jamais donné lieu à paiement. C'est une perte sèche pour les assureurs, que nous n'avons pas d'autre choix que de répercuter sur nos clients.»

L'accroissement des options des assurés souhaitant revendre leur police justifie-t-il une hausse des prix pour l'ensemble de la population? Le débat n'est pas tranché.

Bruce Webb pense que oui. Dans les années 80, Mr Webb a vendu sa police d'assurance-vie comme beaucoup d'autres malades du sida. Avec les $160 000 qu'il a touchés, il a pu s'acheter des médicaments et soigner ses dents, qui tombaient.

« Pour certains de mes amis », ajoute-t-il, « vendre leur police a représenté la différence entre la vie et la mort. Même ceux qui ont été emportés par la maladie ont apprécié de pouvoir finir leurs jours dans la dignité. »

Tout le monde ne partage pas l'avis de Mr Webb. Adam Connor, le porte-parole de la Life Insurance Alliance, voit dans l'assurance-vie « un outil de prévoyance incomparable, le complément naturel du système de retraite américain. Pour $30 par mois, un père de famille de 30 ans peut protéger les siens en leur garantissant un paiement de $500 000 s'il venait à décéder avant l'âge de 60 ans. Une hausse généralisée des tarifs priverait des millions de consommateurs de ce filet de sécurité ».

Les investisseurs — du moins ceux qui ne se sont pas fait escroquer (*cf.* notre article du 24 juillet, *Pourquoi le life settlement attire tant les fraudeurs*) — ont quant à eux toutes les raisons de se féliciter de l'essor du life settlement, une des seules classes d'actifs presque entièrement décorrélée de la conjoncture économique. Le nombre de décès aux États-Unis varie très peu d'une année sur l'autre. Pour peu qu'un investisseur détienne

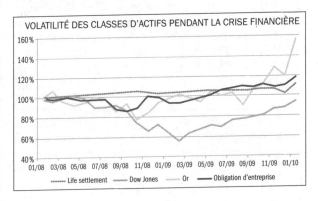

VOLATILITÉ DES CLASSES D'ACTIFS PENDANT LA CRISE FINANCIÈRE

- ········· Life settlement — Dow Jones — Or — Obligation d'entreprise plusieurs milliers de polices, son patrimoine s'apprécie régulièrement, sans à-coups dans un sens ou dans l'autre.

Le fonds Osiris Capital possède plus de 6 000 polices. Son président, Jean-Michel Jacques, déclare : « Nous enregistrons chaque semaine 4 ou 5 maturités, parfois plus pendant l'hiver. Même les mois un peu creux, je me console en me disant que mes assurés ont vieilli et sont un peu plus proches de la mort. »

Les investisseurs qui raisonnent sur de très longues durées, comme les caisses de retraite ou les fonds de dotation des universités, ont été parmi les premiers à s'intéresser au life settlement, dont les performances atténuent, au sein de leurs portefeuilles, les fluctuations des actions, des matières premières ou de l'immobilier.

Il existe l'un dans l'autre un certain consensus pour dire que, d'un point de vue économique, le life settlement n'est ni bon ni mauvais : il est, tout simplement.

Pour Nathan Jacobson, professeur d'économie à l'Université de Chicago, « parler d'utilité économique pour un marché qui s'est développé librement n'a pas grand sens. Si le life settlement n'était pas utile, il aurait disparu depuis longtemps ».

Susan McGregor, vice-présidente d'Osiris, renchérit : « On dit souvent que le rôle de la finance consiste à allouer les ressources dans l'espace et dans le temps. Les produits comme le life settlement ou le viager répondent clairement à cette deuxième définition. »

L'essor du life settlement a des ramifications qui dépassent le strict cadre économique. Il a par exemple contribué à affiner les tables d'espérance de vie.

En septembre 2008, 21st Services, le plus gros cabinet américain d'experts en longévité, a révisé les tables de mortalité qu'il utilise, en s'écartant assez sensiblement des abaques publiés et régulièrement mis à jour par la Society of Actuaries. Les nouveaux chiffres, qui ont semé la panique dans le petit monde du life settlement, font apparaître un allongement non négligeable de l'espérance de vie des hommes en bonne santé et un recul de celle des personnes atteintes d'une maladie grave.

Pour Lawrence Johnson, professeur à la Ross School of Business de l'Université du Michigan, des données plus fiables bénéficient à l'ensemble de la société, des pouvoirs publics aux laboratoires pharmaceutiques, qui peuvent choisir où concentrer leurs efforts de recherche, en passant — ironie du sort — par les assureurs.

Jeffrey McGregor admet avoir lu avec intérêt les éléments nouveaux présentés par 21st Services. « Nous autres actuaires, nous adorons les chiffres », plaisante-t-il. « Nous n'en avons jamais assez. »

Le croisement systématique de toutes ces statistiques permet des progrès dans la compréhension de processus complexes, comme les mécanismes de survie conjugale. Nombre de médecins de famille ont déjà observé que, dans les couples âgés, le conjoint survivant suivait souvent de près sa moitié dans la tombe. Jean-Michel Jacques a quantifié précisément ce phénomène avec l'aide de mathématiciens du Massachusetts Institute of Technology.

« J'ai ainsi pu racheter en toute confiance des centaines de polices dites "dernier vivant" [*i.e.* qui paient l'indemnité à la mort du deuxième époux, NDLR] », raconte Mr Jacques. Avouant qu'il ne se serait jamais penché sur la question s'il n'avait pas pressenti qu'il y avait de l'argent à gagner, il ajoute : « Enrichir mes investisseurs tout en faisant avancer la science, c'est ce que j'appelle un deal gagnant-gagnant. »

Jean-Michel Jacques

Mais les principales critiques qui s'élèvent contre le life settlement sont d'ordre éthique et moral.

D'autres industries font commerce de la mort. Cependant, l'acheteur de life settlement se distingue de l'entrepreneur de pompes funèbres ou du fossoyeur, pour qui tous les cadavres se valent, en ce qu'il tire un bénéfice du décès d'un individu en particulier.

Dans son livre *What money can't buy : the moral limits of markets*, paru en 2012, Michael J. Sandel, professeur à l'Université Harvard, réfute l'idée selon laquelle le négoce de polices d'assurance-vie serait un business comme les autres.

« Si l'industrie du life settlement est moralement comparable à l'assurance-vie, ne devrait-elle pas bénéficier des mêmes droits ? » feint-il de s'interroger. « Après tout, les assureurs œuvrent pour leurs intérêts quand ils essaient de prolonger nos vies en faisant campagne pour le port de la ceinture de sécurité ou contre le tabagisme. Allons-nous autoriser les fonds de life settlement à militer pour la réduction des crédits à la recherche contre le cancer ou contre la hausse des taxes sur l'alcool ? »

« L'assurance-vie », poursuit Mr Sandel, « a deux facettes. C'est à la fois une protection contre la mort et un pari sur celle-ci. Sans garde-fous moraux ou juridiques, la deuxième com-posante risque de prendre le pas sur la première, qui est pourtant la véritable raison d'être de l'assurance-vie. »

Cette dualité ne date pas d'hier.

Les Anglais, qui, au XVIIe siècle, autorisaient la souscription de polices sur la tête d'un tiers, firent machine arrière en 1774, par une loi connue, détail révélateur, sous le double nom de Life Assurance Act et de Gambling Act, après s'être rendu compte que les bookmakers se servaient de l'assurance-vie pour parier sur l'issue des procès mettant en jeu la peine capitale.

À la même époque, de l'autre côté de la Manche, le juriste français Jean-Étienne-Marie Portalis écrivait : « L'homme est hors de prix : sa vie ne saurait être un objet de commerce, sa mort ne peut devenir la matière d'une spéculation mercantile. La cupidité qui spécule sur les jours d'un citoyen est souvent bien voisine du crime qui peut les abréger. »

Aux États-Unis, l'assurance-vie s'est développée dans un climat de pragmatisme bienveillant. Les souscripteurs ont commencé par s'assurer eux-mêmes, puis les membres de leur famille, leurs associés en affaires, et jusqu'à leurs employés. L'arrêt de la Cour suprême de 1911 a achevé de légitimer une pratique interdite ou fortement teintée d'opprobre dans la plupart des autres pays.

Force est de constater que peu de voix s'élèvent aujourd'hui aux États-Unis contre le life settlement, en dehors de celles des assureurs, dont l'impartialité peut être mise en doute.

Luke Coleman, président de l'association Christians Against Death Betting, met cette apathie sur le compte de l'indifférence du monde de la finance aux questions morales. «À Wall Street, tout est à vendre, même la mort», s'indigne Mr Coleman. «Alan Greenspan [l'ancien président de la Fed, NDLR] ne voit pas la différence entre parier sur l'espérance de vie d'un retraité et parier sur les cours du jus d'orange. Je le plains.»

Pour Lawrence Johnson, l'assurance-vie n'est pas le premier produit financier à s'être progressivement écarté de sa fonction initiale. «Prenez le cas du marché à terme des matières premières. À l'origine, les compagnies pétrolières cherchaient à garantir un prix minimum pour leur production. Tout le monde trouvait cela très bien, à commencer par leurs clients, les réseaux de stations-service ou les compagnies aériennes, qui contrôlaient ainsi mieux leurs coûts d'approvisionnement en kérosène. Peu à peu, le marché a été envahi par les spéculateurs, au point qu'aujourd'hui un baril de pétrole a déjà changé dix fois de propriétaire avant de sortir de terre. Est-ce illégal? Absolument pas. Cette frénésie d'échanges profite-t-elle encore aux acteurs de départ? Franchement, on peut se poser la question.»

Anita Cox, professeur d'éthique à l'Université de Notre Dame, ne trouve rien à redire au life settlement, «dès lors que toutes les parties sont libres et correctement informées».

Mrs Cox condamne en revanche la pratique consistant, pour une entreprise, à souscrire des polices d'assurance-vie sur la tête de ses employés, sans les en informer. Dans une série d'articles parus en 2002, le *Wall Street Tribune* avait relaté le cas de Felipe Tillmann, mort à 29 ans des suites du sida. La famille de Mr Tillmann n'avait rien touché. Son employeur, Camelot Music, avait collecté $339 302.

Dans les années 90, des groupes comme Nestlé, Procter & Gamble ou Walt Disney ont assuré en secret plusieurs milliers de leurs collaborateurs, au travers de plans dits Corporate-Owned Life Insurance (COLI), plus connus dans la profession sous le surnom d'«assurance de la femme de ménage» ou encore «assurance du paysan mort».

Aujourd'hui à la retraite, Melvin Phelps est le président de l'association des copropriétaires de Destin Terrace. Entre 1997 et 2009, il était directeur des ressources humaines de Bank of America, où il a assuré, selon nos estimations, la vie de plus de 100 000 employés.

Mr Phelps récuse le terme d'«assurance de la femme de ménage», le jugeant péjoratif. Pour lui, la question de l'information des employés est un faux problème : «Nous ne leur demandons pas de payer les primes. Pourquoi devrions-nous les prévenir?»

Dans les années 90, Walmart a contracté des polices sur la vie de 350 000 personnes. Les indemnités, comprises entre $50 000 et $500 000, servaient, selon la chaîne de supermarchés, à compenser les coûts de formation des collaborateurs décédés.

Selon le site simplyhired.com, le salaire annuel moyen d'un agent d'accueil de Walmart est d'environ $14 000.

Walmart offrait $5 000 de couverture personnelle à ses employés en échange de leur consentement écrit. Selon l'entreprise, 500 personnes à peine auraient décliné la proposition qui leur était faite.

Michael Sandel tient l'«assurance de la femme de ménage» pour une «pratique moralement corrosive. Créer des conditions dans lesquelles un salarié rapporte plus à son employeur mort que vivant objectifie la personne humaine. La valeur de l'employé ne réside plus dans son savoir-faire mais dans son espérance de vie», remarque-t-il.

Depuis 2000, Walmart n'assure plus la vie des employés de ses magasins. D'autres entreprises, telles que Bank of America ou JPMorgan Chase, continuent. Dans un rapport publié en mai 2012, le cabinet de conseil MWA estimait à \$143Md le cumul des polices d'assurance-vie détenues par les banques.

Jean-Michel Jacques observe que, contrairement au life settlement, le marché du COLI s'est développé avec la bénédiction des assureurs, alors qu'il n'a aucune justification morale. «Que Disney assure la tête de ses dirigeants, je veux bien. Mais celle des vendeurs de hot dogs de ses parcs d'attractions?»

Que répond Mr Jacques à ceux qui veulent faire interdire le life settlement?

«Aucun marché n'est répréhensible en soi. Je ne connais pas de business sale, juste des façons sales de faire du business. Une police d'assurance-vie est un véhicule d'épargne et de transmission, au même titre qu'une maison ou qu'un compte en banque. Pourquoi serait-ce le seul actif qu'on ne peut pas vendre ou dans lequel il serait interdit de piocher en cas de besoin?

«Le life settlement est l'exemple typique d'un marché corrompu par Wall Street. J'explique tous les jours à mes investisseurs qu'il est possible d'exercer ce métier d'une façon respectueuse, qui bénéficie à la collectivité. Malheureusement, les actes d'une poignée de gérants prêts à tout pour faire la culbute risquent de déséquilibrer toute une industrie et de réduire les options de dizaines de millions d'Américains.»

Écrire à Vlad Eisinger : vlad.eisinger@wst.com

Journal de Dan

Mardi 7 août

Moi qui comptais sur Vlad pour répondre à ma question à 10 000 dollars, j'en suis pour mes frais.

J'ai tout de même souligné deux passages sur l'exemplaire de Lammons.

« Pour Nathan Jacobson, professeur d'économie à l'Université de Chicago, "parler d'utilité économique pour un marché qui s'est développé librement n'a pas grand sens. Si le life settlement n'était pas utile, il aurait disparu depuis longtemps". »

Autrement dit, ce qui est échappe à tout jugement par le fait même de son existence. Je ne suis pas philosophe, mais là, il me semble qu'on frise la fumisterie.

Et, bien sûr, le mot de la fin de Jean-Michel : « Aucun marché n'est répréhensible en soi. Je ne connais pas de business sale, juste des façons sales de faire du business. »

Bien qu'une partie de moi soit portée à le croire, je me méfie de cette tendance humaine, qu'il a lui-même dénoncée, à nommer vertu ce qui n'est au fond que la recherche de son intérêt. Qui sont les meilleurs juges de la moralité du life settlement ? Ceux qui, participant à ce marché (Jean-Michel, Susan McGregor, Mrs Cunningham, moi demain peut-être), ont un intérêt objectif à ce qu'il se perpétue, ou ceux qui s'en tiennent à l'écart, le diabolisent d'autant plus qu'ils le connaissent moins et se bouchent les oreilles quand Bruce Webb explique que les frères Babbitt lui ont sauvé la vie ?

Réfléchir à tout ça.

*　*
*

Expéditeur : Dan Siver <danielgsiver@gmail.com>
Date : Mardi 7 août, 10:52:11
Destinataire : Vlad Eisinger <vlad.eisinger@wst.com>
Objet : Bravo

Félicitations pour ton dernier article. *In cauda venenum !* Voilà donc pourquoi Melvin Phelps cherchait à faire bloquer la publication. Assurer la vie de femmes de ménage pour engraisser les actionnaires de Bank of America, quelle abjection…

Tu seras heureux d'apprendre que Michael Hart renonce à se présenter aux prochaines législatives. D'après les gazettes locales, tes révélations ont lourdement pesé dans les délibérations du comité électoral républicain. Ça fait réfléchir sur le pouvoir de la presse. J'aurais pu crier sur les toits que Hart était un pourri, personne ne m'aurait écouté, alors que toi, parce que tu émarges au *Wall Street Tribune*, tu lui as réglé son compte en trois paragraphes.

Je persiste à regretter que tu n'écrives pas de fiction. Je comprends cependant à présent ce que tu voulais dire quand tu prétendais que le journalisme offre un angle incomparable pour témoigner de son époque. Je réfléchissais tout à l'heure à la façon dont j'aurais traité du life settlement dans un roman. J'imagine que j'aurais dû me livrer à de longues et barbantes digressions techniques, assommer mes lecteurs de chiffres et de pourcentages, convoquer des experts plus ou moins bidons. Peut-être, sur un sujet comme celui-ci, la forme journalistique est-elle la plus appropriée.

*   *

*

Expéditeur : Vlad Eisinger <vlad.eisinger@wst.com>
Date : Mardi 7 août, 11:43:27
Destinataire : Dan Siver <danielgsiver@gmail.com>
Objet : Merci

Merci, vieux, pour ces compliments, trop rares pour ne pas m'aller droit au cœur. Je suis heureux que tu reconnaisses les mérites du journalisme — je ne parle pas du métier consistant à recopier les dépêches d'agence, mais du véritable journalisme d'investigation, qui pourfend les impostures et jette à bas les dictateurs. Je dois pourtant t'avouer que tes critiques m'ont secoué. Ta description de la scène de prospection dans les country-clubs, tes remarques sur Ray Wiggin et Frances Gray ont touché une corde sensible. Il y a si longtemps que je ne me suis pas écarté du réel que j'ignore si je saurais encore faire acte d'imagination. Mon métier n'est qu'une somme de contraintes… Je ne peux rien écrire qui n'ait été vérifié auprès de trois sources différentes. J'en ai marre de voir mes articles révisés par des avocats ou sabrés pour faire de la place aux résultats trimestriels d'IBM.

Tout ça pour dire que l'heure est peut-être venue de revenir à mes premières amours et de me mettre en danger comme tu le fais depuis quinze ans.

PS : La nouvelle des déboires de Michael Hart était parvenue jusqu'à moi. M'est avis qu'il ne siégera plus longtemps à Tallahassee. La chambre de Floride n'était qu'un marchepied. Sans la carotte d'un destin national, il reprendra son métier d'avocat, où il exploitera sa connaissance des rouages de l'appareil législatif pour faire passer des amendements qui rapporteront des millions à ses clients.

* *
*

JOURNAL DE DAN

Mercredi 8 août

Frances Gray a rendu son verdict. Emerald n'honorera pas le paiement de l'indemnité de Jennifer Hansen. Les conditions générales de vente étaient très claires : tout mensonge sur le questionnaire médical entraînait la nullité de la police.

Mrs Cunningham, qui se charge charitablement de répandre la nouvelle dans la résidence, n'a pu se retenir d'un coup de griffe contre Mark Hansen.

« Tant qu'à tricher, il aurait pu faire ça dans les règles (*sic*). Faut-il être nigaud pour laisser traîner des photos sur Internet… »

Éprouvé le besoin, sans trop bien savoir pourquoi, d'aller consoler Jennifer. Elle m'a montré le courrier d'Emerald. « Vous pouvez contester cette décision par les voies légales à votre disposition. Nous attirons cependant votre attention sur le fait qu'un tel cas a déjà été jugé à plusieurs reprises, chaque fois à l'avantage de l'assureur. » La lettre était accompagnée d'un chèque de 420 dollars, correspondant aux primes acquittées par Mark avant son décès.

J'ai tenté de remonter le moral de Jennifer, ce qui m'a valu une litanie de plaintes quant à l'injustice du sort, mais surtout quant à l'incurie du défunt.

J'ai ainsi appris que Mark gérait ses comptes sur MyBudget, le même logiciel de finances personnelles auquel j'ai moi-même, fut un temps, inféodé mon existence.

Il y a trois ou quatre ans de cela, j'arpentais le magasin Staples de l'Upper West Side, à la recherche de cet élixir ruineux, plus précieux que la myrrhe des Rois mages, j'ai nommé l'encre d'imprimante, quand mon regard rencontra un message qui allait, temporairement mais profondément, changer le cours de ma vie.

« Contrôlez-vous vos finances ? » demandait, en pointant sur le chaland un doigt accusateur, l'effigie en carton d'un comptable semblant tout droit échappé de *1984*. Étant bien obligé de reconnaître que non, je fis l'acquisition, pour la somme ridiculement modique de 19,99 dollars, de celui qui promettait d'être « mon comptable personnel et mon conseiller le plus sûr dans toutes mes décisions financières ».

Jamais peut-être le mythe de la fusion homme-machine, cher aux cybernéticiens, ne fut si près de se réaliser que durant nos premières semaines de vie commune. Je consignais la moindre de mes dépenses avec un zèle fanatique. Les 2 dollars de pourboire du livreur de pizzas n'avaient pas plus tôt quitté ma poche qu'ils figuraient déjà dans la catégorie «Restauration à domicile», à la rubrique «Cuisine italienne». Pour me récompenser, MyBudget générait à la volée des histogrammes et des camemberts aux couleurs sédatives, dans la contemplation desquels je m'abîmais pendant des heures. Chaque rapport, chaque graphique, m'apportait son lot de révélations stupéfiantes. Je consommais en air conditionné davantage qu'en chauffage. Je dépensais moins de 1 dollar par jour pour me vêtir. Réduire ne serait-ce que de moitié la fréquence de mes visites chez Starbucks me ferait économiser l'équivalent d'un billet New York – Paris tous les deux ans.

Car, conformément à la promesse de l'éditeur, MyBudget était bien plus qu'un simple comptable. Ses compétences s'étendaient dans de nombreux domaines périphériques, où se trouvait, à l'en croire, la clé de mon salut financier. Il me suggérait par exemple d'imprimer en recto verso pour réduire ma consommation de papier. Il attirait de même régulièrement mon attention sur le coût extravagant de mon aversion viscérale à toute formule d'abonnement. Acheter le *New York Times* au numéro m'appauvrissait au rythme effrayant de 150 dollars par an, soit 3 750 dollars sur vingt-cinq ans. (MyBudget avait en effet pour règle de chiffrer économies et gabegies à l'horizon d'une génération, espérant sans doute frapper mon esprit par des chiffres spectaculaires et conférer un caractère d'urgence à mes décisions. Qui eût cru que surseoir à équiper mon appartement d'ampoules basse consommation amputait à terme mes finances de 9 000 dollars ou que mon *latte* quotidien me revenait à 34 000 dollars?)

Fatalement, je modifiai mes habitudes.

Je me laissai pousser les cheveux, espaçai mes visites chez le libraire, annulai un rendez-vous chez le dentiste (une décision qui reviendrait me hanter). Je n'allais plus au cinéma qu'à la séance demi-tarif du matin, échangeant avec mes rares voisins de lourds regards de connivence. J'ai honte d'avouer que la pensée que le spectateur qui me succéderait dans mon siège acquitterait un prix double du mien me procurait souvent plus de plaisir que le film lui-même. Je rentrais chez moi au petit trot, autant par impatience de me remettre au travail que pour économiser les 5 500 dollars du bus.

Je me mis également à faire mes courses chez Costco, le fournisseur attitré des épiceries de quartier et des mères de famille mormones, où la garantie de prix imbattables s'accompagne de l'obligation d'acheter par volumes industriels. Le butin de ma première expédition — qui comprenait, entre autres, 12 rouleaux de Sopalin, 900 cotons-tiges, 6 tubes de dentifrice, 16 boîtes de maïs et un kilo de corn flakes — ne rentrait pas dans le coffre du taxi que j'avais affrété pour l'occasion. De retour chez moi, je comparai, calculatrice en main, le coût unitaire de mes emplettes à ce que j'aurais payé en bas de chez moi. J'avais économisé 44 % sur les nouilles cuites, 57 % sur mes 60 tranches de prosciutto, mais seulement 21 % sur mes barres de céréales favorites. Je passai le reste de la soirée à planifier ma prochaine campagne, à bourrer mes placards et à composer des menus à base de thon et de riz.

Curieusement, cette discipline de tous les instants tardait à porter ses fruits. Mes dépenses ne reculaient pas.

« Normal », me répondit MyBudget, à qui je posai candidement la question, « l'accroissement de ton stock de produits alimentaires exerce une pression temporaire sur ta trésorerie, qui se desserrera à mesure que tu récolteras les bénéfices de ta frugalité. » (Ce ton technocratique, loin de m'irriter, avait sur moi des vertus apaisantes. Un esprit si manifestement supérieur, pensais-je à l'époque, ne saurait buter bien longtemps sur des problèmes aussi insignifiants que les miens.)

Ma qualité de vie prenait cependant une pente dangereuse. Je dormais moins bien depuis que le lave-linge se déclenchait à 3 heures du matin pour tirer parti de tarifs électriques plus avantageux. Je grelottais dans la salle de bains, détestais l'éclairage blafard de mon bureau et ressentais tous les jours, en fin d'après-midi, l'appel impérieux de la caféine. Mes armoires dégueulaient de maïs, j'avais de quoi me torcher jusqu'en 2017, mais les plaisirs les plus simples — déplier le journal sur la table du petit déjeuner, avaler un hot dog dans la rue, acheter un livre à sa sortie, sans attendre l'édition de poche — m'étaient refusés.

La montée de ma contrariété laissait MyBudget de marbre. Tenant, en bon moraliste, que la vertu recèle en elle-même sa propre récompense, il attendait de moi un engagement total et une résolution invincible, dont, étant fait de chair et de sang, et non de 0 et de 1, j'étais hélas incapable.

Un épisode révéla l'ampleur du fossé qui nous séparait. MyBudget se permit un jour d'entourer, sur ma facture de carte de crédit, les 14,37$ correspondant à l'achat d'une bouteille de malbec. Comme je lui réclamais des explications, il me rappela que j'avais fait serment, quelques semaines plus tôt, de renoncer à mon verre de vin quotidien. Je compris au ton janséniste et pincé de sa réponse qu'il en avait déduit que je ne boirais plus une goutte d'alcool de ma vie. Pour lui, une porte était ouverte ou fermée, jamais entrebâillée.

L'intégrisme de mon compagnon m'aurait moins dérangé si je n'en avais brutalement découvert la raison véritable. Des messages publicitaires émaillaient désormais les rapports de MyBudget, vantant les mérites, ici d'un nouveau rasoir à tête lubrifiée, là du dernier téléphone portable Machinchouette. J'y prêtais peu d'attention, jusqu'au jour où, avisant un bandeau qui offrait 30 % de réduction sur la liaison aérienne Cincinnati – La Guardia, je me demandai qui avait bien pu renseigner la régie publicitaire sur mes attaches dans l'Ohio. Je n'avais jamais visité le site de l'*Enquirer* ou regardé un match des Bengals en pay-per-view. J'appelais bien, de temps à autre, Rebecca ou mon oncle Marty depuis mon portable, mais qui le savait, à part la compagnie de téléphone ? Personne. À moins que…

J'attrapai la boîte d'emballage de MyBudget. Sous la mention « Fièrement conçu aux États-Unis, fabriqué en Chine » figurait un message en minuscules caractères : « *Creative Consumer Solutions se réserve le droit d'utiliser les informations fournies directement ou indirectement par ses utilisateurs, pour leur présenter les offres commerciales de tierces parties, susceptibles de les aider à atteindre leurs objectifs financiers.* »

Le plan de l'éditeur m'apparut alors dans toute son ingéniosité : il bradait son logiciel pour lui assurer la diffusion la plus large possible ; MyBudget, mi-mouchard mi-cheval de Troie, recueillait toutes les données que j'étais assez bête pour lui fournir sur mes habitudes de consommation, puis m'exhortait à faire des économies sur les postes qui ne lui rapportaient rien, afin de maximiser le revenu discrétionnaire qu'il vendrait ensuite au plus offrant. Si je n'y prenais pas garde, il réallouerait progressivement mes dépenses vers des produits ou services de plus en plus éloignés de mes véritables besoins. De billet d'avion en appareil à raclette, il sucerait jusqu'à mon dernier dollar, avant de me souffler l'adresse d'un avocat de ses amis qui se ferait un plaisir de m'assister dans ma procédure de faillite personnelle.

Ce soir-là, j'offris la tournée chez Starbucks. Je dépensai en une heure ce que mes lessives nocturnes étaient censées m'économiser en dix ans. La sensation de liberté que j'éprouvai, elle, n'avait pas de prix.

Je n'imaginais déjà que trop bien les dégâts qu'avait pu causer MyBudget dans les finances d'un garçon comme Mark Hansen, quand Jennifer m'a rappelé l'existence d'une option du logiciel, permettant à l'utilisateur de simuler l'impact d'une augmentation pluriannuelle de ses revenus. Vu l'irrégularité de mes droits d'auteur, j'avais jugé prudent de désactiver cette fonctionnalité, baptisée Accelerator. Mark Hansen, lui, avait réglé le curseur sur 15 %, un taux qui, sans être totalement aberrant dans le secteur technologique, est presque impossible à soutenir sur le long terme. D'après Jennifer, le couple en avait conçu une trompeuse impression d'aisance.

«Mark voulait inscrire les jumeaux à la Montessori, un coût de 12 000 dollars par an. Je me tuais à lui répéter que nous n'avions pas les moyens, mais il revenait sans cesse à la charge en brandissant les projections de MyBudget. Selon lui, ce qui nous semblait déraisonnable aujourd'hui serait une dépense courante dans trois ans et une erreur d'arrondi dans dix. L'école proposait des formules de financement. Je me suis laissé convaincre. Il s'agissait des enfants, après tout. Vous me comprenez, j'espère ?

— Bien sûr, ai-je dit en pensant que c'était tout de même cher payé pour des cours de pâte à modeler.

— Le mois d'après, ma vieille Camry a rendu l'âme. J'avais des vues sur la Tucson, le petit SUV de Hyundai. Il allait chercher dans les 250 dollars par mois. Mark ne voulait pas en entendre parler. Il disait que sa princesse méritait mieux qu'un pot de yaourt coréen. Comme les allemandes étaient trop chères, on s'est rabattus sur le Grand Cherokee. MyBudget tirait un peu la gueule. Il y en avait pour 400 dollars par mois, plus 3 000 à la signature, d'autant que Mark avait choisi toutes les options de sécurité — des airbags en veux-tu en voilà, la fermeture automatique des portes à l'arrière, l'assistance au parking, etc. Même en raclant les fonds de tiroir, on ne bouclait pas l'année. Après avoir bidouillé les chiffres tout le week-end, Mark a fini par trouver la parade. En relevant le taux d'Accelerator à 17 %, ça passait ric-rac. À 18 %, on était carrément larges.

— Et c'était réaliste ? »

Jennifer a réfléchi, comme si elle considérait la question pour la première fois.

« Oui, plutôt. Mark marchait fort dans son job. Il était aussi, à l'époque, en négociations avec un câblo-opérateur de Dallas, qui voulait délocaliser son service client en Inde. Ça représentait 3 500 postes dans un premier temps, 10 000 à terme. Il a touché une énorme commission à la signature.

— Mais il ne s'est pas arrêté à 18 %, n'est-ce pas ? ai-je dit en repensant au discours autosatisfait que m'avait tenu Mark le 4 Juillet.

— Oh non. Chaque fois qu'il avait envie d'une chose qu'il ne pouvait pas s'offrir, il poussait l'Accelerator d'un point ou deux. C'était magique. Nos factures de cartes de crédit s'allongeaient de mois en mois et MyBudget nous répétait que tout allait bien.

— Jusqu'où serait-il allé, à votre avis ?

— Je préfère ne pas y penser. J'ai mis le holà à 25 %. En vain. Mark s'est engouffré dans une autre option du logiciel, qui le laissait anticiper une rentrée d'argent, dès lors qu'elle présentait un certain degré de certitude : héritage, don d'un proche…

— Introduction en Bourse, ai-je complété.

— Tout juste, a soupiré Jennifer. Depuis qu'il avait été nommé vice-président, Mark touchait une partie de son bonus sous forme de stock-options. Nous aurions fait la culbute le jour de la cotation : 500 000 dollars, 1 million peut-être. »

J'ai demandé à Jennifer pourquoi elle parlait au passé. Elle a appris la semaine dernière qu'OutSourceIn avait annulé les options de Mark, au motif qu'elles ne lui étaient contractuellement acquises qu'après une période de trois ans. Jennifer a consulté un avocat spécialisé, qui se propose de traîner OutSourceIn devant les

tribunaux de Californie, afin d'obtenir la requali-
fication de la sortie de route de Mark en accident
du travail. Il demande, pour prix de ses efforts,
40 % des sommes recouvrées.

Jennifer hésite — et je la comprends — à se
lancer dans une procédure juridique longue
et à l'issue incertaine. Michael Hart, qu'elle a
contacté, lui a refusé son soutien.

« Je ne peux décemment pas prendre la
défense de quelqu'un qui a menti », a-t-il eu le
front de lui donner comme excuse. C'est l'hôpital qui se moque de la charité.

Jeudi 9 août

Julia a petite mine. Elle a fait vivre nos personnages européens une bonne partie de la nuit.
Dès son lever à Copenhague, Thorsten a sou-
haité bon anniversaire à Ulrike en s'extasiant de
la coïncidence qui les a fait naître le même jour.
Klaus a, de son côté, mis à jour la liste de ses
films préférés et dit tout le bien qu'il pense de
l'interprétation par Yo-Yo Ma des concertos pour
violoncelle de Saint-Saëns. Enfin, Ericka a encore
fait tourner quelques têtes avec des photos de
fête foraine, la montrant tour à tour tirant à la
carabine, sautant dans une auto-tamponneuse et
croquant une pomme d'amour.

Je me connecte sur Facebook pendant que
Julia, à l'ouest, noie ses pancakes sous un tor-
rent de sirop d'érable. Miracle : Ulrike a déjà

répondu. Elle remercie Thorsten et lui souhaite un « *ganz besonderer Tag* », d'un ton mutin qui ne laisse plus guère de doutes sur ses intentions. Je lui réponds illico, en partageant avec elle ma dernière découverte, que je la prie naturellement de ne pas ébruiter : suite à un pari, Franz Blei aurait écrit un épisode entier d'*Où roules-tu, petite pomme ?*, le roman-feuilleton que Perutz publia dans le *Berliner Illustrierte Zeitung* en 1928. Dans mon anglais à la gomme, j'explique à Fräulein Richter que les pattes de mouche à demi effacées de Blei ne permettent pas de déterminer avec précision duquel des huit chapitres il serait l'auteur. Je m'engage à la tenir informée de mes progrès.

Je suis en train de poser des commentaires lubriques sur les photos d'Ericka quand arrive la réponse d'Ulrike.

« Cher Thorsten, décidément, on dirait que vous êtes tombé sur un filon miraculeux. Comment êtes-vous entré en possession de ces lettres, déjà ? Saviez-vous que je suis l'une des plus grandes spécialistes vivantes de l'œuvre de Blei ? Je vais relire *Où roules-tu, petite pomme ?* ce week-end. Si j'arrive à isoler le chapitre en question, nous pourrions peut-être cosigner un article à l'automne ? Qu'en pensez-vous ? »

« Tu en penses qu'elle peut aller se faire foutre, dit Julia qui a lu par-dessus mon épaule. Elle ne va quand même pas te piquer ton scoop, non mais ! »

(…)

Croisé mon idole, Frances Gray, ce soir sur la plage. Elle m'a résumé la position d'Emerald dans le dossier Hansen.

« C'est une affaire limpide. Mark a menti à deux reprises, d'abord sur son questionnaire de santé, puis au médecin qui lui a fait passer sa visite médicale. Je suis toute disposée à croire que sa femme l'ignorait, mais cela ne change rien aux faits. Aucun avocat ne prendra son dossier. »

Je lui ai demandé ce qu'elle faisait des fumeurs occasionnels, qui grillent une cigarette de temps en temps, sans vraiment mettre leur santé en danger.

« Ils bénéficient d'un tarif intermédiaire, reflétant les dommages, limités mais réels, qu'ils infligent à leur organisme, m'a répondu Frances Gray avec une patience angélique. Nous ne sommes pas des monstres, vous savez. Mark Hansen aurait pu allumer un cigare pour fêter la naissance de sa nièce sans s'attirer d'ennuis. Malheureusement, mes collègues ont réuni d'innombrables photos, prises au cours des cinq dernières années, qui le montrent une cigarette à la main, dans les circonstances les plus variées.

— Ne pourriez-vous pas au moins lui payer l'indemnité correspondant au tarif fumeur ?

— Sûrement pas. Cela enverrait un message déplorable aux consommateurs de tabac, alcool et drogues en tout genre, qui auraient soudain tout à gagner à mentir, et strictement rien à perdre. Et au bout du compte, au risque de me répéter, cela se traduirait par une hausse des tarifs pour tous nos clients qui jouent le jeu sans tricher. »

Tricher, le grand mot est lâché, ai-je pensé en continuant ma promenade. Nous autres Américains ne plaisantons pas avec les règles. Un propriétaire peut expulser, le soir de Noël, une mère célibataire ayant quinze jours de retard dans son loyer, car il a la loi pour lui, mais la plus insignifiante irrégularité dans sa déclaration de revenus l'enverra en prison.

Les voyageurs qui entrent aux États-Unis et s'esclaffent devant les questions des formulaires d'immigration (Êtes-vous drogué ? Appartenez-vous à une organisation terroriste ?) ne comprennent pas la logique du système judiciaire américain. Les questions elles-mêmes importent moins que la mention figurant sous la signature : « *Je suis conscient que fournir une réponse délibérément fausse ou dissimuler une information critique me rend passible de déportation, d'emprisonnement et d'une amende pouvant aller jusqu'à 250 000 dollars.* » À la première incartade, le djihadiste se verra ainsi écroué, non pour ses opinions politiques (ce qui laisserait prise à la contestation), mais parce qu'il aura menti.

Vendredi 10 août

Les nouvelles ne sont pas mauvaises pour tout le monde. Chuck Patterson m'informe, par un courrier circulaire, qu'il a changé d'employeur. Il vend désormais les polices de Serenity, un assureur de Denver que je me rappelle l'avoir entendu dénigrer il y a encore quelques semaines. Sa lettre est un modèle d'hypocrisie. Il se réjouit de « continuer à servir ses clients en les faisant bénéficier d'une gamme plus complète et mieux adaptée à leurs besoins ». Berk !

Naïvement, j'ai d'abord pensé qu'Emerald, révolté par ses entorses déontologiques à répétition, l'avait poussé dehors. Ed Linkas (qui a décroché un rendez-vous avec Kim Phelps) m'a ri au nez quand je lui ai fait part de mon hypothèse.

« Bien sûr que non ! Il s'est tout simplement fait acheter par Serenity. Ils se développent à marche forcée dans le Sud-Est. Connaissant Chuck, il a dû ramasser un bon paquet ; à vue de nez, je dirais 500 000 ou 600 000 dollars. Et, naturellement, il continuera à toucher ses commissions sur ses anciens contrats Emerald. »

Un demi-million de moins pour Jennifer Hansen, un demi-million de plus pour Chuck Patterson. Où est la logique dans tout ça ?

(…)

Rafaela a passé sa première échographie aujourd'hui : elle attend des jumeaux. Manuel parle d'augmenter le montant de la police. Tant mieux : quand Kim m'invitera, je n'aurai plus aucun scrupule à commander du homard.

(…)

La secrétaire de Lammons a appelé pour me réclamer mon deuxième paiement de 100 dollars.

«Dites, s'il vous plaît, au Dr Lammons qu'il peut se torcher le cul avec sa facture», ai-je susurré de mon ton le plus aimable.

J'espère qu'il comprendra, je détesterais avoir à lui envoyer la photo que j'ai prise avec mon téléphone.

À peine avais-je raccroché qu'Ashley Cunningham, en pleurs, a sonné à ma porte. Sa mère lui a décrit le plan qu'elle a ourdi avec Brian et Sharon Hess. Ashley l'a assurée qu'elle n'aurait pas besoin d'une infirmière, elle-même étant prête à emménager à Destin Terrace pour lui prêter main-forte. Mrs Cunningham a rembarré sa fille en déclarant qu'elle ne voyait pas pourquoi elle se donnerait tant de mal, vu que l'assurance paierait.

Essayé comme j'ai pu de lui remonter le moral.

Samedi 11 août

Passé ce matin chez les Jacques rendre un livre que m'avait prêté Anh.

C'est Jean-Michel qui m'a ouvert, les yeux rougis. Il a reçu un coup de fil de Belgique lui annonçant la mort de sa maman (71 ans, cancer des poumons). Il tente de plaisanter («Voilà une maturité dont je me serais bien passé»), mais le cœur n'y est pas. Avec tout ça, il repousse à une date indéterminée le lancement de son nouveau service de prêt. Oserai-je l'écrire : merde.

(…)

Coup de théâtre, Mrs Cunningham est guérie !

Ou, plus exactement, elle n'a jamais été malade. Brian Hess l'a examinée ce matin dans son sous-sol (je préfère ne pas imaginer la scène...). Il se trouve qu'il a beaucoup travaillé sur le cancer de l'utérus. Il est formel : la lésion de Mrs Cunningham peut être traitée au laser car elle ne touche pas l'endocol (il était parti pour développer, mais je l'ai arrêté net).

Mrs Cunningham était, paraît-il, toute chamboulée. Ses rêves de croisière et de virée à Vegas s'éloignent. Si elle veut mener la grande vie, j'imagine qu'il lui faudra hypothéquer sa maison, comme tout le monde.

Brian, lui, exulte. Pour la première fois depuis des années, il se sent à nouveau utile. Il parle de rouvrir un cabinet mais a d'abord besoin de trouver un assureur. Je l'ai orienté sur Frances Gray. Ce n'est pas sa partie, mais j'ai une confiance absolue dans les pouvoirs de cette femme.

(...)

Julia est partie tout à l'heure. Dieu que j'aime cette gamine ! Elle va animer les comptes Facebook de nos zigotos, au moins jusqu'à la rentrée. En montant dans le taxi (qu'elle partageait avec Jean-Michel, qui rentre en Europe enterrer sa mère), elle m'a fait promettre de ne pas céder aux manœuvres d'intimidation d'Ulrike Richter.

«Elle a plus besoin de ton imagination que tu n'as besoin de ses dollars», m'a-t-elle lancé avec l'insouciance de l'adolescente qui n'a jamais payé une facture.

(...)

Appelé Julia pour lui lire l'email trop beau pour être vrai que je viens de recevoir. Je l'ai attrapée alors qu'elle montait dans l'avion.

« Cher Daniel, vous aurez sans doute noté que les fiches Wikipédia d'Hermann Broch et de Leo Perutz sont progressivement modifiées dans toutes les langues pour refléter les faits contenus dans votre contribution du 1er août. Les éditeurs slovènes et ukrainiens sont traditionnellement un peu lents à réagir, soyez gentil de ne pas les relancer s'il vous plaît.

Je profite de l'occasion pour solliciter votre avis sur un changement récent apporté à la fiche d'un autre écrivain autrichien, Franz Blei, par un utilisateur de Princeton, N.J. (pseudonyme : urichter0809). Selon cette personne, Blei aurait intégralement rédigé le cinquième chapitre du roman de Leo Perutz, *Où roules-tu, petite pomme ?*. Puis-je vous demander si vous avez eu vent de cette information, dont je ne trouve aucune trace sur la Toile ?

Cordialement, etc. »

« La garce, elle essaie de te prendre de vitesse ! a éclaté Julia. J'espère que tu vas bien la pourrir !

— On verra, ai-je répondu en souriant. Je n'ai encore rien décidé. Bon vol, fillette. »

Avec la pire volonté du monde, je n'arrive pas à éprouver autre chose que de la pitié pour Richter. Qui, après avoir dépensé dix ans de sa vie et un demi-million de dollars pour avoir le droit d'organiser un séminaire intitulé « Vienne, berceau du roman moderne », ne serait prêt à quelques bassesses pour voir son nom figurer au sommaire de la *Revue des lettres autrichiennes*?

J'ai répondu à l'éditeur de Wikipédia.

« Non, je n'ai jamais entendu dire que Blei aurait écrit une ligne, et encore moins un chapitre entier, pour le compte de Perutz. Savez-vous dans quelles circonstances les deux hommes auraient conclu un tel arrangement? Pourrait-il s'agir d'un pari?

L'hypothèse n'est toutefois pas entièrement absurde. On sait grâce aux travaux de Lena Mirafuentes que Blei nourrissait un complexe d'infériorité, léger mais bien réel, à l'égard de ses amis écrivains, tous plus célèbres et, n'ayons pas peur des mots, plus doués que lui. On peut l'imaginer soumettant un pastiche d'*Où roules-tu, petite pomme ?* à Perutz, et ce dernier l'endossant pour toutes sortes de raisons (envie de donner un coup de pouce à un ami, de berner l'establishment viennois, que sais-je encore ?).

De vous à moi, je pense que nous avons affaire à un universitaire qui cherche, en pré-publiant sur Wikipédia, à établir l'antériorité de ses travaux. La prudence impose, je crois, de supprimer sa contribution, dans l'attente d'éléments plus tangibles. »

Thorsten a, dans la foulée, écrit à Ulrike.

« Chère Fräulein Richter, quelle brillante idée vous avez eue. J'ai moi-même relu *Où roules-tu, petite pomme ?* en entier aujourd'hui. Quel livre merveilleux, n'est-ce pas ? Je mettrais mon bras à couper que c'est Blei qui a écrit le cinquième

chapitre, mais je doute que j'arriverai à le prouver. Votre aide me serait infiniment précieuse, si
vous voulez bien me l'accorder. »

Bon, je suppose qu'il va me falloir me rancar-
der un peu sérieusement sur le compte de Blei,
avant de me lancer dans sa correspondance.

* *
*

Expéditeur : Dan Siver <danielgsiver@gmail.com>
Date : Dimanche 12 août, 10:35:53
Destinataire : Vlad Eisinger <vlad.eisinger@wst.com>
Objet : Noël en août

Tu ne devineras jamais qui a eu l'honneur de
la première nécro lyrique de Ray Wiggin : Big
Bobby ! Ce gros dégueulasse a passé l'arme à
gauche avant-hier, alors qu'il célébrait son anniversaire avec deux jeunesses. Apparemment,
aucun membre de la famille ne s'est dévoué
pour lui rendre hommage (en admettant qu'ils
sachent écrire).

Tu verras, Wiggin s'est surpassé. Son texte est
parfait, à l'exception d'une erreur que je te laisse
le soin de localiser.

* *
*

Robert «Bobby» BABBITT, consultant, investisseur, homme de visions et de projets, a succombé à une attaque foudroyante le 10 août 2012, jour de son cinquante-troisième anniversaire, dans sa résidence de Destin, Fla.

La mort a surpris Mr Babbitt dans la compagnie de deux amies très chères, Charlene LaVigne, 18 ans, étudiante, et Shaniqua Richardson, 21 ans, actrice.

Mr Babbitt était né le 10 août 1959 à Camden, New Jersey, dans l'État de Joe Pesci et de Frank Sinatra, de l'union de Mike «Bugsy» Babbitt, entrepreneur en travaux publics, et de Rita Babbitt, née Esposito, mère au foyer. Il était le cadet de cinq garçons, dont deux lui survivent.

Mens sana in corpore sano : nul ne suivit ce précepte aussi sérieusement que Mr Babbitt qui, tout au long de ses études, s'illustra dans des disciplines sportives aussi variées que la boxe, la lutte gréco-romaine, le catch et l'haltérophilie. Il reste à ce jour le seul élève de la Christopher Columbus High School de Camden à avoir soulevé 120 kilos à l'épaulé-jeté, performance qui fit la une du cahier «Sports» du *New Jersey Herald* et suscita une féroce compétition entre les universités de la région, prêtes à tout pour le recruter. Mr Babbitt arrêta son choix sur un établissement catholique d'Elizabeth, le Benedetti Institute, fameux pour son cursus de comptabilité et son coach de boxe, Aldo Fontanella, un ancien sparring-partner de Joe Frazier bien connu des bookmakers d'Atlantic City.

Entre 1978 et 1981, Mr Babbitt remporta, sous la houlette de Fontanella, une ribambelle de championnats amateurs, glanant au passage plusieurs surnoms pittoresques, comme « le Boucher de Camden », « il Toro » ou « l'Enclume ». Il serait sans doute passé professionnel si sa mère, qui avait déjà perdu un fils (Ricky, tué à l'arme blanche dans une rixe en 1980), ne s'y était pas opposée avec véhémence.

En 1982, Mr Babbitt entra dans l'entreprise de construction familiale. Dans un poste d'attaché commercial qui semblait taillé sur mesure pour lui, son opiniâtreté et sa force de persuasion firent merveille. En cinq ans, il remporta les quatorze appels d'offres auxquels il participa. Parmi ses plus belles affaires, citons le foyer des Teamsters d'Hoboken, l'hôtel de ville de Camden, l'échangeur nord de Bridgeton et l'élargissement à quatre voies d'un tronçon du Garden State Parkway.

L'amour s'invita dans la vie de Bobby Babbitt en 1987, sous les traits de Consuela Villablanca, fille du richissime armateur colombien Hector Villablanca. Les deux jeunes gens firent connaissance à Coney Island, lors d'une soirée organisée en l'honneur du soixante-douzième anniversaire de Frank Sinatra. Six semaines plus tard, ils étaient mariés et s'installaient dans un penthouse de Park Avenue.

Avec la bénédiction de son père, Mr Babbitt rejoignit l'empire Villablanca. Il s'acquitta de sa première mission, qui consistait à négocier un nouveau contrat avec les dockers du port de Newark, avec un doigté stupéfiant, réduisant la durée moyenne de déchargement des navires de 30 % et les vols de marchandises de moitié. Il n'est pas exagéré de dire que Mr Babbitt se découvrit, durant ces années, la passion et le génie des affaires. Gendre dévoué, travailleur infatigable, il se rendait chaque mois à Cali, le berceau du groupe, pour vanter, auprès des businessmen locaux, les opportunités commerciales offertes par le marché américain. Avant de reprendre l'avion, il trouvait toujours le temps de se retirer quelques heures dans son oasis, une plantation de café biologique, dont il ne révéla jamais l'emplacement à personne, à laquelle on accédait par un étroit sentier de montagne, gardé par d'anciens soldats de l'armée colombienne.

En 1992, Consuela divorça d'un commun accord. Le couple n'avait pas d'enfants. Mr Babbitt s'installa à Miami pour faire le point, dans un appartement modeste, choisi pour marquer sa rupture avec l'opulence tape-à-l'œil des Villablanca. Il était à nouveau libre, libre de voyager, de reprendre l'haltérophilie, de construire des autoroutes et des orphelinats. Mais l'appel de la famille se montra encore une fois le plus fort.

Bobby, jamais avare de son temps, accepta de donner quelques conseils à son frère aîné, Tony, le président de Sunset Partners, une société d'aide aux malades en phase terminale. Avec le temps, il intervint davantage dans les grandes orientations stratégiques de l'entreprise, sans jamais accepter pour prix de ses efforts plus qu'une rémunération symbolique. Sunset était le projet de Tony, Bobby entendait d'autant moins lui voler la vedette qu'il avait enfin trouvé un sens à sa vie : la philanthropie.

Ses dons publics ne représentant qu'une part infime de ses largesses, il est difficile de déterminer avec précision quand, et dans quelles circonstances, Bobby Babbitt commença à disperser sa fortune. La première transaction documentée remonte à 1995 quand, à la demande du coach Fontanella, il prit entièrement à sa charge la rénovation de la salle de boxe, théâtre de ses exploits de jeunesse.

Les montants crûrent au fil des ans, comme si Mr Babbitt était de plus en plus pressé de se débarrasser d'un argent qui lui brûlait les doigts. En 1996, il fit don, à la suite de la mort de son père, de polices d'assurance-vie d'une valeur de 200 000 dollars à la Prostate Cancer Research Foundation. En 1998, il dota, à hauteur de 750 000 dollars, un fonds destiné à financer chaque année l'élection de Miss South Beach. Amour et générosité faisant, comme chacun sait, bon ménage, nul ne fut surpris de voir Mr Babbitt convoler avec Amanda Lauer, la charmante lauréate de l'édition 2000. Leur union prit fin en 2003, année où Bobby annonça son intention de s'investir davantage dans la conduite de sa fondation.

L'incarcération, peu après, de Tony et de son cousin Charly plongea Mr Babbitt dans un profond abattement. Les rares personnes qui lui rendirent visite au cours de ce funeste été 2004 se souviennent de ses diatribes contre l'acharnement des juges et la mesquinerie des investisseurs qui avaient perdu leurs économies dans la faillite de Sunset Partners. Les faits reprochés à son frère ne dépassaient pas, selon lui, le stade de la peccadille et ne pesaient, en tout état de cause, guère lourd au regard des centaines de vies sauvées et de jeunes malades rendus à leurs familles.

Assigné à résidence depuis 2007, persécuté par le FBI, souffrant de voir ses amis sud-américains prendre leurs distances avec lui, il puisait sa seule consolation dans ses activités philanthropiques, qu'avec l'aide de sa fidèle assistante, Pamela, il avait progressivement recentrées sur le comté d'Okaloosa.

La santé de Bobby s'était beaucoup détériorée dernièrement. Il s'était plaint auprès de son médecin que ses séances de culture physique, qui tenaient jadis du marathon en chambre, dépassaient désormais à peine vingt minutes. Shaniqua Richardson a raconté aux ambulanciers qu'elle avait immédiatement reconnu les signes du malaise qui avait déjà emporté un de ses amis : gémissements, souffle court, lassitude extrême. Malgré leur intervention diligente, les secours ont échoué à ranimer Mr Babbitt.

Homme de cœur autant qu'homme de chiffres, Bobby Babbitt laisse derrière lui une mère inconsolable, Rita, deux frères, Tony et Mickey, ainsi que douze neveux et nièces. Il sera inhumé mercredi prochain dans le caveau familial du Harleigh Cemetery de Camden.

Ni fleurs ni couronnes. Adressez vos dons à l'une des dizaines d'œuvres charitables que soutenait Bobby.

*   *
*

Expéditeur : Vlad Eisinger <vlad.eisinger@wst.com>
Date : Dimanche 12 août, 11:05:42
Destinataire : Dan Siver <danielgsiver@gmail.com>
Objet : CQFD

Comme quoi, on peut faire de la littérature en rapportant les nouvelles…
« En 1992, Consuela divorça d'un commun accord. » Syntaxiquement, ça ne tient pas debout et, pourtant, c'est la seule phrase où s'exprime un début de vérité !
À part ça, je suis horriblement vexé : comment ai-je pu passer à côté de la Miss South Beach Beauty Pageant Foundation pendant mon enquête ? J'avais entendu dire que Bab-

bitt avait été brièvement marié à une reine de beauté, mais de là à imaginer qu'il l'avait couronnée lui-même…

* *
*

Journal de Dan

Dimanche 12 août

Un article, en regard de la nécro de Babbitt, signale l'arrivée, dans le golfe du Mexique, d'un essaim de plusieurs centaines de milliers d'abeilles tueuses. Selon les experts météo du *Northwest Florida Daily News*, les dégâts humains et financiers s'annoncent considérables.

* *
*

Expéditeur : Dan Siver <danielgsiver@gmail.com>
Date : Dimanche 12 août, 21:06:54
Destinataire : Vlad Eisinger <vlad.eisinger@wst.com>
Objet : Proposition malhonnête

Et si on l'écrivait à deux, ce livre ? À toi les articles de presse, à moi la description de leurs répercussions sur les habitants de Destin Terrace ? Une radioscopie de l'âme américaine, solidement ancrée dans son époque.

*　*
*

Expéditeur : Vlad Eisinger <vlad.eisinger@wst.com>
Date : Dimanche 12 août, 21:07:19
Destinataire : Dan Siver <danielgsiver@gmail.com>
Objet : Proposition malhonnête

Je n'osais pas te le proposer. Tu crois qu'on aura l'autorisation du *Wall Street Tribune* ?

*　*
*

Expéditeur : Dan Siver <danielgsiver@gmail.com>
Date : Dimanche 12 août, 21:07:44
Destinataire : Vlad Eisinger <vlad.eisinger@wst.com>
Objet : Proposition malhonnête

Mais oui, on n'aura qu'à leur dire qu'on a tout inventé.

PS : Tu as des nouvelles de Vlad Eisinger ?

DU MÊME AUTEUR

Aux Éditions Gallimard

LES FUNAMBULES, 1996, prix littéraire de la Vocation Marcel Bleustein-Blanchet 1996 (Folio n° 4980, dont GO GANYMÈDE ! repris en Folio 2 € n° 5165)

Voir aussi Collectif, RECLUS in *La Nouvelle Revue française*, n° 518, mars 1996

ÉLOGE DE LA PIÈCE MANQUANTE, 1998, coll. « La Noire » (Folio n° 4769)

LES FALSIFICATEURS, 2007 (Folio n° 4727 et en coffret avec *Les éclaireurs*, édition limitée)

LES ÉCLAIREURS, 2009, prix France Culture - *Télérama* 2009 (Folio n° 5106 et en coffret avec *Les falsificateurs*, édition limitée)

ENQUÊTE SUR LA DISPARITION D'ÉMILIE BRUNET, 2010 (Folio n° 5402)

MATEO, 2013 (Folio n° 5744)

ROMAN AMÉRICAIN, 2014 (Folio n° 6026)

LES PRODUCTEURS, 2015

Chez d'autres éditeurs

MANIKIN 100, *Éditions Le Monde/La Découverte*, 1993

EN FUITE, *Nouvelles Nuits*, n° 7, 1994

ONZE, «L'ACTUALITÉ», nouvelle, *Grasset*, 1999

COLLECTION FOLIO

Dernières parutions

Composition Dominique Guillaumin
Impression Maury Imprimeur
45330 Malesherbes
le 12 octobre 2015.
Dépôt légal : octobre 2015.
Numéro d'imprimeur : 203901.

ISBN 978-2-07-046608-5. / Imprimé en France.

287247